SANDRA DÜNSCHEDE

Kofferfund

SANDRA DÜNSCHEDE

Kofferfund

Kriminalroman

GMEINER SPANNUNG

Bisherige Veröffentlichungen im Gmeiner-Verlag:
Friesenmilch (2016), Knochentanz (2015), Friesenschrei (2015),
Friesenlüge (2014), Friesenkinder (2013), Nordfeuer (2012),
Todeswatt (2010), Friesenrache (2009), Solomord (2008),
Nordmord (2007), Deichgrab (2006)

Personen und Handlung sind frei erfunden.
Ähnlichkeiten mit lebenden oder toten Personen
sind rein zufällig und nicht beabsichtigt.

Besuchen Sie uns im Internet:
www.gmeiner-verlag.de

Im Ehnried 5, 88605 Meßkirch
Telefon 07575/2095-0
info@gmeiner-verlag.de

1. Auflage 2016

Lektorat: Claudia Senghaas, Kirchardt
Herstellung: Julia Franze
Umschlaggestaltung: U.O.R.G. Lutz Eberle, Stuttgart
unter Verwendung eines Fotos von: © powell83/Fotolia.com
Druck: GGP Media GmbH, Pößneck
Printed in Germany
ISBN 978-3-8392-1919-5

Für Tanja,

die ab und zu ein wenig mehr an sich denken sollte.
Verlier dein Ziel nicht aus den Augen!
Du schaffst das, denn du bist brillant in dem,
was du tust.

§ 965 BGB
Anzeigepflicht des Finders
(1) Wer eine verlorene Sache findet und an sich nimmt, hat dem Verlierer oder dem Eigentümer oder einem sonstigen Empfangsberechtigten unverzüglich Anzeige zu machen.
(2) Kennt der Finder die Empfangsberechtigten nicht oder ist ihm ihr Aufenthalt unbekannt, so hat er den Fund und die Umstände, welche für die Ermittlung der Empfangsberechtigten erheblich sein können, unverzüglich der zuständigen Behörde anzuzeigen. Ist die Sache nicht mehr als zehn Euro wert, so bedarf es der Anzeige nicht.

1. KAPITEL

Marco Renz zog die rechte Augenbraue hoch. Heute war wirklich nicht sein Tag. Besser, er wäre gar nicht erst aufgestanden, denn bereits beim Frühstück hatte es wieder Streit zwischen ihm und Nadine gegeben. Schon seit Längerem hatten er und seine Freundin massive Beziehungsprobleme, und er fragte sich, warum sie überhaupt noch zusammen waren. Ihre ständigen Nörgeleien, immer machte sie Stress – liebte sie ihn überhaupt? Er bezweifelte das.

Doch einen weiteren Fehltag hatte er sich auf der Arbeit unmöglich leisten können. Sein Chef hatte ihn ohnehin schon auf dem Kieker. Diese schwachsinnige Fehlersuche in dieser blöden Exceltabelle, die er ihm aufgetragen hatte, bewies das für Marco mehr als deutlich.

Aber auch nach stundenlangem Checken der Einträge mit den entsprechenden Erfassungsnummern der Fundstücke konnte er den Fehler nicht finden. Gut, Marco bemühte sich auch nicht sonderlich. Konnte sich sowieso kaum konzentrieren, denn der Streit von heute Morgen blockierte immer noch jeden anderen Gedanken.

»Du bist so ein Schwein!«, hatte Nadine ihn angeschrien. »Überall liegen deine stinkenden Socken und dreckigen Unterhosen herum!«

Nun ja, der Ordentlichste war er nicht, aber konnte er etwas dafür? Seine Mutter hatte ihm einfach nicht beigebracht, wie man Ordnung hielt. Sie war selbst mit sich und dem Leben überfordert gewesen, daher hatte es bei Marco zu

Hause weitaus schlimmer als in der gemeinsamen Wohnung mit Nadine ausgesehen. Woher also sollte er diese Fähigkeit haben, geschweige denn erkennen, dass er ein Chaos veranstaltete? Ihm fielen die von Nadine angeprangerten Schlampereien nicht einmal auf.

Wahrscheinlich war auch er es, der den Fehler in dieser Datei verursacht hatte. Er stöhnte und blickte zu der sich öffnenden Tür, von der nun rumpelnde Geräusche zu hören waren.

Dort mühte sich ein älterer Mann mit einem Fahrradanhänger ab. »Entschuldigung, aber den können Sie nicht hier reinbringen!«, rief Marco ihm von seinem Platz aus zu.

»Dann müssen Sie mir helfen, dieser Koffer ist dermaßen schwer.« Der Kerl zeigte auf das Gepäckstück auf dem Anhänger. »Habe ich kaum da raufgewuchtet bekommen.«

Marco atmete geräuschvoll aus. Er hatte wenig Lust auf ein neues Fundstück. »Wo haben Sie den denn her?«

»Gefunden.«

»Und dann nehmen Sie den einfach mit?« Marco wusste, wie sensibel die Leute heutzutage auf herrenlose Koffer reagierten. Verständlicherweise. Und er wollte das Teil ehrlich gesagt auch nicht hier haben. Bedeutete nur eine Menge Arbeit für ihn.

Der ältere Mann schob den Anhänger weiter in den Raum. »Der lag beim Altonaer Balkon.«

»Hm.« Marco musterte erst den Mann, dann den Koffer. Er musste zugeben, als Attentäter würde er dort auch keine Kofferbombe deponieren. Schon gar nicht in der Größe und mit einem solch auffälligen Muster.

»Haben Sie denn hineingeschaut?«

Der Mann schüttelte den Kopf. »Ist abgeschlossen.«

Naja, dachte Marco, das ist ja eigentlich kein Hindernis. So ein Kofferschloss ließ sich doch leicht knacken. Das wusste er aus eigener Erfahrung.

»Gut, dann stellen Sie ihn dort hin.« Marco wies mit einem Kopfnicken in eine Ecke. Der Mann blickte ihn fragend an, machte sich dann aber daran, den Koffer abzuladen. Marco beobachtete ihn dabei, machte jedoch keine Anstalten, ihm zu helfen. Gehörte weder zu seinem Job, noch hatte er Lust dazu.

Der andere zerrte den Koffer an den zugewiesenen Platz. Marco nickte. »Gut. Danke!«

»Ist das alles?«

»Wieso?«

»Na, müssen Sie nicht meine Personalien aufnehmen?« Der Mann kam näher und baute sich vor seinem Schreibtisch auf. »Wegen Finderlohn und so?«

»Ach ja. Geben Sie mir Ihren Ausweis. Ich mache eine Kopie.«

Mit argwöhnischem Blick reichte sein Gegenüber ihm einen Personalausweis. Marco erhob sich widerwillig und bewegte sich langsam zum Kopiergerät. Warum mussten die Leute auch ständig irgendwelche Sachen verlieren? Und gerade einen Koffer? Das fiel einem doch auf.

Wenn der Eigentümer das Teil wenigstens am Bahnhof stehen gelassen hätte. Dann müsste er sich jetzt nicht kümmern, denn dort gab es ein eigenes Fundbüro. Aber so hatte er die Arbeit an der Backe.

Er gab den Ausweis an den Mann zurück, der ihn erwartungsvoll anblickte.

»Das ist dann alles«, raunzte Marco ihn an und setzte sich wieder auf seinen Platz. Sein Handy, das neben der Tastatur lag, blinkte, und sofort machte sein Herz einen Sprung. Sicherlich eine Nachricht von Nadine. Bestimmt wollte sie sich entschuldigen.

»Gut, dann auf Wiedersehen«, verabschiedete Marco mit einer scheuchenden Handbewegung den Mann, der etwas unschlüssig im Raum stand. Er wollte endlich in Ruhe die Mitteilung lesen. Außerdem stanken ihm dieser Kerl und dieser Koffer gewaltig – im wahrsten Sinne des Wortes.

2. KAPITEL

Es war nicht mehr ganz so früh am Morgen, als Peer Nielsen zum Endspurt im Altonaer Volkspark ansetzte, aber er hatte letztes Wochenende an der Polizeishow in der Hamburger Sporthalle teilgenommen und konnte deshalb ruhig mal ein wenig später im Büro aufschlagen, hatte er sich heute gedacht, als sein Wecker wie gewöhnlich um 6.30 Uhr klingelte. Ohnehin war momentan wenig los, das musste er ausnutzen, wenn die Verbrecher in Hamburg einmal Pause machten.

Er bog um die letzte Kurve des Waldweges und konnte bereits seinen Wagen sehen, als in der Tasche seiner Laufweste sein Handy vibrierte. Er zog noch einmal das Tempo an, ehe er schließlich das Auto erreichte und sein Telefon herausholte.

»Hauptkommissar Nielsen«, nahm er, ohne aufs Display zu achten, keuchend das Gespräch an, während er sich auf der Motorhaube abstützte.

»Ja, Chef, wir haben einen Leichenfund – wobei …«, sein Mitarbeiter Boateng am anderen Ende der Leitung stockte plötzlich.

Peer runzelte die Stirn. »Wo?«

»Im Fundbüro.«

»Im Fundbüro?«, schmunzelte Nielsen. Das musste ein Scherz sein, oder?

»Nein, die Angestellten dort haben in einem Koffer einen Torso entdeckt.«

»Okay, ich komme.«

Eilig rannte er um den Kombi herum, öffnete die Heckklappe und nahm ein Handtuch heraus, mit dem er sich zunächst flüchtig den Schweiß von seinem kahl rasierten Kopf abwischte. Er schlüpfte aus seinem Laufdress und trocknete sich gründlich ab. Einer Mutter mit Kinderwagen, die an dem Parkplatz vorbeispazierte, fielen beinahe die Augen aus dem Kopf. Peer grüßte freundlich, woraufhin die Frau eilig weiterhastete.

Er sprühte Deo unter seine Achseln und zog sich seine Ersatzklamotten an, die er für solche Fälle immer im Wagen liegen hatte. Keine zehn Minuten später fuhr er beim Zentralen Fundbüro in der Bahrenfelder Straße vor.

Die beiden Männer, die den Koffer geöffnet und den Torso gefunden hatten, waren beinahe genauso blass wie das Leichenteil. Dies lag sicherlich nicht zuletzt an dem bestialischen Gestank, der von dem Fundstück ausging, dachte Peer und versuchte selbst, möglichst flach zu atmen.

Sein Mitarbeiter Boateng, der ihn über den Fund informiert hatte, stand neben dem Koffer und inspizierte den Inhalt.

»Ist auf jeden Fall ein Mann«, war seine erste Feststellung. Nielsen nickte, während er nähertrat. Der Oberkörper wies mehrere Stichwunden auf und lag passgenau in dem Hartschalenkoffer. Kopf und Arme sowie der Unterkörper waren abgetrennt worden, sodass der Torso in dem Gepäckstück Platz fand. »Sieht recht fachmännisch aus«, kommentierte er die Zerstückelung. »Aber das soll Dr. Choui beurteilen. Hast du schon in der Rechtsmedizin Bescheid gegeben?«

Michael Boateng nickte. »Die schicken gleich jemanden, um den Koffer abzuholen.«

»Wie ist denn der überhaupt hier gelandet?«, richtete sich Nielsen nun an die beiden Bleichgesichter.

»Der ist abgegeben worden. Vor zwei Tagen. Von so einem Typ«, würgte einer der Mitarbeiter hervor.

»Aha«, entgegnete Peer. War ja eigentlich nicht so ungewöhnlich, schließlich war dies hier das zentrale Fundbüro.

»Und wieso haben Sie den Inhalt nicht sofort geprüft?« So ein Kofferfund war nicht ohne. Da konnten sich schließlich Sprengstoff oder andere prekäre Dinge – wie dieser Fund zeigte – drin befinden.

Als Antwort erhielt er ein Schulterzucken.

»Und wieso haben Sie ihn heute – zwei Tage später geöffnet?«

»Na, weil es mittlerweile im ganzen Gebäude stinkt«, meldete sich nun der andere Mann zu Wort. »Hat eine Zeit gedauert, bis wir die Quelle des Gestanks lokalisieren konnten, und dann mussten wir das Ding auch noch aufbrechen.«

Da war jemand anscheinend sehr sorgfältig gewesen. Und das, obwohl doch jeder wusste, wie einfach solch ein Schloss zu knacken war. »Wo hat der Finder den Koffer denn entdeckt?«

Wieder zuckte der zuständige Mitarbeiter mit den Schultern. »Das weiß ich nicht mehr so genau.«

»Aber da gibt es ja bestimmt einen Eintrag«, mischte sich nun Boateng ein. »Jedes Fundstück wird doch registriert, oder?«

Nun kehrte langsam Farbe in das Gesicht des Angesprochenen zurück. »Schon, aber, naja …«

»Was Marco, sag bloß, du hast den Koffer nicht erfasst?« Der andere Mann stemmte die Hände in die Hüften. »Wie oft habe ich dir gesagt, dass du sorgfältiger arbeiten musst. Wir können uns keine Fehler mehr leisten – und du am allerwenigsten! Nun siehst du, was dabei rauskommt.«

Peer hatte den Eindruck, dass es hier weitaus mehr Probleme als diese Kofferleiche gab, doch das ging ihn im Prinzip nichts an.

»Und gab es noch weitere Kofferfunde in der letzten Zeit?« Irgendwo musste sich ja noch der Rest der Leiche befinden.

»Nicht, soviel ich weiß, oder, Marco?« Der Mann, der anscheinend der Vorgesetzte des anderen war, blickte seinen Mitarbeiter forschend an.

»Nein, aber ich habe eine Kopie gemacht.«

»Eine Kopie?«, horchte Nielsen auf.

Ohne eine Antwort, hastete der junge Mann zu einem Schreibtisch und durchwühlte mit fahrigen Bewegungen einen Stapel Papiere. »Hier«, rief er euphorisch und kam mit einem Zettel in der Hand auf Peer zugerannt. »Das ist der Personalausweis von dem Typen, der den Koffer abgegeben hat.«

3. KAPITEL

»Peter Köster«, las Boateng zum wiederholten Male den Namen von der Ausweiskopie ab, die Marco Renz ihnen gegeben hatte, während sie zu der angegebenen Adresse in der Königstraße fuhren.

Das Wohnhaus wirkte ein wenig heruntergekommen, aber Peer vermutete, dass auch hier die Mieten mittlerweile ordentlich angezogen hatten, wie beinahe überall in der Stadt. Bezahlbarer Wohnraum war in Hamburg mehr als knapp, wie er durch die Suche seines Freundes nach einer größeren Wohnung wusste. Sören und seine Frau erwarteten Nachwuchs und hätten gerne ein Zimmer mehr, doch nun lag der Geburtstermin bereits in greifbarer Nähe, und eine neue Bleibe war noch nicht in Sicht. Zumal zunächst ein Einkommen wegfallen würde, was die Suche nicht einfacher machte.

Einmal war Peer zu einer Besichtigung mitgegangen. Unvorstellbar, was für eine Schlange aus Interessierten sich durch das schmale Treppenhaus bis zum vierten Stock formatiert hatte; und als er die heruntergekommene Wohnung gesehen hatte, war er mehr als empört über den exorbitanten Mietpreis gewesen. Nur gut, dass er nicht umziehen musste, hatte er gedacht.

»Hier ist es«, riss der Mitarbeiter ihn aus seinen Gedanken. Boatengs dunkelhäutiger Finger tippte auf das entsprechende Klingelschild, ehe er zu dem dazugehörigen Knopf wanderte.

»Ja bitte?«, ertönte eine sonore Stimme aus der Türsprechanlage.

Peer räusperte sich. »Kripo Hamburg. Herr Köster, wir kommen wegen des Koffers, den Sie vor zwei Tagen im Fundbüro in Altona abgegeben haben.«

»Ach so?«

»Ja, können wir bitte reinkommen?«

Es folgte eine längere Pause, in der in Nielsen bereits erste Zweifel aufkeimten, ob der Mann ihnen überhaupt öffnen würde. Doch dann war plötzlich das Summen des Türöffners zu hören, und Boateng drückte die schwere Eingangstür auf.

Im Flur war es mehr als schummrig. Der einst aufwendig verarbeitete Mosaiksteinfußboden war abgetreten und schmutzig. In der Luft lag eine Mischung aus altem Bratfett und Hundescheiße. Peer vermied es, das Treppengeländer anzufassen, während sie in den dritten Stock hinaufgingen.

Als Nielsen in Kösters Wohnung trat, verstand er dessen Zögern beim Öffnen der Tür. Im Flur stapelten sich Pappkartons dicht an dicht, zwischen denen sie sich hinter Köster her ins Wohnzimmer schlängelten. Aber auch dort schien jedes erdenklich freie Plätzchen mit Zeitschriften, Büchern, Kisten voll Krimskrams und anderem nutzlosen Zeug zugemüllt. Boateng blickte sich ratlos um, während Peer versuchte, sich auf den Grund ihres Besuchs zu fokussieren und den seltsamen Geruch, der ihnen aus dem Treppenhaus gefolgt zu sein schien, zu ignorieren.

»Ja, also, wir sind gekommen, um Sie nach diesem Koffer, den Sie abgegeben haben, zu befragen.«

»Das sagten Sie ja bereits.«

»Wo genau haben Sie den gefunden?«

»Wieso? Was war drin? Vielleicht Geld?« Kösters Augen begannen plötzlich zu leuchten. »Ach nee«, winkte er ab, »der war ja viel zu schwer. Aber vielleicht Goldbarren? Bekomme ich einen Finderlohn? Sind Sie deswegen hier?«

Peer beäugte den Mann, während er überlegte, was er antworten sollte. Hatte Peter Köster wirklich keinen Verdacht, warum sie hier waren? Oder tat er nur so ahnungslos? Dass die Kripo nicht kam, um ihm einen Finderlohn auszuhändigen, musste ihm doch klar sein, oder?

»Da war eine Leiche drin«, antwortete Michael Boateng vielleicht etwas unsensibel, dafür aber unmissverständlich an Peers Stelle. Augenblicklich verstummte Köster, und man konnte zusehen, wie das Blut sich aus seinen knöchernen Wangen verzog.

»Nun, wo haben Sie den Koffer gefunden?«

»Damit habe ich nichts zu tun!«, wehrte Köster ab. »Ich weiß nichts von einer Leiche.«

»Das sagt ja auch keiner«, versuchte Nielsen den Mann zu beruhigen. In diesem Zustand brachte der Finder ihnen gar nichts. »Aber woher Sie das Fundstück haben, wissen Sie doch, oder?«

Peter Köster schluckte. »Den habe ich auf meiner Tour in der Nähe vom Altonaer Balkon gefunden.«

»Altonaer Balkon?«, hakte Boateng nach. »Und wo genau?«

»Soll ich es Ihnen vielleicht zeigen?«

Peer nickte sofort. Er wollte diese stinkende Müllhalde so schnell wie möglich verlassen. Wie konnte man so nur leben? Er drehte sich um und bahnte sich zwischen dem

Unrat seinen Weg zurück in den Hausflur. Eilig hechtete er mit großen Schritten die Treppen ins Erdgeschoss hinunter, bis er endlich wieder vor der Tür stand und tief durchatmete. Frischluft – wie gut das tat!

»Was haben wir denn da?« Neugierig beugte sich Dr. Choui über den Koffer auf der Bahre, die einer seiner Mitarbeiter gerade in den Sektionsraum geschoben hatte. »Torso einer männlichen Leiche. Wurde im zentralen Fundbüro entdeckt«, klärte Herr Holst seinen Chef auf.

»Uih«, entfuhr es dem Rechtsmediziner. »Na, das ist ja mal was.« Zwar bot sein Beruf ihm täglich neue aufregende Aspekte, aber eine zerstückelte Leiche gab es nicht so oft. »Da mache ich die Obduktion selbst. Ist Dr. Lutz da?« Der Sektionsassistent nickte. »Kommt gleich. Und jemand von der Staatsanwaltschaft ist auch auf dem Weg.«

»Na dann.« Dr. Choui ging hinüber zu einem der Schränke und nahm sich aus einer Schublade ein Paar Latexhandschuhe. Anschließend beugte er sich wieder über den Koffer.

»Der liegt da aber schon eine Weile drin«, stellte er fest, während sein Blick über die blasse Haut und die Einstiche im Brustbereich schweifte.

»Haben wir Informationen, wie lange der Koffer sich im Fundbüro befand?«

Herr Holst blätterte zwischen einigen Papierseiten auf einem Klemmbrett. »Hm, angeblich zwei Tage.«

»Angeblich? Ist das denn nicht genau erfasst?«, wunderte Dr. Choui sich.

»Nee.«

»Solch eine Schlamperei«, kommentierte der Rechtsmediziner diesen Umstand, drehte sich dann aber um, da er im Augenwinkel einen Schatten wahrgenommen hatte.

»Ah, Herr Kollege. Und die Staatsanwaltschaft ist auch da. Na, dann kann es ja losgehen.« Er drückte Dr. Lutz ein Diktiergerät in die Hand und bat dann Herrn Holst, den Torso vorsichtig aus dem Koffer zu heben und zu wiegen.

»Der Koffer geht in die KTU. Warten die oben?«, fragte Dr. Choui, und sowohl Dr. Lutz als auch der Staatsanwalt nickten.

Herr Holst schrieb das Gewicht von 31 Kilo an eine kleine Wandtafel, das Dr. Lutz sogleich fürs Protokoll in sein Aufnahmegerät diktierte. Anschließend legte der Sektionshelfer den Torso auf den Seziertisch. »Ich bringe den schnell hoch«, entgegnete er dann und verschwand gleich darauf mit dem bunten Schalenkoffer aus dem Raum.

Die anderen traten näher an den metallenen Tisch und inspizierten den Oberkörper, der an der Brust und im Schulterbereich dunkel behaart war.

»Schätze, der Mann ist vielleicht so zwischen 50 und 60 Jahre gewesen«, mutmaßte der Leiter des Rechtsmedizinischen Institutes, während Dr. Lutz den generellen Zustand aufnahm.

»Der Kopf des Mannes, den wir auf ca. 50 bis 60 Jahre schätzen, wurde am Übergangsbereich von Hals und Rumpf abgetrennt, die Arme auf Höhe der Schultergelenke. Die untere Abtrennlinie befindet sich circa in Nabelhöhe, unterhalb des Beckens, Beckenknochen fehlen vollständig.«

Dr. Choui drehte den Torso leicht und wies auf die Totenflecken, die sich nicht mehr wegdrücken ließen. Sein Kollege nahm auch diese Details auf Band auf.

»An den Fäulniszeichen kann man eine grünlich-gräuliche Verfärbung der Muskulatur an den Einstich- und Abtrennungslinien feststellen.«

Dr. Lutz stellte das Gerät ab. »Was meinen Sie, Todeszeitpunkt vor circa vier bis fünf Tagen?«

Dr. Choui, der kein Freund voreiliger Schlüsse war, zuckte leicht mit den Schultern. »Könnte sein, ist aber eine sehr vage Vermutung. Lassen Sie uns erst weitermachen, bevor wir uns festlegen.«

Peer war froh, dass der Weg bis zur Fundstelle des Koffers nicht allzu weit war. Köster hatte den Gestank aus seiner Wohnung mit in Peers Dienstwagen gebracht. Da brauchte es wahrscheinlich mindestens drei Wunderbäume, um den Geruch aus dem Auto zu vertreiben, geschweige denn, dass Nielsens Riechorgan diese Stinkmorchel auf seinem Rücksitz länger hätte ertragen können. Unvorschriftsmäßig parkte er daher einfach auf dem Bürgersteig und stieg aus.

»So, und wo genau stand der Koffer nun?«, fragte er Köster, nachdem er etliche Male tief ein- und ausgeatmet hatte.

»Da drüben«, wies Köster mit ausgestrecktem Arm in Richtung Elbhang und stiefelte augenblicklich los. Peer und Boateng folgten ihm bis zu einem Geländer, an dem Köster stehen blieb.

»Da im Gebüsch hat der gelegen!«

»Da?« Michael deutete auf die Böschung, und Köster nickte.

»Was hatten Sie da denn zu suchen?«, wunderte Peer sich. Er musste zugeben, dass die Stelle eigentlich ein perfektes Versteck für eine Kofferleiche war, denn am Elbhang kreuchten wohl kaum irgendwelche Leute herum. Doch ähnlich wie wohl auch derjenige, der den Koffer an dieser Stelle entsorgt hatte, irrte er.

»Na, die Leute schmeißen oft Pfandflaschen den Hang hinunter. Wenn die hier oben abends sitzen und ein Bier trinken – zack, die Flasche ins Gebüsch. Dabei ist das bares Geld. Und Umweltverschmutzung ist es auch noch«, empörte Köster sich.

Unweigerlich musste Peer an die völlig vermüllte Wohnung denken und schmunzeln.

»So gut, und da unten hat er gelegen?« Peer stemmte sich auf das Geländer und schwang sein rechtes Bein hinüber. »Was ist?«, fragte er Köster und Boateng, die ihn leicht verwundert von der anderen Seite des Gitters anschauten. »Das schauen wir uns natürlich genauer an.«

Boateng schwebte geradezu elegant mit einem seitlichen Hüpfer über den Zaun, während Köster drei Anläufe benötigte, um den beiden zu folgen.

Dafür, dass er das angeblich öfter macht, wirkt der reichlich ungeschickt, fuhr es Nielsen durch den Kopf, und auch Michael beobachtete das Manöver mit einem fragenden Blick.

Kaum auf der anderen Seite, bückte sich Köster und klaubte eilig eine Pfandflasche vom Boden auf.

»Herr Köster, bitte«, erinnerte Peer den Mann an den eigentlichen Anlass ihres Ausflugs an den Elbhang.

»Aber«, setzte der andere an, verstummte jedoch bei Nielsens mahnendem Blick. Die Pfandflasche ließ Köster dennoch nicht los, sondern deutete mit ihr direkt auf den Fundort des Koffers.

Stück für Stück arbeiteten sie sich in dem ungewohnten Terrain an das Gebüsch heran. Es war gar nicht so leicht, auf dem Untergrund Halt zu finden, denn der Elbhang war an dieser Stelle recht steil.

»Hat der Koffer hier gelegen?«, fragte Peer Köster, als sie endlich den Strauch erreichten, und wies dabei in das Geäst.

»Etwas weiter drin.«

Michael ging in die Knie und legte den Kopf schief, um den Fundort besser inspizieren zu können. Peer tat es ihm gleich. Sie sahen jede Menge Unrat, etwas weiter links lag ein großer grauer Plastiksack.

Boateng arbeitete sich rückwärts in das Gebüsch, während Nielsen ihn in die korrekte Richtung dirigierte, bis sein Mitarbeiter den Beutel greifen konnte.

»Ganz schön schwer«, kommentierte der, als er mit dem Fundstück seinen Chef erreichte. Dem war es mulmig zumute, als er den Sack öffnete und hineinsah.

4. KAPITEL

Marco Renz stand vor dem Hintereingang des Fundbüros und zündete sich mit zitternden Händen eine Zigarette an. Eigentlich hatte er sich das Rauchen abgewöhnt – Nadine zuliebe, aber heute konnte er nicht anders, als sich eine anzuzünden und den Rauch tief zu inhalieren.

Kurz überkam ihn ein Schwindelgefühl, doch schon als er ausatmete, hatte er das Gefühl, es ginge ihm wesentlich besser nach diesem ersten Zug. Er seufzte.

Das Donnerwetter seines Chefs war mehr als gewaltig gewesen. Mit hochrotem Kopf hatte er Marco angeschrien, mit Abmahnung, ja sogar Kündigung gedroht. Dabei konnte Marco für den Inhalt des Koffers rein gar nichts. War doch nicht seine Schuld, dass irgendein Irrer durch die Gegend lief und Leute zerstückelte.

Gut, er hätte den Inhalt vielleicht überprüfen sollen. Und auch die Registrierung des Fundstücks hatte er verbockt, aber das hätte an dem Leichenfund ja nichts geändert. So oder so wären sie im Fundbüro auf diesen Oberkörper gestoßen. Er verstand gar nicht, warum sein Chef da solch ein Drama draus machte. Brachte wenigstens mal ein wenig Wind in den Laden. Obwohl der Gestank und auch der Anblick des Leichenteils ihm ziemlich zugesetzt hatten. Marco hatte noch nie einen toten Menschen gesehen, und seiner Ansicht nach wäre es besser gewesen, wenn es dabei geblieben wäre. Die Bilder dieses grausigen Funds würden ihn wahrscheinlich nicht nur die nächsten Tage begleiten.

Er zog noch einmal an der Zigarette. Nadine würde sofort riechen, dass er geraucht hatte und ihm stundenlange Vorträge halten. Letztendlich servierte er ihr schon wieder einen Grund für ihre Nörgeleien – diesmal bewusst und geradezu auf dem Silbertablett. Doch das war ihm heute irgendwie egal. Schlimmer konnte der Tag nicht mehr werden.

Ein letzter Zug, und er schnippte die Kippe seitlich direkt vor ein paar weiße Turnschuhe. »Oh«, wandte sich Marco zu dem Mann um. »Entschuldigung, ich war ganz in Gedanken.« Er hatte den Kerl wirklich nicht bemerkt. Oder hatte der sich absichtlich angeschlichen? Marco musterte den Mann von oben bis unten, der trotz des sehr warmen Wetters einen Trenchcoat trug.

»Das macht nichts«, grinste der Typ ihn schief an. »Ist ja nur verständlich.«

»Hä?«

»Na, Sie hatten heute bestimmt einen schlimmen Tag.«

Marco zog die Augenbrauen hoch. Wer war der Typ? Was wollte der hier? Und als ob sein Gegenüber lesen konnte, was sich hinter seiner gerunzelten Stirn abspielte, sagte er:

»Ach, entschuldigen Sie. Ich habe mich gar nicht vorgestellt. Pisto mein Name. Ich arbeite für die MoPo.«

Langsam setzte sich in Marcos Gehirnwindungen etwas in Bewegung. Die Presse hatte also von dem Fund schon Wind bekommen. Vielleicht gar nicht so übel – da sprang doch bestimmt etwas für ihn raus. Schließlich konnte er exklusive Informationen liefern. Wer, wenn nicht er? Er drückte unbewusst seine Brust hervor und streckte dem Mann seine Hand entgegen.

»Angenehm, Marco Renz. Ich arbeite hier im Fundbüro.« Mit einem Lächeln im Gesicht wies er mit einem Kopfnicken auf das Gebäude.

Pisto grinste ebenfalls. »Ich weiß, Herr Renz. Ich weiß.«

Der Geruch, der aus dem geöffneten Sack entwich, war erträglich und roch glücklicherweise nicht nach Verwesung; obwohl sich die restlichen Leichenteile ja irgendwo befinden mussten und es gut wäre, wenn sie möglichst schnell gefunden wurden. Aber in diesem Müllbeutel hatte irgendwer seinen Elektroschrott entsorgt. Peer schüttelte den Kopf, als er auf einige Kabel, ein Computerlaufwerk und einen alten Toaster blickte.

»Am besten, wir fordern direkt die Spusi und eine Hundestaffel an«, sagte er zu Boateng, der sich bereits nach weiterem Unrat umblickte, von dem es erstaunlicherweise recht viel am Elbhang gab. Und das, obwohl Hamburg erst 2011 Europas Umweltstadt gewesen war. Aber wahrscheinlich hatte das nur für dieses eine Jahr gegolten, und nun lagen die Prioritäten halt woanders – zum Beispiel auf Olympia oder der Elbvertiefung.

»Ist gut, Chef«, entgegnete Michael und griff bereits zu seinem Handy.

Nur wenig später trafen die Kollegen ein und machten sich daran, die Gegend weiträumig abzusuchen.

Peer und Michael verabschiedeten sich für den Moment nicht nur von den anderen Beamten, sondern auch von Peter Köster, dem Nielsen nicht einmal anbot, ihn nach Hause zu fahren.

Ein weiteres Mal würde er sich von der Stinkmorchel nicht seinen Dienstwagen verpesten lassen.

»Wir melden uns bei Ihnen, falls wir weitere Fragen haben«, verkündete er daher lediglich und setzte sich nach einem kurzen Abschiedsgruß hinters Steuer.

Im Präsidium trommelte er zunächst sein Team zu einer Besprechung zusammen. Es lag eine Menge Arbeit vor ihnen.

»Zunächst müssen wir die Identität des Toten feststellen«, bemerkte Peer, nachdem sich alle um den großen Tisch versammelt hatten. »Leicht wird das nicht, denn ohne Fingerabdrücke oder Kieferknochenabgleich bleibt uns nicht viel. Ich fahre allerdings nachher gleich in die Rechtsmedizin, vielleicht hat Dr. Choui etwas gefunden, das weiterhilft.« Die anderen nickten.

»Solange warten wir dann noch mit der Pressemitteilung, denke ich«, entgegnete Gerhard Fritsche, Nielsens Vorgesetzter, den Peer zum Meeting hinzugebeten hatte.

»Aber ihr könntet schon einmal die Vermisstenanzeigen der letzten Tage durchgehen, Jens und Carsten«, übernahm Nielsen schnell wieder das Ruder. Er ließ sich ungern in seine Arbeit reinreden.

»Und du, Michael, fährst zurück nach Altona und unterstützt die Kollegen von der Spusi. Ich will sofort eine Info, wenn da etwas gefunden wird.«

»Geht klar, Chef.«

»Na dann, an die Arbeit«, beendete Peer die Besprechung und erhob sich.

In seinem Büro checkte er schnell seine Mails und Anrufe. Ein paar Berichte, die er gegenzeichnen musste, Dienstpläne und ein Anruf aus der KTU wegen einer Nachfrage zu einem älteren Fall. Nichts Dringendes, zumal die Kofferleiche momentan oberste Priorität hatte. Er schnappte sich seinen Autoschlüssel und eilte aus dem Raum. Im Flur stieß er mit Fritsche zusammen.

»Alles klar?«

»Ja, ja, ich muss nur schnell los. Dr. Choui wartet.«

Fritsche nickte und trat zur Seite. Peer ließ ihn einfach stehen. Er wusste, dass sein Verhalten unklug war; schließlich war Fritsche sein Chef und bis vor Kurzem so etwas wie ein väterlicher Freund. Stets hatte er Nielsen unterstützt und seine Karriere vorangetrieben. Dafür war Peer ihm auch mehr als dankbar, und im Grunde genommen mochte er Fritsche. Seit jedoch vor einigen Wochen Fritsches Frau Margot an Krebs gestorben war, fiel Peer der Umgang mit seinem Chef mehr als schwer. Er hatte Margot gekannt, sie sehr gemocht. Nun wusste er nicht, wie er mit ihrem Tod umgehen sollte; geschweige denn mit seinem Vorgesetzten. Daher hatte er seine Reaktionen auf Margots Tod auf eine Trauerkarte und seine Anwesenheit bei dem Begräbnis beschränkt. Einem Gespräch mit Fritsche wich er so gut es ging aus.

Während er seinen Wagen durch den dichten Feierabendverkehr nach Eppendorf lenkte, musste er daher unweigerlich an Margot denken. Sicherlich schmerzte Fritsche ihr Verlust, auch wenn er es im Präsidium kaum zeigte. Da schien er nach wie vor der Alte, doch Peer wusste, dass dem nicht so war, und ihm war klar, dass er so nicht ewig würde weitermachen können. Irgendwann würde er mit Fritsche über Margots Tod sprechen müssen.

Er parkte direkt vor dem Rechtsmedizinischen Institut, das sich in einer ruhigen Seitenstraße zwischen mehrere

Wohnhäuser fügte. Oft hatte Peer sich schon gefragt, wie die Leute in dieser Gegend wohl mit dem Gedanken klarkamen, dass nur wenige Meter von ihnen entfernt Leichen obduziert wurden. Verdrängen konnten die Bewohner der Straße das wohl kaum, denn auch jetzt fuhr gerade ein dunkler Leichenwagen die Auffahrt zum Institut hinauf.

Peer schluckte und stieg aus. Eigentlich war er an den Anblick toter Menschen gewöhnt – redete er sich zumindest ein. Trotzdem überkam ihn jedes Mal beim Betreten des Instituts – spätestens, wenn er die Treppe in den Keller hinabstieg – ein mulmiges Gefühl. Derart geballt mit dem Tod konfrontiert zu werden, warf vermutlich jeden aus der Bahn. Er fragte sich nur, wie die Rechtsmediziner und anderen Mitarbeiter des Instituts damit klarkamen.

Die dunkelhaarige Frau hinter der Glasscheibe am Empfang winkte ihm zu und betätigte den Türöffner. »Dr. Choui ist in seinem Büro«, teilte sie ihm mit. »Danke, Doreen!« Peer atmete auf. Wenigstens der Keller blieb ihm heute erspart.

Er klopfte an die Tür des Rechtsmediziners und betrat nach einem ›Herein‹ den Raum. »Ah, Herr Kommissar«, begrüßte Dr. Choui ihn. »Na, da haben Sie uns ja mal etwas Außergewöhnliches verschafft. Eine Kofferleiche hatte ich auch noch nicht allzu oft.«

»Ich auch nicht!«, entgegnete Peer und setzte sich auf einen freien Stuhl. »Haben Sie denn schon etwas herausfinden können?«

»Nun ja.« Der Mediziner lehnte sich zurück und schlug das rechte über das linke Bein, wobei unter dem weißen Kittel eine schwarze Jeans zutage kam. »Konkret lässt sich wenig sagen. Aber wie es aussieht, ist der Mann vor circa vier b Stichwe grund d dertproz gen, Erdr unwahrsch

»Aha.«

»Die Erge auch noch ni lich.«

»Hm, aber v giften, erdrossel erstechen?«

»Was weiß ich … Rechtsmediziner auf Peers Frage. »Viell… …, um ganz sicher zu gehen?«

»Sie meinen, weil er im Töten nicht besonders geübt ist?«

»Das bezweifle ich.«

»Wieso?« Peer krauste die Stirn, sodass sich die Falten weit auf seinem kahlen Kopf ausdehnten.

»Na ja, weil die Zerlegung des Leichnams sehr professionell ausgeführt wurde. Da verfügt einer über entsprechendes Wissen und Werkzeug.«

»Sie meinen, ein Schlachter?«

»Ja, oder ein Jäger vielleicht. Auf jeden Fall hatte derjenige, der den Mann zerstückelt hat, Ahnung von dem, was er tat.«

Unweigerlich tauchten vor Peers innerem Auge blutige Bilder auf. Dr. Choui hatte ein wahres Kopfkino in Gang gesetzt.

»Wieso zerstückelt man sein Opfer überhaupt?«

vor. Ein- bis zweimal
amit zu tun.«
ereits von Ermittlungen gehört,
mit derartigen Fällen zu tun gehabt
es jedoch das erste Mal.
n in solchen Fällen zwischen defensiver und
Zerstückelung unterscheiden. Bei der defensiven
ückelung geht es zumeist um irgendeine Art der Ver-
nichtung, etwa Verbrennung oder dem Verbergen der Leiche. Schließlich ist es nicht ganz so leicht, einen Toten verschwinden zu lassen.«

»Das ist wahr«, bestätigte Peer. Aufgrund seiner beruflichen Erfahrung wusste er, dass sich Täter im Vorwege oftmals viele Gedanken um den Mord, nicht aber um das Entsorgen der Leiche machten.

Die meisten Kapitalverbrechen wurden aufgeklärt, da die Leiche meist zum Täter führte, weil Opfer und Mörder sich oftmals kannten.

»Bei der offensiven Zerstückelung werden die Körperteile meist in der Nähe des Tatortes verstreut, ohne eine Tendenz, sie zu verbergen. Diese Art von Zerstückelung ist völlig zweck- und regellos«, fuhr Dr. Choui fort.

»Aber in diesem Fall hat der Täter ja eher versucht, die Leiche zu verbergen. Ansonsten hätte er sie doch wohl kaum in einen Koffer gepackt.«

»Stimmt, und andere Leichenteile sind bisher auch noch nicht aufgetaucht, oder?« Der Rechtsmediziner schaute Peer forschend an.

»Bisher nicht, aber wir haben Leichenspürhunde eingesetzt.«

»Wäre gut, wenn man möglichst bald den Rest des Mannes findet, denn so, wie gesagt, kann ich momentan wenig Konkretes liefern. Schon gar nichts, das zur Identifizierung des Opfers beitragen könnte.« Der Leiter des Instituts wusste, wie enorm wichtig es war, die Identität des Toten festzustellen. Ohne die konnte die Polizei kaum weitere Ermittlungen einleiten.

»Nicht mal ein Tattoo oder eine auffällige Narbe? Irgendwas?« Nielsens Stimme nahm einen leicht bettelnden Ton an. Er brauchte irgendetwas, was ihn weiterbrachte in dem Fall. Doch Dr. Choui schüttelte bedauernd den Kopf.

»Und ein DNA-Abgleich?«

»Habe ich veranlasst, dauert aber noch«, entgegnete der Mediziner.

»Und können Sie etwas zu den Werkzeugen sagen, mit denen der Täter die Leiche zerstückelt hat?«

Peer hoffte, diese könnten ein Ansatzpunkt sein.

»Na ja, den Wundrändern nach zu urteilen, würde ich auf eine Säge tippen.«

5. KAPITEL

Am nächsten Morgen wachte Nielsen mehr als gerädert auf. Das gestrige Gespräch mit Dr. Choui hatte ihn bis in seine Träume verfolgt und äußerst unruhig schlafen lassen. Immer wieder war er von dem Geräusch einer vermeintlichen Säge hochgeschreckt und hatte jedes Mal nur schwer zurück in den Schlaf gefunden. Dementsprechend müde fühlte er sich.

Draußen war es noch dunkel, und Peer konnte den Regen auf die Dachfenster prasseln hören. Am liebsten hätte er sich wieder umgedreht und die Bettdecke über den Kopf gezogen, aber er wusste genau, das war nicht möglich.

Die nächste Besprechung stand an, wobei er sich fragte, was sie eigentlich besprechen sollten. Boateng hatte sich nicht bei ihm gemeldet, also ging er davon aus, dass weder die Spusi noch die Hundestaffel weitere Leichenteile oder sonstige Hinweise entdeckt hatte. Wie schrecklich, dachte Peer, als er sich vorstellte, dass irgendwo in der Stadt die restlichen Leichenteile herumlagen.

Die bisherige Obduktion brachte sie nicht weiter und auch sonst gab es nicht viele Spuren in dem Fall.

Und doch musste irgendwer den Toten vermissen, oder? Vielleicht hatte der Abgleich mit den Vermisstenanzeigen etwas gebracht.

Peer schlug die Daunendecke energisch zurück und schwang die Beine aus dem Bett. Sogleich hörte er Fritzchen aufgeregt an der Scheibe seines Terrariums scharren. Der Leguan hatte Hunger und verlangte nach seinem Frühstück.

»Ist gut, alter Junge. Kriegst ja gleich was«, versuchte Nielsen das Tier zu beruhigen. Gähnend schlurfte er in die Küche und stellte als Erstes die Kaffeemaschine an, ehe er sich um Fritzchens Frühstück kümmerte. »Nanu«, entfuhr es ihm jedoch, als er in den beinahe leeren Kühlschrank äugte. »Wo ist denn die Tüte von Ahmet?«, murmelte er vor sich hin und fuhr dabei mit der linken Hand über seinen Kopf. Die sprießenden Haare raschelten leicht unter seinen Fingern, während er darüber nachdachte, wo er die Tüte mit dem Obst und Gemüse aus dem türkischen Laden an der Ecke zuletzt gesehen hatte. Er hatte sie doch wohl nicht … Peer ging zur Wohnungstür, schloss auf und fand den gesuchten Beutel im Flur stehen. Er seufzte erleichtert. »Ich werde alt«, murmelte er und bückte sich nach den Einkäufen. Dabei fiel sein Blick unweigerlich auf die Zeitung, die auf der Fußmatte zur Nachbarwohnung lag. »Das gibt's ja wohl nicht!« Er schnappte sich das Blatt und überflog kopfschüttelnd die Schlagzeilen auf der ersten Seite. ›Grausige Entdeckung im Fundbüro!‹, stand dort geschrieben, und anschließend wurde über die Kofferleiche berichtet inklusive einem Interview mit Peter Köster, der dem Presseheini ausführliche Informationen über das Fundstück gesteckt hatte.

»Das ist bestimmt …« Nielsen blätterte die Zeitung auf und fuhr auf Seite drei mit dem Zeigefinger an das Ende des Berichtes. »Klar. Pisto«, schnaubte er verächtlich, als er das Kürzel des Verfassers sah. Er kannte den Journalisten, war schon öfters mit dem Typen aneinandergeraten. Dieser Schmierfink, wie Peer ihn nannte, war einer von der ganz üblen Sorte. Das hatte mit Journalismus nichts zu tun, das waren einzig und allein Affekt heischende Klatschzeilen. Wobei ja noch nicht einmal gelogen war, was der Kerl schrieb, nur wie. So konnte man doch nicht über den Fall berichten.

Die Nachbartür öffnete sich, und die Frau von nebenan steckte ihren Kopf in den Flur. Peer wurde plötzlich bewusst, dass er ihre Zeitung in den Händen hielt und, was eigentlich noch peinlicher war, halbnackt im Flur stand.

»Oh, äh, Entschuldigung.« Er faltete eilig die Morgenpost zusammen. Seine Nachbarin beobachtete ihn dabei recht interessiert, sagte jedoch nichts, was die Situation für Peer irgendwie noch peinlicher werden ließ.

»Ich habe da nur mal kurz …« Er reichte ihr die Zeitung und schlüpfte in seine Wohnung. Mann und das, wo die Frau so gut aussah. Die Nachbarin wohnte noch nicht lange dort, und er hatte sie erst wenige Male im Treppenhaus getroffen. Aber Peer, der seit einigen Jahren Dauersingle war, hatte sofort gesehen, wie attraktiv die neue Mitbewohnerin war. Und nun stand er da wie der letzte Depp. Zumal er in der Eile wieder die Tüte im Flur vergessen hatte. Vorsichtig äugte er durch den Spion und wich sofort erschrocken zurück.

Seine Nachbarin stand nach wie vor im Flur und blickte auf seine Tür. Zum Glück konnte sie ihn nicht sehen. Er schob sich zum Guckloch vor und beobachtete, wie die Frau sich vor der Tür etwas leicht nach vorne beugte und den Namen auf seinem Klingelschild las. Augenblicklich machte sein Herz einen Satz. Er hielt die Luft an.

Kurz darauf drehte sie sich jedoch um und ging zurück in ihre Wohnung. Peer ließ seinen Atem geräuschvoll entweichen. Noch ein letzter Blick durch den Spion, dann öffnete er erneut die Tür, langte jedoch nur eben um die Ecke und zog die Tüte hinein.

Wenig später verließ Nielsen frisch geduscht die Wohnung, während Fritzchen gesättigt auf seinem Stamm lag und einige Apfelspalten und Salatblätter verdaute.

Der Weg zum Präsidium gestaltete sich um diese Uhrzeit ein wenig zäh, der Berufsverkehr hatte bereits eingesetzt. Viele Pendler aus dem Umfeld fuhren zum Job in die Stadt und verstopften die Straßen. Hinzu kam die ohnehin recht katastrophale Verkehrssituation in Hamburg. Zu viele Baustellen, Umleitungen – und dann noch nicht einmal eine grüne Welle. Hamburg wurde zu Recht als Stau-Hochburg bezeichnet. Peer, der sonst in solchen Situationen eher mal die Nerven verlor und durchaus unerlaubterweise zum Blaulicht als Wegbereiter griff, war heute jedoch erstaunlicherweise ganz ruhig. Noch immer beschäftigte ihn gedanklich die Begegnung mit seiner Nachbarin. Ob sie allein dort wohnte? Immerhin war das eine Drei-Zimmer-Wohnung nebenan, soweit er wusste. Aber einen Typen hatte er noch nie dort gesehen. Vielleicht könnte er sie mal zum Kaffee einladen? Er parkte in der Tiefgarage und ging pfeifend zum Aufzug.

Die gute Stimmung verflog jedoch schnell. Die Besprechung verlief, wie Peer es erwartet hatte. Weder die Spurensicherung hatte am Fundort des Koffers weitere Hinweise entdeckt, noch hatten Jens oder Carsten eine entsprechende Vermisstenanzeige gefunden.

»Es gibt ein paar, die passen könnten, aber ohne weitere Angaben ist das schwierig zu sagen. Wir wissen ja noch nicht einmal genau, wie alt der Typ aus dem Koffer war, oder?« Sein Mitarbeiter schaute ihn leicht frustriert an.

Peer räusperte sich. »Nein, Dr. Choui meint zwar, dass der Tote etwa 50 bis 60 Jahre alt gewesen ist, aber ganz genau kann er das natürlich nicht sagen. Bringt euch denn der mutmaßliche Todeszeitpunkt weiter? Vier bis fünf Tage?«

Jens Schnitter raschelte mit mehreren Ausdrucken, nickte plötzlich. »Zwei fallen damit raus. Die werden schon länger vermisst, bleiben noch drei Anzeigen.«

Nielsen nickte, obwohl er sich nicht sicher war, dass die anderen beiden Fälle damit tatsächlich vom Tisch waren. Was, wenn das Opfer zunächst entführt und nicht sofort getötet worden war? Bei einem Täter, der den Leichnam brutal mit einer Säge zerstückelte, konnte er sich beinahe alles vorstellen.

»Ich schaue mir das später selbst noch einmal an. Was gibt es sonst?«

»Ich fahre nachher mit den Kollegen von der Hundestaffel raus. Wir weiten das Suchgebiet aus, vielleicht finden wir elbabwärts etwas.«

»Gut«, bestätigte Peer, obwohl er wusste, dass sich die restlichen Leichenteile überall in der Stadt befinden konnten, denn offensichtlich hatten sie es mit einer defensiven Zerstückelung zu tun, soweit er den Rechtsmediziner verstanden hatte. Das bedeutete, es ging dem Täter darum, die Leiche zu verstecken.

»Außerdem sollten wir eine seriöse Pressemitteilung verfassen.«

»Oh ja, das wäre gut. Es gibt nämlich schon die ersten Anrufe mit den haarsträubendsten Geschichten zu dem Koffer und der Leiche«, stöhnte Jens Schnitter. »Das wird uns eine Menge Zeit und Nerven kosten – so oder so.«

»Gut, kümmerst du dich dann darum? Gib die Eckdaten zu der Leiche raus und fordere ein Bild bei der KTU vom Koffer an. Da könnten wir brauchbare Hinweise bekommen.«

Der Mitarbeiter nickte.

»Also dann«, Peer schaute in die Runde, »an die Arbeit.«

Alle Anwesenden erhoben sich. Peer ließ sich die Ausdrucke der Vermisstenanzeigen geben, und jeder machte sich an seine zugeteilte Aufgabe. Nielsen holte sich, bevor er ins Büro ging, eine Tasse Kaffee aus der Gemeinschaftsküche. Dort traf er auf seinen Vorgesetzen, der aufgrund eines anderen Meetings bei der Besprechung nicht hatte dabei sein können.

»Und«, hakte er aber sofort nach, »wie weit seid ihr?«

Innerlich schrie Peer förmlich auf, versuchte aber nach außen ruhig zu erscheinen. Er zuckte mit den Schultern. »Ohne die Identität kommen wir nicht wirklich weiter. Wahrscheinlich müssen wir warten, bis der Kopf gefunden wird.«

Gerhard Fritsche zog die Augenbrauen in die Höhe. »Habt ihr denn gar nichts?«

»So kann man das nicht sagen, aber nichts, was uns wirklich weiterbringt. Wäre vielleicht gut, jemanden zu haben, der uns was zum Täter sagen könnte.«

»Du meinst einen Profiler?«

Nielsen nickte. »Zum Beispiel.«

»Gut«, stimmte Fritsche zu. »Ich kümmere mich darum.«

6. KAPITEL

Boateng parkte den Wagen an der Elbchaussee und stieg aus. Die Kollegen von der Hundestaffel warteten bereits beim Rosengarten, bis wohin sie die Suche heute ausweiten wollten. Viel Hoffnung hatte Michael zwar nicht, aber man durfte die Flinte in ihrem Beruf nicht zu schnell ins Korn werfen. Hartnäckigkeit hatte sich in seinen Dienstjahren schon mehr als einmal ausgezahlt.

An den Gesichtern der Hundeführer konnte er allerdings ablesen, dass auch sie kaum daran glaubten, etwas zu finden. Die Hunde saßen völlig entspannt zu ihren Füßen und zeigten wenig Arbeitseifer. Kein Wunder bei dem Wetter. Es regnete Bindfäden, und ein leichter Wind ließ die Luft beinahe eisig erscheinen. Boateng schlug die Kapuze seiner wetterfesten Jacke hoch und ging auf die Kollegen zu.

»Moin«, grüßte er in die Runde und brachte dann die anderen auf den neuesten Stand.

»Also«, schloss er schließlich seinen kurzen Bericht, »dann wollen wir mal.«

Die Truppe setzte sich langsam in Bewegung und verteilte sich schnell über den Park und den Elbhang. Einige Passanten, von denen bei dem Wetter Gott sei Dank recht wenige unterwegs waren, blieben stehen und beobachteten das Treiben entlang der Elbe.

Michael schloss sich einem Kollegen mit einem Rottweiler an, der schwanzwedelnd an einer sehr langen Leine den Weg vorgab.

»Wie richtet ihr die Hunde eigentlich ab? Nutzt ihr dazu echte Leichenteile oder Leichen?« Michael hatte sich noch nie Gedanken darüber gemacht, wie man einem Tier wohl beibrachte, Tote aufzuspüren.

»Nee«, antwortete der Hundeführer, »Gott sei Dank nicht. Aber Leichentücher oder andere Gegenstände von Toten verschiedener Verwesungsstadien nutzen wir zur Konditionierung. Grundlage ist der Spiel- und Beutetrieb des Tieres. Wenn der Hund einen Fund durch Bellen oder Kratzen anzeigt, kriegt er das hier.« Der Kollege deutete auf ein ziemlich ramponiertes Spielzeug, das er an seinem Gürtel befestigt hatte. »So lernt der Hund, nur auf menschlichen Leichengeruch zu reagieren und kann dadurch einen toten Menschen von einem Tier unterscheiden.«

»Aha«, entgegnete Boateng interessiert. Als Kind hatte er selbst einen Hund besessen, den er ein wenig trainiert hatte. Stöckchen bringen, Sitz und Platz sowie ein paar andere Kunststücke, aber natürlich war das etwas anderes als die professionelle Ausbildung dieser Tiere.

»Und wie lange können die Spürhunde eine Leiche finden?«

»Naja«, grinste der andere Mann, »der Geruch wird mit der Zeit nicht angenehmer. Aber der zeitliche Aspekt ist beim Einsatz nicht so erheblich. Lenny zum Beispiel«, er deutete mit einem Kopfnicken auf den Rottweiler vor ihnen, »hat mal eine Leiche in über 80 Zentimeter Tiefe im Beton begraben gefunden. Und die lag da schon an die drei Jahre.«

»Drei Jahre?«, fragte Michael erstaunt. Der Hund musste wirklich über einen außergewöhnlichen Geruchssinn verfügen. Nur heute schien sie dieser nicht weiterzubringen.

Der Hund schnüffelte völlig unaufgeregt zwischen einigen Büschen umher.

Peer versuchte, sich auf die Dateien auf dem Bildschirm vor ihm zu konzentrieren, konnte aber die Telefonate im angrenzenden Raum nicht völlig ignorieren. Pistos Zeitungsartikel hatte die Hamburger Bevölkerung aufgescheucht. Viele Leute waren erschrocken über die Grausamkeit und Brutalität, mit der hier ein Mensch ermordet worden war, und hatten zeitgleich Angst, auf ein weiteres Leichenteil zu stoßen. Einige fragten, wie hoch die Wahrscheinlichkeit war, dass es sich um einen Serientäter handelte, da sie um ihr eigenes Leben fürchteten, während wiederum andere Anrufer der Polizei Ratschläge geben wollten oder wichtigtuerisch irgendwelche Märchengeschichten erzählten. Trotzdem hatten sie jeden Anruf freundlich entgegenzunehmen und handfesten Hinweisen nachzugehen, wobei bisher keine brauchbaren Informationen bei dem Telefonterror herausgekommen waren.

»Puh«, stöhnte Jens Schnitter, als er in einer kurzen Pause Peer den vorläufigen Pressebericht vorlegte, »ganz Hamburg scheint von nichts anderem zu sprechen als von unserer Kofferleiche.«

Nielsen grinste lediglich, während er den Text überflog. Sein Mitarbeiter hatte alle bekannten Angaben zusammengefasst und bat die Bevölkerung um sachdienliche Hinweise in dem Fall.

»Die Pressestelle hat übrigens eine Anfrage vom Lokalfernsehen, wollen wir den Kanal auch gleich nutzen?«

»Macht Sinn«, bestätigte Peer. »Ich kümmere mich um entsprechende Unterstützung bei den Anrufen, okay?«

Jens Schnitter atmete erleichtert auf.

»Ein Foto von dem Koffer hast du auch?«, hakte Nielsen nach.

»Ist angefordert.«

»Gut, sobald das da ist, kannst du den Text rausgeben«, erklärte Peer und wandte sich seinen Dateien zu. Er hatte unter dem Gesichtspunkt, dass der Täter sein Opfer nicht direkt umgebracht und zerstückelt hatte, noch einige weitere Vermisstenanzeigen herausgesucht, zunächst alle aus der näheren Umgebung. Es war natürlich gut möglich, dass das Opfer von weiter weg kam und seinem Mörder erst hier in Hamburg über den Weg gelaufen war, aber irgendwo mussten sie anfangen. Die Suche ausdehnen konnten sie immer noch. Ohnehin war er ein wenig verunsichert, was er nun mit den Anzeigen machen sollte. Zumal er wenig Informationen zu dem Toten aus dem Koffer hatte, die er bei den Angehörigen der Vermissten zum Abgleich hinterfragen konnte. Aber ein Versuch war es wert – schließlich konnte er hier nicht nur herumsitzen und darauf warten, dass sich irgendetwas tat. Das war einfach nicht seine Art.

Er nahm den Telefonhörer in die Hand und wählte die Nummer, die in der ersten Anzeige vermerkt war.

Nach einem kurzen Augenblick wurde das Gespräch angenommen. »Leibner?«

Peer räusperte sich. »Ja, guten Tag, hier Hauptkommissar Peer Nielsen, Polizei Hamburg.«

»Oh, Polizei. Haben Sie Ernst gefunden?« Die Dame, deren Stimme wie die seiner Oma klang, brachte seinen Anruf sofort mit der Anzeige in Verbindung. Also war Ernst Leibner, vermisst seit dem 12.04. circa 16 Uhr, zuletzt gesehen an der Bushaltestelle Wrangelpark, noch nicht aufgetaucht.

»Leider nicht, Frau Leibner«, musste Nielsen die ältere Dame enttäuschen. »Aber ich habe noch ein paar Fragen.«

»Fragen?«

»Ja, also ich würde gerne wissen, ob Sie sich vorstellen können, wo Ihr Mann hinwollte.«

Es entstand eine kurze Gesprächspause, in der Peer sich fragte, ob seine Vorgehensweise in diesem Fall richtig war. Die Frau schien verunsichert, wenn nicht sogar verwirrt. Würde sie überhaupt Angaben machen können, die ihn weiterbrachten?

»Ich habe Ihren Kollegen bereits erzählt, dass ich auch nicht weiß, was passiert ist. Mein Mann lebt in der Pflegeeinrichtung in der Bernadottestraße. Er ist schon seit Jahren dement.«

»Oh«, entfuhr es Peer. Da war jemand aus dem Heim ausgebüxt.

»Ja, daher wäre es wohl gut, wenn Sie direkt mit der Leitung dort sprechen«, empfahl Frau Leibner.

»Gut.« Das machte sicherlich Sinn, aber ein paar Fragen konnte die Dame ihm vielleicht trotzdem beantworten. »Aber Sie können mir vielleicht sagen, ob es in Ihrer Familie oder im Umfeld Ihres Mannes jemanden gibt, der …«, er stockte kurz. »Aus dem ähm, Schlachtbereich kommt?«

»Schlachtbereich?«

»Ja, gibt es einen Schlachter, den Sie oder Ihr Mann kennen?«

Wieder folgte eine Pause. Nielsen konnte die Gedanken der Frau am anderen Ende der Leitung förmlich rattern hören. »Nein«, antwortete sie schließlich.

»Hm«, entgegnete Peer. Wäre ja auch zu schön gewesen. »Und einen Jäger?«, erkundigte er sich weiter.

Diesmal kam die Antwort schnell. »Nein! Hören Sie, was sollen diese komischen Fragen? Worauf wollen Sie hinaus?«

»Na ja«, wand Peer sich. Er konnte der Frau schlecht sagen, dass er nach der Identität einer zerstückelten Leiche oder vielmehr eines Torsos suchte. »Wir haben ein paar Anhaltspunkte, aber die scheinen nicht auf Ihren Mann zu passen«, log Peer, denn solange sie nicht wussten, wer der Tote aus dem Koffer war, konnte es sich schon um Ernst Leibner handeln. Es war ja nicht gesagt, dass das Opfer seinen Mörder tatsächlich gekannt hatte, wenngleich das in der Regel und nach Angaben des Rechtsmediziners durchaus wahrscheinlich war.

Völlig frustriert stieg Nielsen einige Stunden später die Stufen zu seiner Wohnung im fünften Stock hinauf. Nach dem Anruf bei Frau Leibner hatte er sich irgendwie nicht getraut, noch weitere Angehörige aufzuscheuchen und sich lieber seinem elektronischen Postfach zugewandt.

Dort warteten zwei, drei Berichte, die er gegenzeichnen musste, sowie der Bericht aus der KTU zum Koffer, in dem der Torso gefunden worden war.

Demzufolge war bei dem Gepäckstück von dem Modell Saxoline Blue Sardines die Rede. Den Abnutzungsspuren nach zu urteilen, ging man davon aus, dass es sich um ein relativ neues Exemplar handelte, etwa ein Jahr alt. Genaue Angaben konnten die Kollegen natürlich nicht machen. Und auch sonst gab der Bericht wenig her. Verwertbare DNA-Spuren hatten sich zwar in Form von Haaren und einigen Hautpartikeln gefunden, hier musste jedoch zunächst geklärt werden, ob sie vom Opfer stammten.

Peer hatte Carsten und Lutz auf die Recherche der Kofferdetails angesetzt. Vielleicht war es ein seltenes Modell, das in Hamburg nur in wenigen Läden verkauft wurde. Oder über das Internet? Zumindest war es eine Spur, der sie nachgehen konnten.

Nielsen erreichte den letzten Treppenabsatz und blickte verstohlen auf die Nachbartür, ehe er seine Wohnung aufschloss. Ob die hübsche Frau zu Hause war? Wie hieß sie überhaupt? Er beugte sich zum Klingelknopf, über dem ein braunes Heftpflaster klebte, auf das mit Kugelschreiber M. Rickert geschrieben stand. Wofür das M wohl stand? Meike? Martina? Mona?

Er hörte Schritte im Treppenhaus und beeilte sich, in seine Wohnung zu kommen. Noch im Flur streifte er seine Schuhe ab und warf seine Jacke auf den Kommodenschrank, ehe er sich in der Küche als Erstes eine Flasche Bier aus dem Kühlschrank schnappte, die er an einer Flaschenöffnerkonstruktion direkt an der Wand neben dem Eisschrank öffnete und mit der er sich anschließend auf sein Sofa fläzte. Nach einem ersten großen Schluck angelte er nach der Fernbedienung, die auf dem Tisch lag, und schaltete den Fernseher ein.

Auf einem der Privatsender liefen gerade die Regionalnachrichten. Nielsen hielt kurz inne, als er das Bild von Martin Dorn, dem Pressesprecher der Hamburger Polizei, über den Bildschirm flackern sah. Mit recht unbewegter Miene gab er Auskunft über den Ermittlungsstand von Peers Kofferleiche und bat die Zuschauer um Hinweise, die in Verbindung mit der Tat stehen könnten.

Nielsen war beeindruckt, wie professionell der Kollege im Fernsehen rüberkam. Ob das auch ein möglicher Job für ihn wäre? Martin Dorn hatte vorher bei der Kripo gearbeitet, ehe er in die Pressestelle gewechselt war.

Eigentlich liebte Peer seinen Beruf, doch manchmal konnte er all die Verbrechen nicht mehr ertragen. Die Kofferleiche machte ihm zu schaffen – da anhand ihr mal wieder klar wurde, mit welch gestörten Leuten er es tagtäglich auf der Arbeit zu tun hatte. Man musste doch krank sein, um solch eine Tat zu begehen, oder? War ein normaler Mensch in der Lage, einen anderen zu ermorden und anschließend brutal zu zerstückeln? Peer konnte und wollte sich das nicht vorstellen.

Doch Martin Dorn hatte es nicht unbedingt leichter. Musste sich mit solch unangenehmen Schmierfinken wie Pisto rumschlagen. Auch nicht besser, dachte Peer und setzte die Flasche wieder an, um den Rest zu trinken.

Er zappte noch ein wenig durchs Programm, doch etwas wirklich Interessantes lief nicht, und der Gedanke an seine Nachbarin, die vielleicht gerade auf der anderen Seite der Wand saß, ließ ihn irgendwie unruhig werden. Ob sie noch an den Vorfall am Morgen dachte? Er stand auf und legte sein Ohr gegen die Wand. Nichts zu hören, wahrscheinlich keiner da. Er lauschte noch einmal, aber nein, da war nichts. Trotzdem konnte er keine Ruhe finden und schlüpfte daher in seine Jacke und Schuhe. Vielleicht war Sören daheim und sie könnten irgendwo ein Bier trinken gehen. Während er im Handy die Nummer des Freundes suchte, riss er die Tür auf und stieß direkt mit seiner Nachbarin zusammen. »Hoppla!«, entfuhr es ihr, während Peer wie angewurzelt stehen blieb und sie anstarrte. Es entstand ein kurzes Schweigen, das sie schließlich brach, indem sie eine Weinflasche schwenkte und sagte: »Wie schade, Sie müssen weg. Dabei wollte ich heute mit Ihnen auf eine gute Nachbarschaft anstoßen!«

Dr. Gabriele Schröder hatte ihre Aufzeichnungen zum letzten Patienten auf den PC übertragen und checkte kurz ihre Mails, bevor sie Feierabend machen wollte. Der Tag war lang und anstrengend gewesen. Eine Phobie-Patientin hatte heute während der Sitzung eine Angstattacke bekommen und war nicht zu beruhigen gewesen. Dr. Schröder hatte schließlich einen Notarzt rufen müssen, der der Frau ein starkes Medikament spritzte, damit sie überhaupt einigermaßen stabil aus der Praxis gebracht werden konnte.

Zusätzlich hatte sie ein paar Fälle eines erkrankten Kollegen übernommen, die alle nicht ohne waren. Schizophrene Störungen – damit kannte sich Gabriele Schröder sowieso nicht gut aus.

Doch irgendwie hatte sie den Tag rumgekriegt, und es war ihr gar nicht aufgefallen, dass ein Termin anscheinend ohne Absage ausgefallen war.

Sehr geehrte Frau Dr. Schröder,

entschuldigen Sie bitte, dass ich heute nicht zu der Sitzung kommen kann. Es geht mir nicht gut momentan, und ich kann Ihnen auch noch nicht sagen, ob oder wann ich mich wieder besser fühlen werde. Vielleicht können wir aber im Mailkontakt bleiben, denn irgendwie habe ich schon das Gefühl, dass ich Ihre Hilfe weiterhin brauche. Gerade jetzt.

Mit freundlichen Grüßen

M.

7. KAPITEL

»Wo bleibst du denn? Hier ist die Hölle los!«, empfingen Nielsens Mitarbeiter ihn ohne ein ›Guten Morgen‹. Noch ehe Peer etwas erwidern konnte, klingelten die Telefone Sturm. Der gestrige Aufruf im Fernsehen sowie in der heutigen Tagespresse verwandelte die Diensträume in ein wahres Call-Center.

Und Peer hatte vergessen, Unterstützung anzufordern, was er nun zwar eilig nachholte, aber bis die angeforderten Kollegen eintrafen, musste er selbst ran, was ihm heute mehr als schwerfiel.

»Wieso hast du die Einladung denn abgelehnt?« Verständnislos hatte Sören ihn angeblickt, als Peer ihm erzählte, dass er vor seiner Nachbarin geradezu die Flucht ergriffen hatte. Immerzu war durch seinen Kopf das Bild seiner morgendlichen Boxershortaktion wie in einer Endlosschleife gezogen. Er konnte mit der Frau keinen Rotwein trinken, ohne vor anhaltender Scham im Boden zu versinken. Aber das hatte er seinem Freund irgendwie nicht erklären können und geantwortet, dass er lieber mit ihm einen hatte trinken gehen wollen.

»Polizei Hamburg, mein Name ist Peer Nielsen, was kann ich für Sie tun?«

»Ja, hier ist Elli Tritschke, ich wollte etwas melden wegen dieser Leiche im Koffer. Haben Sie ja gestern im Fernsehen zu aufgerufen.«

»Ja, gut. Und was wollen Sie melden?« Peer spürte, dass diese Dame wahrscheinlich nichts zur Aufklärung des Falls beitragen konnte.

»Gibt es da eigentlich eine Belohnung?«

»Belohnung? Wofür?«

»Na, dat ich Ihnen den Mörder nenne?«

»Woher wissen Sie denn, wer den Mann im Koffer umgebracht hat?« Automatisch straffte Nielsen seine Schultern und machte sich auf eine haarsträubende Geschichte gefasst.

Doch Elli Tritschke hielt sich bedeckt. »Also ohne Belohnung …«

»Frau Tritschke, bitte, das ist hier kein Spiel. Wir haben einen Mord aufzuklären. Und wenn Sie nicht als Nächste zerstückelt irgendwo im Fundbüro oder sonst wo landen wollen, dann sagen Sie mir gefälligst jetzt, was Sie wissen oder beobachtet haben«, schnaubte Peer in den Hörer. Er war es so leid, sich von irgendwelchen Wichtigtuern oder anderen Gestalten verarschen zu lassen.

Klick. Das war Elli Tritschkes Antwort.

»Und schon irgendwelche brauchbaren Hinweise?« Unbemerkt war Gerhardt Fritsche hinter ihn getreten und verstärkte durch seine Frage die Wut in Peers Bauch.

»Nee!«, fauchte er seinen Chef an. »Aber der Tag ist ja noch lang!«

Peter und Merrit zogen wie so oft mit den Kindern aus der Nachbarschaft durch die Gegend.

Sie waren zwar erst vor kurzer Zeit hierher gezogen, hatten aber schnell Freundschaft mit den Nachbarskindern geschlossen und sich mit denen zu einer kleinen Bande zusammengerauft. Trotz des schlechten Wetters hatte die Kinder nach dem Mittagessen nichts drinnen gehalten; sie liebten es, durch die umliegenden Gärten und das angrenzende Waldstück zu stromern. Heute jedoch hatten sie nicht Verstecken oder Räuber und Gendarm im Sinn, sondern Merrit hatte vorgeschlagen, Verkleiden zu spielen und zwar mit den Dingen, die sie in dem Altkleidercontainer drei Straßen weiter finden würden. Schon in der Schule war das Mädchen aufgeregt gewesen, war doch das Herumschnüffeln in der Kleiderbox verboten, nicht nur vom Eigentümer, sondern vor allem von ihren Eltern, die sie schon des Öfteren um den Container hatten schleichen sehen.

»Da sind schon Leute drin zu Tode gekommen«, hatte ihre Mutter versucht, ihr das Spiel rund um die Kleidersammlung madig zu machen. »Erst letztes Jahr ist ein Mann in Hohenfelde, der Kleider aus dem Container klauen wollte, von der Klappe eingequetscht worden und erstickt.«

Merrit hatte diese Warnung nicht für ernst genommen. Selbst schuld, wenn der Typ die Klamotten klauen wollte. Erwachsene waren halt zu groß, um in den Container zu krabbeln. Sie war noch klein genug, um in der Klappe Platz zu finden, die Jungs mussten von außen nur den Mechanismus bedienen und sie rein und eben auch wieder herausbefördern. Das hatten die Kids gedanklich alles schon etliche Male durchexerziert. Da konnte gar nichts schiefgehen.

Trotzdem war ihr leicht mulmig zumute, als Peter nun eine Räuberleiter für sie machte, damit sie in die Klappe steigen konnte. Wie vermutet passte sie in die rechteckige Wanne, die die Jungs auf ihr Kommando hochdrückten. Der Schlund des Containers kam näher und mit ihm die Dunkelheit. Ein letzter fester Ruck der Jungs, und Merrit fiel aus der Lade ins Innere. Die Kleidersäcke ließen sie sanft landen, aber es roch schrecklich. Sie drückte sich ihre Nase zu. Das war ja nicht zu ertragen. Mit der freien Hand fingerte sie aus der Hosentasche die Taschenlampe ihres Vaters, die sie klammheimlich entwendet hatte. Sie hielt kurz die Luft an, denn zum Anknipsen des Lichtes benötigte sie beide Hände. Hell flammte die Lampe auf und Merrit blickte sich um. Da waren etliche Kleidersäcke, teilweise waren die Sachen auch unverpackt, obwohl auf dem Container stand, dass man die Altkleiderspende nur in Tüten in den Container werfen sollte. Doch anstelle dessen hatten irgendwelche Leute auch Müll hineingetan. Wahrscheinlich stank der so.

Von draußen hörte sie leicht gedämpft die Stimmen der Jungs, die zaghaft nach ihr riefen.

»Alles klar«, antwortete sie und blickte sich weiter um. Doch im Container war wenig Platz, daher warf sie einige Säcke in die Lade und die Jungs drehten auf ihr Klopfen hin die Luke zu sich und beförderten die Kleider hinaus.

Das tat Merrit ein weiteres Mal, ehe sie beschloss, dass das zum Verkleiden zunächst einmal reichte. Sie wollte raus aus dem Container, der Gestank war nicht mehr zu ertragen. »Ich komme zurück«, kündigte sie an und richtete sich auf. Dabei trat sie mit dem linken Fuß auf etwas sehr Hartes. Was war das?, fuhr es ihr augenblicklich durch den Kopf. Sie bückte sich noch einmal, leuchtete mit der Taschenlampe auf die Stelle, an der sie stand. Dort lag ein blauer Sack. Merrit versuchte, ihn zu bewegen, er war ungewöhnlich schwer, schwerer als die anderen Beutel im Container. »Ich habe noch einen«, rief sie den Jungs zu und hievte den Sack in die

Lade. Ein leicht ächzendes Geräusch erklang, als Peter und die anderen die Lade zu sich zogen. Daraufhin folgte eine kurze Stille. »Jungs, die Lade, ich will auch raus!«, forderte Merrit, nachdem sich draußen nichts tat. Waren die Jungs mit der Altkleiderbeute einfach abgehauen?

Sie lauschte und zuckte im selben Moment zusammen, als sie ihre Freunde vor dem Container aus Leibeskräften schreien hörte.

»Polizei Hamburg, Nielsen, guten Tag«, nahm Peer gefühlt zum hundertsten Mal einen Anruf entgegen. Bisher waren noch keine bahnbrechenden Hinweise eingegangen, daher machte er sich auch bei diesem Telefonat nicht allzu große Hoffnungen.

»Ingrid Mei…Meinert hier«, tönte eine aufgeregte Frauenstimme aus dem Hörer. »Meine Kinder haben da etwas gefunden.« Die Anruferin machte eine kurze Pause. »Ein Bein«, brachte sie schließlich mühsam hervor.

Peer fuhr auf. »Wo?«

»In einem Altkleidercontainer bei uns um die Ecke.«

»Okay, ich komme sofort. Wo wohnen Sie?«

Sie nannte ihm eine Adresse in Niendorf. »Alles klar. Bitte nichts anfassen. Wir sind gleich bei Ihnen.« Nielsen legte auf und schnappte seine Jacke und die Autoschlüssel. »Michael?«

Boateng blickte von seinen Notizen auf. »Komm, wir haben was.«

Von unterwegs rief er die Kollegen der Spurensicherung und gleich danach im Rechtsmedizinischen Institut an.

»Und wenn es wieder einer dieser Fakeanrufe ist?«, gab Michael zu bedenken.

»Glaub ich nicht. Die Frau war total fertig. Das klang echt.«

Nur wenig später erreichten sie die angegebene Adresse – sie konnten es gar nicht verfehlen, denn auf der Straße hatte sich bereits eine Menschentraube gebildet.

»Darf ich mal?«, bahnte Peer sich seinen Weg durch die Schaulustigen, bis er vor dem Container stand, vor dem etliche Tüten mit Altkleidern lagen und ein aufgerissener blauer Müllsack, aus dem ein Fuß ragte. Nielsen schluckte. »Frau Meinert?«, fragte er in die Runde, aus der sich ein dunkelhaariger Mann herauslöste. »Moritz Kunert. Ich bin der Nachbar. Ingrid ist mit den Kindern …« Mit einem Kopfnicken deutete er die Straße entlang. Peer verstand. Das musste ein Schock für die jungen Entdecker gewesen sein.

Er beugte sich zu dem Sack hinunter, streifte sich dabei ein paar Handschuhe über, die Boateng ihm reichte. »Könnte passen«, bemerkte der, während er neben Nielsen in die Hocke ging und das Fundstück betrachtete.

»Möglich«, kommentierte Nielsen, der aufgrund des Beines jedoch wenig sagen konnte, außer dass ihm durch das weitere Leichenteil erneut die Brutalität des Falles bewusst wurde. Er schluckte. Hatte der Täter sein Opfer zerstückelt und die Einzelteile über die gesamte Stadt verteilt?

8. KAPITEL

Pfeifend stieg Frank Kühn aus seinem Kleinlaster und stiefelte auf den Altkleidercontainer zu. Er war gespannt, wie viele Klamotten sich diesmal in dem Kasten befanden.

Bevor er für Manni Böhm zu arbeiten begann, hatte er nicht einmal den Hauch einer Ahnung gehabt, was die Leute heutzutage alles wegwarfen. Gute Kleidung, tolle Bettwäsche, Schuhe wie neu – schon mehr als einmal hatte Frank etwas abgezwackt. Für sich, seine Familie und Freunde. Davon durfte sein Chef zwar nichts erfahren, denn mit den Altkleidern ließ sich wirklich jede Menge Geld verdienen. Das hatte Frank schon selbst herausgefunden, denn einige Sachen hatte er im Internet verkauft. Dieser Container war immer besonders interessant und lukrativ, denn er stand in einer Wohngegend gutbetuchter Leute – im wahrsten Sinne des Wortes.

Frank war froh, dass dieses Modell noch ein älteres war, denn die neuen Container wurden mit Hilfe eines Krans und zu öffnender Bodenplatte entleert. Das war prinzipiell schneller und auch nicht so anstrengend für ihn als Mitarbeiter, aber es nahm ihm die Möglichkeit die Altkleider vor Verladung auf den Laster in Augenschein zu nehmen. Und auch heute schien sich eben genau dies wieder zu lohnen. In einem der Säcke befanden sich schönste Seidenkleider, und in einer kleineren Plastiktüte ein Paar noch sehr gut erhaltene Nikes. Dieses Modell hatte Frank schon lange gesucht, ach schade, nicht meine Größe, bemerkte er enttäuscht beim

Blick auf das Etikett. Aber vielleicht für Renate? Er steckte die Schuhe zurück in die Tüte und verfrachtete die Sachen vorne im Führerhäuschen. Dann klaubte er den Rest zusammen, der diesmal hauptsächlich aus Tischwäsche und Gardinen bestand, dazwischen eine weitere Tüte mit recht ungewöhnlicher Form.

»Was is dat denn?«, murmelte Frank, während er den Beutel hin und her drehte. »Sieht meist aus wie ein Fußball, aber dafür eigentlich zu schwer.« Er versuchte das Klebeband, mit dem die Tüte verschlossen war, zu lösen. Doch die mehrmalig umwickelte Tüte ließ sich so nicht öffnen. Franks Neugierde wuchs, gleichzeitig machte sich sein schlechtes Gewissen breit. Er hatte schon viel zu viel Zeit für die Leerung des Containers vergeudet. Das würde wieder Ärger mit dem Chef geben, obwohl … Frank riss am Plastik und überlegte, wann er Manni Böhm zuletzt gesehen hatte. Das war einige Tage her. Eigentlich ungewöhnlich, denn sein Arbeitgeber war besessen von seiner Firma und eigentlich immer da. Nur Frank war nicht böse gewesen, den cholerischen Mann ein paar Tage nicht ertragen zu müssen, und hatte auch nicht nach ihm gefragt. Er versuchte, mit dem Fingernagel ein Loch in die Tüte zu reißen und wusste dabei nicht, wie nah er seinem Boss gerade in diesem Augenblick war.

»Chef, wir haben da noch etwas.« Peer fröstelte, während er dem Anruf von Carsten Hinrichs lauschte. »Kollegen aus der Notkestraße haben einen Notruf erhalten, dass ein Mann in der Elbchaussee einen Kopf in einem Altkleidercontainer gefunden haben will.«

»Was?« Nielsen schauderte bei dem Gedanken an das Bild, das sich augenblicklich vor sein inneres Auge schob. Also doch. Ihr Täter hatte die Leiche in der Altkleidersammlung quer in Hamburg entsorgt.

»Gut, wir fahren da hin«, beschloss er. Die Spurensicherung war in Niendorf mittlerweile vor Ort, während die Rechtsmedizin einen Assistenten zur Abholung des Beines geschickt hatte. Peer informierte die Kollegen von dem weiteren Fund und forderte ein zweites Team für die Elbchaussee an.

»Sie können vielleicht anschließend direkt den Kopf abholen?«, fragte er den Mitarbeiter vom Rechtsmedizinischen Institut, der nickend zustimmte. Im Gegensatz zu Peer wirkte der Mann wesentlich ruhiger; wahrscheinlich weil er doch öfter mit derlei Fällen in Berührung kam.

Nielsen sprintete zum Wagen, doch Boateng war ihm schnell auf den Fersen. Er war neugierig auf das weitere Leichenteil. Endlich schien es in dem Fall voranzugehen.

Um zügiger im dichten Verkehr voranzukommen, nutzte Peer das Blaulicht, trotzdem brauchten sie geschlagene 20 Minuten, um zu der Fundstelle zu kommen. Dort hatten die Kollegen aus dem Bahrenfelder Kommissariat alles weiträumig abgesperrt, doch die Blaulichter und das Flatterband hatten die Leute auch hier angezogen. Peer und Michael mussten sich erneut durch eine Menschentraube drängen.

Zu sehen gab es zunächst nichts außer dem geöffneten Altkleidercontainer und einen Kleinlaster, hinter dem sich die Kollegen aus Bahrenfeld mit dem blassen Finder und dessen Fundstück befanden.

Peer warf nur einen flüchtigen Blick auf die Plastiktüte, um die mittlerweile Scharen von Fliegen summten. Boateng hingegen ging in die Knie und betrachtete den Schädel.

»Irgendwie kommt mir das Gesicht bekannt vor«, entgegnete er nach einer Weile.

»Das ist mein Chef, Manni Böhm«, meldete sich der blasse Mann zu Wort.

»Und Sie sind?« Peer musterte den Kerl von oben bis unten. Er ging davon aus, dass der Typ die Kleidercontainer plünderte und dessen Inhalt, der eigentlich seines Wissens einem guten Zweck dienen sollte, zum eigenen Nutzen verscherbelte. Oder was hatte er sonst in dem Container zu suchen gehabt?

»Mein Name ist Frank Kühn. Ich arbeite für die Firma Fairstoff und das da ...«, er deutete mit einem zittrigen Nicken auf die Plastiktüte, »ist mein Chef Manni Böhm.«

»Aha«, entgegnete Peer überrascht. Noch nie hatte er sich darüber Gedanken gemacht, wie die Kleider aus den Containern gelangten oder was überhaupt mit ihnen geschah.

»Und die Tüte haben Sie in dem Container gefunden?« Er wunderte sich, wie ein einzelner Gegenstand beim Entleeren auffiel. Und warum Frank Kühn den Beutel geöffnet hatte.

Im Prinzip war er ja froh über den Fund, denn der brachte sie endlich weiter in ihrem Fall, aber trotzdem war es seine Angewohnheit, die Hintergründe und Zusammenhänge aufs Genaueste zu hinterfragen.

»Ja, ich habe den Container geöffnet und«, Frank Kühn stockte plötzlich, blickte nochmals auf den Kopf zu ihren Füßen. »Und ich habe ein paar Säcke geöffnet«, murmelte er anschließend immer noch mit gesenktem Haupt, obwohl er wegen der Regelwidrigkeit von seinem Chef keine Schelte mehr zu erwarten hatte. »Dann ist mir dieser verklebte Beutel aufgefallen. Sah aus wie ein Fußball, war aber zu schwer.«

Peer musste sich eingestehen, dass auch er seine Neugierde wahrscheinlich kaum hätte zügeln können. Er nickte freundlich. »Und haben Sie noch weitere Beutel gefunden?«

»Weitere Beutel?« Frank Böhm schaute verwirrt auf den restlichen Inhalt des Containers. »Nein, ich habe da dann nichts mehr angefasst.«

Das Klingeln an der Haustür ließ sie hochschrecken. Sie war gerade auf dem Sofa eingenickt, brauchte jedoch nicht lange, um sich zu orientieren. Angestrengt lauschte sie in die Stille, die von Stimmen durchschnitten wurde.

Ihr Körper jedoch wog wie tausend Tonnen Blei, sie konnte sich nicht rühren. Wieder wurde geklingelt, und sie wusste, es wäre besser, die Tür zu öffnen. Mit großer Kraftanstrengung richtete sie sich auf. Die Welt um sie herum drehte sich. Noch einmal schellte die Türglocke, ein Piepen blieb in ihrem Ohr zurück, dehnte sich aus, wurde lauter und lauter. »Ich komme«, krächzte sie und stand endlich auf.

»Frau Böhm?« Ein paar stahlblaue Augen sahen sie durchdringend an. »Ja?«

Der Mann vor der Tür hob eine kleine Karte. Sie konnte darauf jedoch nichts erkennen, das Piepen in ihrem Ohr breitete sich auf den gesamten Kopf aus. Nur schwer verstand sie, was er sagte: »Mein Name ist Peer Nielsen, Mordkommission Hamburg.«

Die Worte drangen nur langsam in ihr Bewusstsein. Sie schluckte. »Können wir vielleicht reinkommen?«

Erst jetzt bemerkte sie den dunkelhäutigen Mann, der schräg hinter dem Blauäugigen stand. Sie nickte leicht und trat zur Seite. Ihre Füße glichen Betonklumpen, bewegten sich nur langsam vorwärts.

»Frau Böhm«, sprach der mit der Karte wieder. »Wir müssen Ihnen eine traurige Nachricht überbringen. Wir haben Hinweise, dass Ihr Mann einem Gewaltverbrechen zum Opfer gefallen ist. Frau Böhm? Hören Sie mich?«

Der Polizist hatte sich zu ihr vorgebeugt und betrachtete sie mit besorgtem Gesichtsausdruck. »Frau Böhm?« Ihre Zunge war gelähmt, ihr Hals staubtrocken. »Besser, wir rufen einen Notarzt«, hörte sie den Dunkelhäutigen im Hintergrund, und das Gesicht vor ihrem nickte, verschwamm und verschwand schließlich ganz hinter einer schwarzen Wand.

9. KAPITEL

»Bisher haben die Kollegen von der Spurensicherung noch keine weiteren Leichenteile in den Containern gefunden«, informierte Boateng die anderen in der Besprechung, die kurzfristig angesetzt worden war. Wie so oft war er es aus dem Team, der mit den Kollegen, die am Fundort akribisch nach weiteren Hinweisen und Spuren suchten, im engen Kontakt stand.

»Die Frage, die sich stellt, ist, ob sie nun auch weitere Container untersuchen sollten.«

»Macht Sinn, denke ich«, nickte Peer, erntete für diese Bemerkung jedoch ein paar hochgezogene Augenbrauen seines Kollegen. »Du weißt aber schon, dass es eine Menge davon gibt, oder?«

»Aber vielleicht könnt ihr die Suche zunächst nur auf die Container des Opfers beschränken. Ist doch wahrscheinlich kein Zufall, dass das Bein und der Kopf in den eigenen Kleiderboxen gefunden wurden, oder?« Gerhard Fritsche blickte in die Runde.

»Aber auch das sind reichlich Container. Außerdem ist ja gar nicht klar, ob auch die restlichen Leichenteile auf diese Weise entsorgt wurden«, bemerkte Michael. »Der Torso befand sich ja auch woanders.«

»Weil der vermutlich nicht durch die Klappe passte«, mutmaßte Nielsen. »Also ich bin dafür, dass die Jungs die anderen Container Stück für Stück durchsuchen. Und schickt auch ein Team in die Firma des Opfers. Vielleicht wurden bereits Teile von Manni Böhm unbemerkt aus Containern genommen und zur Sammelstelle gebracht.«

»Lag eigentlich eine Vermisstenanzeige vor?«, schaltete sich nun Fritsche ein.

»Nee, nicht, soweit wir wissen«, antwortete Jens Schnitter, und auch Carsten Hinrichs schüttelte den Kopf.

»Seltsam«, kommentierte Peers Vorgesetzter diesen Umstand. »Hat denn die Witwe ihren Mann nicht vermisst?«

Peer und Boateng zuckten zeitgleich mit den Schultern. »Die ist zusammengeklappt, bevor wir irgendetwas fragen konnten. Der Notarzt meinte jedoch, dass sie ohnehin unter Medikamenteneinfluss stand. Was genau sie genommen hat, konnte er allerdings nicht sagen.«

»Und wann können wir mit der Frau sprechen?«

»Eventuell heute Abend.«

»Oh, da ist er ja!« Dr. Choui beugte sich über den abgetrennten Kopf, der auf der metallenen Bahre winzig wirkte. »Kommt noch mehr?«

»Ein Bein wurde auch noch gefunden. Beides in Altkleidercontainern. Angeblich ist das der Inhaber der Verwertungsfirma.« Der Sektionsassistent deutete auf das Haupt des Toten.

»Aha!« Der Mediziner zog die Augenbraue hoch und betrachte den Schädel näher. Auf den ersten Blick war nichts erkennbar, aber der Schnitt am Hals wirkte ähnlich denen vom Torso.

»Als allererstes in den Computertomografen damit«, wies er an, und Herr Holst schob die Bahre in den angrenzenden Raum.

»Moin, Moin!« Peer Nielsen betrat in grünem Kittel und mit Schutzüberziehern an den Schuhen den Sektionsbereich.

»Ach, Herr Kommissar«, begrüßte Dr. Choui ihn. »Gibt es weitere Leichenteile?«

»Bisher nur den Kopf und das Bein, aber unsere Leute sind dran. Durchkämmen nun sämtliche Altkleidercontainer der Stadt.«

Der Rechtsmediziner nickte. »Naja, aber der Kopf verrät die Identität. Wir machen ein paar Aufnahmen, dann können wir zur genauen Identifizierung den Zahnabgleich nutzen. Die Extremitäten hätten uns wahrscheinlich eh nicht weitergeholfen. Der toxikologische Befund hat nichts ergeben, also gehe ich grundsätzlich davon aus, dass dem Mann nichts injiziert wurde in die Arme oder Beine.«

»Sind Sie denn sicher, dass der Kopf zur Kofferleiche passt?«

»Naja, wir müssen natürlich einen DNA-Abgleich machen, aber vom Verwesungsgrad und den Schnitträndern am Hals nach zu urteilen, würde ich sagen Ja. Oder glauben Sie, es gibt noch mehr zerstückelte Leichen, die in Hamburg verstreut herumliegen?« Dr. Choui grinste schief.

»Weiß man's?«, stellte Nielsen diese absurde Vorstellung dennoch in Frage. »Wer kann schon sagen, wie viele Irre in Hamburg herumlaufen?«

»Dass der Täter irre ist, würde ich nicht so ohne Weiteres unterschreiben. Haben Sie in diesem Fall einen Experten eingesetzt, der ein Täterprofil erstellt?«

»Mein Chef hat jemanden angefordert, aber es ist nicht einfach, jemanden zu finden. Solche Profiler sind sehr gefragt.«

»Ich weiß, ich weiß«, bestätigte der Rechtsmediziner, während er dem Sektionsassistenten durch eine Glasscheibe Zeichen gab. »Ich habe eine alte Studienfreundin. Die ist zwar forensische Psychiaterin, aber was die Hintergründe solch einer Tat sein könnten, dazu kann sie vermutlich Auskunft geben. Wenn Sie wollen, dann frage ich sie mal?« Er blickte zu Peer auf, der ihn locker um anderthalb Kopflängen überragte.

»Das wäre sehr nett. Wir können jede Hilfe gebrauchen.«

»Gut, dann frage ich sie«, entgegnete Dr. Choui und wartete dann stumm, bis im Nebenraum der Kopf ganz im Computertomografen verschwunden war. »So, einen Moment.« Der Mediziner wandte sich dem Bildschirm auf einem Tisch zu und scrollte mit der Maus durch alle Ebenen des Kopfes. Die Mehrschichten-Computertomografie machte es möglich, da durch die erheblich höhere Strahlung sehr feine Bildauflösungen von lediglich einem halben Millimeter Schichtdicke entstehen.

»Wow«, entfuhr es Peer. »Das ist ja faszinierend.«

»Ja, nicht?«, entgegnete der Leiter des Instituts mit stolzgeschwellter Brust. »Dieser Apparat bietet eine Reihe von Vorteilen. Unglaublich, was man damit alles sichtbar machen kann. Wir scannen beinahe alles, kindliche Todesfälle, Schusstodesfälle, Stürze aus großer Höhe. So können wir meist schon, bevor wir das Messer zur Leichenöffnung ansetzen, sehen, welche Knochenbrüche das Opfer hat, wo das Projektil sitzt. Auch abgebrochene Messerklingen haben wir auf diese Weise gefunden. Nur hier …« Der Mediziner hielt kurz inne und scrollte weiter. »Scheint es nichts zu geben.« »Also erschossen worden ist der Mann nicht, und auch der Schädel als solches scheint unverletzt.«

»Hm.« Peer war nicht sonderlich überrascht, denn er ging nach wie vor davon aus, dass der Mann erstochen und dann zerstückelt worden war. Warum sollte der Täter zusätzlich das Opfer erschossen oder erschlagen haben?

»Gut, dann wollen wir mal selbst Hand anlegen«, entgegnete Dr. Choui nach einer Weile, und Herr Holst schob den Kopf daraufhin zurück in den Sektionsraum, wo Dr. Lutz als zweiter Rechtsmediziner wartete.

»Hm«, bewertete Dr. Choui einige Abschürfungen und Blutergüsse, »das sieht aus, als wenn die postmortal entstanden sind. Was meinen Sie?«

Dr. Lutz beugte sich über den Kopf und nickte kurz darauf.

»Wahrscheinlich beim Zerstückeln und Verpacken. Der Wurf in den Container war vermutlich weich, es sei denn, es war der erste Beutel nach einer Leerung.«

»Und Sie sind sich sicher, dass es dieser Typ von der Kleiderverwertung ist? Dem ist sein Geschäft anscheinend nicht gut bekommen.« Dr. Choui schaute Peer fragend an.

»Sein Mitarbeiter hat ihn identifiziert.«

»Und die Frau? Oder andere Angehörige?«

»Die Witwe steht noch unter Schock.«

Boateng parkte den Wagen vorschriftsmäßig auf dem Klinikparkplatz und stieg aus. Er hatte im Krankenhaus angerufen, bevor er sich zur Befragung von Frau Böhm auf den Weg gemacht hatte. Immerhin lag die Klinik nicht gerade um die Ecke, und Boateng hätte ansonsten für heute Feierabend gemacht, wohnte jedoch mit seiner Frau in die entgegengesetzte Richtung.

Er fuhr mit dem Aufzug in die ihm genannte Etage und meldete sich auf der Station im Schwesternzimmer. »Ja, Frau Böhm ist ansprechbar. Liegt in Zimmer zwölf.«

Das Linoleum unter seinen Schuhen quietschte leicht. Michael hasste dieses Geräusch, generell mochte er keine Krankenhäuser. Dieser Geruch nach … ja wonach eigentlich? Er wollte es im Prinzip gar nicht wissen; hoffte nur, dass er niemals in ein Krankenhaus musste. Bisher hatte er Glück gehabt.

Er klopfte zaghaft an die Tür und öffnete sie vorsichtig. Obwohl es sich um ein Mehrbettzimmer handelte, lag Frau Böhm allein im Raum. Ihr Gesicht hob sich kaum von der Bettwäsche ab. Sie wirkte zart und zerbrechlich.

Boateng räusperte sich. »Frau Böhm?« Langsam schlug sie die Augen auf, die glasig wirkten. »Michael Boateng, Polizei Hamburg, kann ich mit Ihnen sprechen?«

Die Frau bewegte unmerklich den Kopf, was er als Zustimmung verstand. Er trat näher ans Bett.

»Geht es Ihnen besser?« Wieder diese Kopfbewegung, darauf folgte ein Räuspern.

»Frau Böhm, es tut mir sehr leid, was Ihrem Mann zugestoßen ist, aber ich muss Ihnen ein paar Fragen stellen.«

»Ja«, krächzte die Witwe, und ihr Blick wanderte zu dem Wasserglas auf dem Nachttisch. Boateng verstand und reichte ihr das Gefäß. Dankbar nickend, trank sie ein paar winzige Schlucke, ehe sie das Glas zurückreichte.

»Wann haben Sie Ihren Mann zuletzt gesehen?« Michael beobachtete die Mimik der Frau genauestens, doch am Gesichtsausdruck war nichts abzulesen.

»Ja, am Freitag vergangene Woche. Er wollte mit einem Freund übers Wochenende mit dem Boot auf die Ostsee.«

Bei dem Wetter eine Bootstour, wunderte Boateng sich. Das ist doch noch viel zu kalt, oder?

»Und wann wollte er zurückkommen?«

»Sonntag.«

Michael runzelte die Stirn. Heute war Freitag. Hatte die Frau ihren Ehemann nicht vermisst?

»Er blieb manchmal länger fort. Ich habe mir nichts dabei gedacht.«

»Hat er denn nicht Bescheid gesagt?«

Sie schüttelte den Kopf. »Manni braucht …« Sie hielt kurz inne. »… brauchte seine Freiheit. Das war mir immer klar.«

Seltsame Einstellung, überlegte Michael. Freiheit hin oder her, man gibt doch dem Partner Bescheid, wenn man nicht zur vereinbarten Zeit nach Hause kam. Aber vielleicht war es Manni Böhm zu diesem Zeitpunkt schon nicht mehr möglich gewesen.

Er zückte sein Merkbuch. »Und wie heißt dieser Freund, mit dem Ihr Mann Boot fahren wollte?«

»Justus Hollmann.«

Peer holte tief Luft, als er vor die Tür des Rechtsmedizinischen Institutes trat. So faszinierend die Welt hinter diesen Mauern auch war, er war immer froh, wenn er sie verlassen konnte. Natürlich war es erstaunlich, was die Rechtsmediziner heutzutage alles herausfinden konnten, wie sie aus kleinsten Hinweisen, beispielsweise anhand von Schuhabdrücken, ableiten konnten, wie und ob jemand überfahren worden war. Solch einen Fall hatte er selbst einmal erlebt.

Anhand der Schuhsohlen wurde festgestellt, dass die Zeugenaussagen falsch waren, da das Opfer nicht selbst vors Auto gelaufen, sondern bereits tot auf die Straße geworfen worden war. Doch, es war interessant, das Gebiet der Rechtsmedizin, aber für ihn definitiv nichts. Allein dieser Geruch. Auch wenn man ihn im Keller des Institutes nach einer Weile kaum noch wahrnahm, hier an der frischen Luft schien dieser Duft wie ein Parfum an ihm zu haften. Zum Glück hatte er eine entsprechende Frisur, denn Gerüche setzten sich gerne in den Haaren fest. Trotzdem wollte er jetzt heimfahren und duschen. Falls es irgendetwas gab, würde man ihn verständigen.

10. KAPITEL

Am nächsten Morgen war trotz des Wochenendes eine weitere Besprechung angesetzt. Der Fall war zu brisant, da konnten sie nicht einfach am Samstag freimachen. Zwar hatte eine abschließende Bewertung von Kopf und Bein durch die Rechtsmedizin noch nicht stattgefunden, da die Ergebnisse des DNA-Abgleiches nicht vorlagen, aber kaum jemand zweifelte daran, dass Torso, Kopf und Bein zusammengehörten und letztendlich ihr Opfer Manni Böhm hieß.

»Hat die Spusi die restlichen Teile gefunden?«, erkundigte sich Gerhard Fritsche, der sich nicht hatte nehmen lassen, bei dem Meeting anwesend zu sein. Der Fall schlug in den Medien hohe Wellen, alle Zeitungen berichteten darüber, und auch im Fernsehen liefen Beiträge zu dem zerstückelten Opfer.

»Nee«, antwortete Carsten Hinrichs und ergänzte, dass die Anrufe bisher keine weiteren Spuren gebracht hatten. Weder in Bezug auf den Koffer, noch auf irgendwelche Beobachtungen.

»Wir überprüfen zwar den einen oder anderen Hinweis, aber besonders vielversprechend sind die nicht.« Fritsche nickte, ehe er sich Nielsen zuwandte. Der fühlte sich unter den Blicken des Vorgesetzten nicht sonderlich wohl und rückte auf dem Stuhl hin und her, während er Boateng bat, von seiner Befragung der Witwe zu berichten.

»Die ist noch ganz schön durch den Wind. Ohnehin erscheint mir die Frau seltsam. Die hatten eine komische Auffassung von der Ehe.«

»Vielleicht erscheint es auch nur dir so?«, grinste Jens Schnitter, der wusste, dass Boateng recht konservative Ansichten in Bezug auf Partnerschaften vertrat.

Doch Michael ließ sich durch die Sticheleien nicht aus dem Konzept bringen. »Ich weiß nicht, ob es normal ist, dass man seinen Mann nach mehreren Tagen nicht vermisst. Erst recht nicht, wenn er nicht wie vereinbart nach Hause kommt und sich noch nicht einmal meldet.« Sein Blick wanderte fragend in der Runde, bis er bei Nielsen hängen blieb.

»Gut, dann hör dich im Umfeld der Familie um. Nachbarn, Freunde, Angehörige. Mal schauen, was die zu der Ehe der beiden zu sagen haben. Und zu allererst kümmerst du dich um diesen Freund. Wie hieß der noch mal?«

»Justus Hollmann.«

»Genau. Ich werde derweil in diese Kleiderfirma fahren. Mal sehen, was der Böhm für ein Chef war. Vielleicht gab es geschäftlich Probleme. Jens, habt ihr schon die Finanzdaten angefordert?«

»Klar, Chef«, bestätigte der Mitarbeiter.

»Okay, dann bleibt ihr aber hier und geht den restlichen Hinweisen nach, sowie eventuellen neuen Anrufen.« Peer blickte in die Runde. »Also, dann«, wollte er gerade die Versammlung auflösen, als es an der Tür klopfte.

»Herein«, entgegnete Nielsen verwundert, und seine Stirn legte sich in Falten, als auf sein Wort hin eine schlanke Mittvierzigerin den Raum betrat. Sie trug ein dunkles Kostüm und hochhackige Pumps. Mit wachem Blick schaute sie die Anwesenden an. »Kommissar Nielsen?«

»Ja?«

»Entschuldigung, Dr. Choui bat mich, mit Ihnen in Kontakt zu treten.«

Die komplette Mannschaft blickte auf Peer. »Ach, ja, dann sind Sie die Studienkollegin?«

»So kann man das sagen«, schmunzelte die Frau. »Michaelsen, Ann-Katrin Michaelsen.« Sie trat auf Nielsen zu und reichte ihm die schmale Hand.

»Ja, Frau Michaelsen. Wir sind gerade fertig, aber ich kann Sie gerne in meinem Büro über den Fall informieren.«

»Nicht nötig.« Sie zog sich einen Stuhl unter dem Tisch hervor, setzte sich und stellte ihre schwarze Lederhandtasche neben sich. »Dr. Choui war so freundlich, mich in den Fall einzuweisen.«

»Dr. Choui?«, hakte Peer nach. War der Rechtsmediziner in der Lage, einen konkreten Überblick über die Ermittlungen zu geben?

»Ja, Hung meinte, wir haben es hier mit einem Fall defensiver Zerstückelung zu tun. Und dazu habe ich ein paar Fakten zusammengetragen.«

»Hung?« Nielsen war der Vorname des Leiters vom Institut nicht geläufig, aber Frau Michaelsen nickte eifrig, während sie eine Akte aus ihrer Handtasche zog.

Sein Blick wanderte zu Fritsche, der interessiert auf die forensische Psychiaterin schaute. »Normalerweise erstelle ich Gutachten über Straftäter, daher kann ich Ihnen vielleicht helfen.«

»In diesem Fall haben wir aber noch keinen Täter«, merkte Boateng an, der nicht verstand, wie eine Gutachterin sie in dem Fall weiterbringen sollte.

»Ich weiß«, lächelte Frau Michaelsen, »aber meine langjährige Erfahrung hat mir gezeigt, dass Menschen meist aus ganz profanen Gründen zum Mörder werden. Eifersucht zum Beispiel, oder Hass, Angst.«

Peers Mitarbeiter nickten einstimmig. Die Motive waren nichts Neues für sie. Sie hatten schließlich beinahe jeden Tag mit Mördern zu tun, da war ihnen schon so einiges untergekommen.

»Aber in diesem Fall müssen wir es mit einem kranken Hirn zu tun haben, oder?«, brachte Carsten Hinrichs die Unfassbarkeit über die Brutalität zum Ausdruck. »Ich meine, einfach so jemanden zu zersägen? Da muss der Täter doch verrückt sein.«

»Muss er nicht«, stellte die Psychiaterin klar. »Sie sollten sich von der Vorstellung lösen, dass jemand, der zu solch einer Tat fähig ist, irre oder psychisch krank ist. Im Grunde genommen steckt in jedem von uns als Mensch das Potenzial zum Töten, bin ich überzeugt. Lediglich die Umstände und die Hemmschwellen, die überschritten werden müssen, sind unterschiedlich.«

»Und was heißt das für diesen Mord?«, fragte Peer.

»Ich bin ebenso wie Dr. Choui der Meinung, dass der Täter im näheren Umfeld des Opfers zu finden ist.«

Nur wenig später saß er in seinem Dienstwagen und fuhr Richtung Harburg. Hier befand sich das Familienunternehmen Manni Böhms. In einer kleinen Kopfsteinpflasterstraße verbarg sich die Firma in einem unscheinbaren Backsteinbau. Näheres Umfeld, hatte die forensische Psychiaterin schließlich gemutmaßt; da gehörte die Firma des Opfers auf jeden Fall dazu.

Er parkte den Wagen im Hof, stieg aus und blickte sich um. Die Kollegen von der Spurensicherung waren abgerückt. Anscheinend hatten sie keine weiteren Leichenteile zwischen den Altkleidern gefunden. Blieben aber noch die restlichen Container überall im Stadtgebiet. Peer war sich ziemlich sicher, dass sie über kurz oder lang die fehlenden Extremitäten in den Boxen finden würden. Das war nur eine Frage der Zeit.

Zum Glück wurde hier samstags gearbeitet, stellte Nielsen fest. Vor einer kleinen Rampe parkten mehrere Kleintransporter der Firma, bei denen einige Männer zusammenstanden und sich rauchend unterhielten. Peer trat auf die Gruppe zu.

»Wo finde ich denn hier den …« Er stockte, denn der Chef war ja tot. »Zuständigen?« Die Arbeiter musterten ihn stumm von oben bis unten, bis einer schließlich sagte: »Das bin ich!«

»Polizei Hamburg. Hauptkommissar Nielsen. Ich würde mich hier gerne umschauen wollen.«

Der Zuständige schmiss seine Kippe auf den Boden und trat sie aus. »Dann kommen Sie.«

Durch eine Art Tor traten sie in eine riesige Halle. Solch eine Fabrik hatte Peer hinter den Mauern gar nicht erwartet. Der Schein trog. Das Areal erschien ihm riesig, und überall, wo er hinblickte, befanden sich Kleider, Kleider, Kleider.

»Wow«, entfuhr es ihm. »Und das werfen die Leute alles weg?« Er war eher jemand, der seine Sachen jahrelang trug, quasi bis sie ihm vom Leib fielen. Und dann waren die eher etwas für die Mülltonne, als sich als Kleiderspende zu lohnen.

»Naja, im Prinzip sind das nicht alles weggeworfene Stücke. Wir zahlen ja für die Altkleider. Zwar kommt ein Großteil der Kleidung aus unseren Containern, aber wir holen auch ab – bei Sterbefällen oder wenn große Textilketten ihre Restbestände bei uns entsorgen.«

Mit offenem Mund nickte Peer stumm. Er hatte sich noch nie Gedanken darüber gemacht, was Läden mit nicht verkaufter Kleidung machten. Schließlich konnten die Sachen nicht ewig im Laden hängen, denn die Mode war heute sehr schnelllebig, da brauchte es Platz für immer neue Sachen.

Er ließ seinen Blick wandern und musterte eine Gruppe Frauen, die verschiedene Kleider in unterschiedliche Kisten und Drahtcontainer warf.

»Sortieren Sie noch per Hand?« In der heutigen automatisierten Welt kam Peer das Verfahren beinahe mittelalterlich vor. Doch der Mann an seiner Seite erklärte, dass dies immer noch die schnellste und beste Art des Recyclings wäre.

»Das heißt also, so oder so hätte man die Leichenteile Ihres Chef aus den Containern gefunden?«

»Aber ja!«

Das vornehme Haus in Nienstedten wirkte trotz aller Pflege unbewohnt. Der Garten penibel gepflegt, die Möbel auf der Terrasse arrangiert – und dennoch sah alles leblos aus, so als benutze niemand das schöne Anwesen. Boateng konnte sich jedenfalls nicht vorstellen, dass irgendwelche Kinder auf dem Golfrasen Fußball spielten. Aber das war ja nicht sein Problem, schalt er sich.

Trotzdem entstand unweigerlich bei ihm ein gewisser Eindruck vom Freund des Toten.

Er legte seinen Finger auf den ebenfalls dunklen Klingelknopf und wartete. Kurz darauf öffnete eine perfekt frisierte Dame die Tür. Michael fragte sich immer wieder, wie einige Leute es schafften, stets auszusehen, als seien sie gerade einem Modemagazin entsprungen. Nicht dass seine Frau schlampig wäre, aber dies hier war eine völlig andere Liga.

»Ja bitte?« Zwei stahlblaue Augen schienen ihn zu durchbohren. Boateng nestelte seine Dienstmarke hervor. »Ich möchte gerne Ihren Mann sprechen.«

Ohne eine Antwort, drehte sich die Dame um. Unschlüssig, ob er warten oder folgen sollte, entschied er sich schließlich dazu, zumindest in den Hausflur zu treten, der nahtlos in einen riesigen Wohnbereich überging. Auch im Inneren des Hauses hatte alles eher Museumscharakter. Michael blickte auf seine Schuhe, die auf den hellen Bodenfliesen bei den wenigen Schritten Abdrücke hinterlassen hatten.

An der Glasfront zum Garten blieb die Frau stehen und blickte sich um. »Nun kommen Sie, mein Mann ist im Garten und füttert die Fische.« So vorsichtig wie möglich folgte Boateng der Frau zur Terrassentür, doch keine Spuren zu hinterlassen, war so gut wie unmöglich. Er versuchte, das Schamgefühl zu unterdrücken und sich auf den Fall zu konzentrieren. Was ihm beim Anblick von Justus Hollmann ganz und gar nicht leichtfiel. Wie ein kleiner Junge kniete Manni Böhms Freund am Rand eines kleinen Gartenteiches und sprach mit seinen Fischen, während er ab und an Futter aus seiner Hand in das Wasser rieseln ließ.

»Justus, hier ist ein Herr von der Polizei.«

Der Mann schien nicht überrascht. Wahrscheinlich hatte er damit gerechnet, dass man früher oder später bei ihm aufschlug. Boateng trat näher an den Teich und sah die kostbaren Kois darin schwimmen.

Justus Hollmann erhob sich und klopfte sich den Staub von der Hose. Anschließend reichte er Michael die Hand, musterte ihn dabei von oben bis unten derart ungeniert, dass der vor Scham errötete. Zum Glück blieb das aufgrund seiner Hautfarbe verborgen für sein Gegenüber.

»Sie kommen wegen Manni, stimmt's?«

»Ja, wir haben ein paar Fragen an Sie.«

»Wir?« Justus Hollmann blickte sich suchend um, ließ dann aber die fehlende Antwort unkommentiert.

»Frau Böhm sagte mir, Sie seien mit Herrn Böhm übers Wochenende auf der Ostsee unterwegs gewesen.«

»Schön wäre es gewesen, aber der Manni ist nicht gekommen. Wir hatten uns in Travemünde verabredet. Dort liegt mein Boot. Eine …«

»Und Sie sind dann ohne Manni raus?«, unterbrach Boateng ihn, da er wenig Lust auf eine prahlende Beschreibung der Segeljacht hatte. So wie es hier aussah, konnte er sich denken, dass es sich um ein beindruckendes Schiff und keine kleine Jolle handelte.

»Ja, nun ja, ich habe zwar gewartet und auch versucht, ihn anzurufen, aber er ist nicht gekommen.«

»Und das fanden Sie nicht merkwürdig? Haben Sie denn nicht mit Frau Böhm gesprochen?«

»Doch, aber Greta meinte, Manni sei losgefahren.«

»Und da haben Sie sich keine Sorgen gemacht? Er hätte ja auch einen Unfall oder so haben können.«

»Hören Sie mal.« Die Miene des Mannes verfinsterte sich leicht. »Ich bin ja nicht der Babysitter von meinem Freund. Der Manni hat das öfter gemacht. Manchmal hatte der halt Lust auf etwas anderes.« Sein Blick huschte zu seiner Frau, die nach wie vor an der Terrassentür stand. »Wenn Sie verstehen, was ich meine?«, flüsterte er dann augenzwinkernd.

»Sie deuten also an, Herr Böhm sei fremdgegangen?«

»Was heißt hier fremdgegangen? Er und Greta führen ohnehin eine offene Beziehung.«

»Sieht Frau Böhm das auch so?«

»Ich habe sie jedenfalls nie klagen hören.«

»Die Container werden aber nicht täglich geleert«, erklärte Herr Postel, der sich zwischenzeitlich bei Peer als stellvertretender Chef der Firma vorgestellt hatte, während sie durch die Halle wanderten.

»Haben Sie eine Idee, wer Ihren Chef auf dem Gewissen hat? Gab es Streit oder hatte er Feinde?«

»Naja, in unserer Branche herrscht harter Konkurrenzkampf. Wir sind ja nicht die Einzigen in Hamburg und Umgebung, die in Altkleider machen. Und unter den Konkurrenten sind die Verhältnisse nicht die besten. Aber dass da einer den Manni umgebracht hat?« Er blieb stehen und kratzte sich am Kopf.

»Moment mal, da fällt mir ein, dass es mit dem Willi neulich Ärger gab.«

»Weshalb?«

»Na, weil der seine Container illegal aufstellt. Manni hat dann einige von denen abgeholt und konfisziert.«

»Ja darf er das denn so einfach?« Peer war mit den Verhältnissen der Branche nicht vertraut.

»Bei wem soll sich Willi denn beschweren – außer bei Manni? Und das hat er. Der war hier und hat vor Wut geschäumt. Können Sie alle hier fragen. Da gab es einen lautstarken Streit, und jetzt erinnere ich mich auch, dass der sogar gedroht hat, den Manni umzubringen.«

Boateng stieg in seinen Wagen und starrte auf das gepflegte Anwesen. Irgendwie kam ihm dieser Typ nicht geheuer vor. Michael konnte zwar nicht sagen, dass er ihn für verdächtig hielt, denn etwas verbergen, nein, das wollte Hollmann nicht vor ihm, oder? Aber die Einstellung zu gewissen zwischenmenschlichen Beziehungen und wie er damit geprahlt hatte, dass das durchaus in seinen Kreisen üblich sei, hatte Boateng gar nicht gefallen. Was hieß denn hier, ›seine Kreise‹? Ging es hier nur um das Geld auf dem Bankkonto? Und hatte Manni Böhm denn tatsächlich viel davon gehabt? Sein Ansehen als angeblicher Lumpensammler konnte es ansonsten wohl kaum sein, oder?

Er wählte die Nummer seiner Kollegen. »Ja, Jens, sag mal. Habt ihr schon etwas über die finanzielle Lage des Opfers herausgefunden?«

»Die Daten sind gerade gekommen, und auf den ersten Blick scheint es, dass Manni Böhm nicht der Ärmste war, aber in letzter Zeit schienen die Geschäfte nicht ganz so gut zu laufen. Da sind weniger Einnahmen auf dem Firmenkonto verzeichnet. Aber das Opfer hatte gut vorgesorgt. Das Haus in Blankenese ist bezahlt, und zusätzlich hat er in einige Eigentumswohnungen investiert.«

»Und sonst, gibt es da etwas Auffälliges?«

»Na ja, alle Konten laufen nur auf den Namen des Mannes. Die Frau hat keinerlei Zugang.«

»Seltsam«, kommentierte Michael diese Tatsache, »aber nicht verboten. Vielleicht hatten die beiden getrennte Kasse.«

»Also mir kam das Spanisch vor«, erklärte Jens Schnitter. »Ich meine, die hat nicht mal eine Vollmacht zu den Konten. Wie kommt die an Geld? Zumal ich bei der Bank Frau Böhm mit angefragt hatte, aber die verfügt nirgendwo über ein Konto.«

Das war in der Tat komisch, aber bei der bisher herausgefundenen Einstellung zur Partnerschaft nicht verwunderlich. Wahrscheinlich hatte Manni Böhm seiner Frau das Geld zugeteilt – Haushaltsgeld wie früher. Die Witwe hatte auf ihn nicht unbedingt den Eindruck gemacht, als würde sie sich gegen solche Maßnahmen wehren. Ohnehin hatte sie eher verschüchtert gewirkt, aber das konnte natürlich auch an den Medikamenten liegen. Er bedankte sich bei Jens und rief anschließend Peer an.

»Ja, also Manni Böhm ist nicht Boot gefahren. Justus Hollmann hat gesagt, dass er zu der Verabredung nicht aufgetaucht ist. Erreichbar war er auch nicht.«

»Das heißt, er ist vermutlich am Freitag umgebracht worden«, schlussfolgerte Nielsen. »Und sein Freund, was hat der für einen Eindruck auf dich gemacht?«

»Einen merkwürdigen.«

Peer nickte, obwohl ihm bewusst war, dass sein Mitarbeiter das nicht sehen konnte.

Auch in Manni Böhms Firma herrschte ein seltsames Klima. Zwar hatte keiner der Mitarbeiter, mit denen er gesprochen hatte, sich über den Chef beschwert, vielmehr waren sie konkreten Fragen ausgewichen. Beinahe so, als hätten sie Angst, dabei war Manni Böhm doch tot und konnte sie nun nicht mehr bestrafen oder bedrohen. Oder war es gar nicht Manni Böhm, der ihnen Angst einjagte? Vielleicht steckte da etwas anderes dahinter?

»Was geschieht denn nun mit der Firma?«, hatte er den Stellvertreter gefragt, doch der hatte nur mit den Schultern gezuckt. »Wir machen erst einmal weiter wie gehabt, und alles andere wird sich finden.«

Nur wie, überlegte Peer. Ob Frau Böhm sich um die Geschäfte kümmern würde? War sie dazu in der Lage? Anscheinend hatte sie in die Geschäfte ihres Mannes keinen Einblick gehabt. Würde sie überhaupt die Firma erben?

»Sag mal, gibt es eigentlich Kinder?«, fragte er Boateng.

»Guter Punkt. Ich weiß gar nicht, bisher haben wir uns nur auf die Witwe und Justus Hollmann konzentriert, aber ich hake nach.«

»Mach das, ich nehme mittlerweile diesen Konkurrenten unter die Lupe.«

11. KAPITEL

Die Tür zum Krankenzimmer öffnete sich einen Spalt weit.

»Greta, was machst du da?«, tönte plötzlich eine Stimme überrascht herein. Frau Böhm drehte sich um und starrte mit ausdrucklosem Blick auf Justus Hollmann. »Ich verlasse das Krankenhaus«, entgegnete sie und wandte sich ihrer Tasche zu.

»Aber bist du schon entlassen? Was sagen die Ärzte?«

»Was interessiert es dich, wie es mir geht?«, antwortete sie, ohne in der Bewegung zu stoppen.

»Bitte, du bist die Frau meines besten Freundes und der ist …« Hollmann schluckte.

»Ermordet worden«, beendete sie beinahe emotionslos seinen Satz. Hollmann wunderte sich, wie beherrscht sie wirkte. Nur an ihrem schmalen, blassen Gesicht mit den dunklen Ringen meinte er auszumachen, wie schlecht es ihr eigentlich ging. Obwohl er sie schon länger nicht gesehen hatte. Für gewöhnlich trafen sich die Männer unter sich. Die Frauen waren meist außen vor, wobei seine Ehefrau sich eh nicht sonderlich gut mit Mannis Frau verstanden hatte. Aber derart dürr hatte er sie nicht in Erinnerung.

»Kann ich dir irgendwie helfen?«

Sie schüttelte den Kopf.

»Hat Lars sich schon bei dir gemeldet? Weiß er überhaupt Bescheid?«

Sie hielt inne. Der Name ihres einzigen Sohnes schien etwas in ihr auszulösen. Langsam ließ sie sich auf dem Bett nieder und schluchzte. »Nein, seit dem letzten Streit mit Manni hat er sich nicht gemeldet. Das ist jetzt beinahe drei Monate her.«

»Echt?«, entfuhr es Justus.

»Hat Manni dir nicht davon erzählt?«

»Nein.«

»Worüber habt ihr denn gesprochen, wenn ihr Segeln wart?« Sie blickte ihn fragend an.

»Na, es ist ja schon länger her, dass wir rausgesegelt sind.« Justus Hollmann trat nun näher an das Bett, wagte sich jedoch nicht sich zu setzen. »Und am Wochenende ist Manni gar nicht gekommen.«

»Ach so? Er ist also gar nicht aufgetaucht? Aber losgefahren ist er, habe ich dir ja gesagt.« Sie hob den Kopf, aber ihre Miene blieb ausdruckslos.

»Nee, Manni hat sich nicht blicken lassen, und an sein Handy ist er auch nicht rangegangen. Und dann bin ich wieder heim. Alleine hatte ich keine Lust rauszufahren.«

»Hm.« Sie stand auf und stopfte ihre restlichen Sachen in die kleine karierte Reisetasche.

»Was ist bloß passiert?«, grübelte Hollmann laut.

»Das wüsste ich auch gerne.«

Die Firma von Willi Krause war nicht halb so groß wie die von Manni Böhm und wirkte heruntergekommen. Im Hof stand lediglich ein schäbiger Kleintransporter, der noch nicht einmal eine Umweltplakette besaß. Wie konnte man damit ein Unternehmen führen, wunderte sich Peer.

Als er jedoch dem Inhaber begegnete, bekam er sogleich eine Antwort. Gar nicht. Der Mann wirkte mehr als ungepflegt. Geld für eine ordentliche Zahnbehandlung, ja selbst für Zahnpasta schien er keines zu haben. Irgendwie bereute Nielsen es, Boateng nicht mitgenommen zu haben, denn so musste er sich mit der unangenehmen Gestalt alleine herumschlagen.

»Herr Krause?«

»Wer will das wissen?«, raunzte der Typ, als Peer nach einem Klopfen in den Büroraum getreten war.

»Kommissar Nielsen.«

»Oh, kommen Sie jetzt schon persönlich? Schicken Sie die Knöllchen nicht mehr per Post?«, grinste der Mann ihn an und entblößte dabei eine Reihe mucheliger Zahnstumpen.

»Darum bin ich nicht hier.«

»Nicht?« Trotz der verwunderten Nachfrage war klar, dass Willi Krause bewusst war, weswegen Peer gekommen war. Dennoch spielte er weiter den Ahnungslosen. »Warum dann?«

»Sie haben vielleicht gehört, dass Manni Böhm Opfer eines Gewaltverbrechens geworden ist?«

»Klar doch, man spricht ja in Hamburg von nichts anderem mehr als von der zerstückelten Altkleider- Leiche. Aber was hat das mit mir zu tun?«

»Uns ist berichtet worden, sie hätten Streit mit dem Opfer gehabt.«

Der Angesprochene runzelte die Stirn, schwieg ansonsten. Trotzdem konnte Peer hinter den Falten das Gehirn arbeiten sehen. Wahrscheinlich fragte Willi Krause sich, wer der Polizei das gesteckt hatte. Wie viel wusste der Kommissar, und was sollte er jetzt antworten, um nicht verdächtig zu erscheinen?

Zweifelhaft wirkte der Typ, so oder so. Nicht nur sein Äußeres machte den Eindruck eines nicht sauberen Typen, generell schien der Laden hier unseriös, das glaubte Peer nach seinem Besuch in Manni Böhms Firma beurteilen zu können. Vielleicht wollte Willi Krause den Altkleidermarkt für sich alleine haben und hatte deshalb Manni Böhm umgebracht?

»Was ist Ihr regulärer Beruf?«

»Händler?«

»Und das haben Sie gelernt?«

»Nein, ursprünglich bin ich Schweißer und habe auf der Werft bei Blohm und Voss gelernt, ehe die dann ganz viele Stellen gestrichen haben und ich mich mit dieser Firma selbstständig gemacht habe. Reicht das?«

Peer nickte und zückte zeitgleich sein Merkbuch. Die Angaben wollte er auf jeden Fall kontrollieren. Nur weil der Mann das so souverän erzählte, musste es noch lange nicht stimmen. Vielleicht hatte er auch einmal in einem Fleischerbetrieb gearbeitet? Er würde das überprüfen.

»Ah, so langsam findet sich die Leiche ja zusammen«, entgegnete Dr. Choui, als er auf die beiden abgetrennten Arme niederblickte.

»Wie es aussieht, fehlt nur noch das andere Bein«, bemerkte Herr Holst. »Die Spurensicherung arbeitet dran.«

»Und die Arme sind auch aus Altkleidercontainern?« Der Sektionsassistent nickte.

»Hm, dann dürfte es schwierig mit DNA-Spuren werden«, kommentierte Dr. Choui diesen Umstand.

»Obwohl, die Leichenteile waren ja gut verpackt«, versuchte Herr Holst dennoch Hoffnung zu verbreiten.

»Gut, dann mal an die Arbeit.« Dr. Choui nahm eine Lupe zur Hand und untersuchte die Arme sorgfältig nach Einstichstellen. Stück für Stück ließ er das Vergrößerungsglas knapp über die fahle Haut schweben.

»Nein, auch hier nichts«, stellte er nach einer Weile fest. »Es bleibt vermutlich bei dem Erstechen.«

Obwohl die Todesursache so gut wie feststand, hatte er sich dennoch nicht festlegen wollen. Allzu oft hatte er in seinem Beruf Überraschungen erlebt.

Er betrachtete die Fingernägel eingehend. »Hm, hier scheint etwas zu sein.«

Er griff nach einem Objektträger und einer Art Skalpell, mit dem er vorsichtig die Fingernägel des Opfers bearbeitete. »Sieht nach Hautpartikeln aus«, beurteilte er das Resultat. »Ab damit ins Labor.«

Dann wandte er sich den Schnitträndern zu.

»Hier sieht man es deutlich«, wies er auf die Trennstellen. »Das muss ein und die gleiche Säge gewesen sein. Aber ganz scharf war die nicht. Oder sie war durch den Gebrauch reichlich abgenutzt, obwohl das nur vom Zersägen dieser Leiche nicht kommen kann.« Er kratzte sich am Kinn. »Aber der Rand ist ausgefranst.« Er wies auf eine Stelle am Oberarm.

»Vielleicht hat den Täter der Mut verlassen?«, mutmaßte der Sektionsassistent. »Oder die Kraft hat nachgelassen. Ist ja nicht gerade leicht, einen Leichnam zu zerteilen.«

Dr. Choui versuchte sich in den Täter hineinzuversetzen, was ihm nicht sonderlich schwerfiel. Schließlich hatte er es jeden Tag mit Leichen zu tun, an denen herumgeschnitten wurde. Obwohl natürlich der persönliche Bezug fehlte. Aus Erfahrung wusste er, dass es weitaus schwerer war, einen

Leichnam zu öffnen und sezieren, wenn eine persönliche Verbindung zu dem Toten bestanden hatte. Obwohl in diesem Fall nicht unbedingt klar war, ob der Mörder sein Opfer gekannt hatte, ging der Rechtsmediziner davon aus.

»Herr Lars Mohr?« Boateng blickte auf den schlanken, hochgewachsenen jungen Mann, der ihn über den Rezeptionstisch des Hotels hinweg freundlich anblickte.

»Ja«, erwiderte der Mann lächelnd. Doch das Lächeln erlosch, als Boateng seinen Dienstausweis diskret auf den Tresen legte und fragte, ob man sich ungestört unterhalten könne.

In einem kleinen Nebenzimmer bot Herr Mohr Michael an, Platz zu nehmen. »Hübsches Hotel, nett gelegen«, versuchte Boateng ein wenig Atmosphäre zu schaffen, doch der Angesprochene blieb stumm, nickte lediglich.

»Herr Mohr, warum ich Sie aufsuche. Sie haben vom Tod Manni Böhms gehört?«

»Aus der Zeitung.«

»Aus der Zeitung?«

»Ja.«

Boateng runzelte die Stirn, woraufhin Lars Mohr erklärte, Manni Böhm sei nicht sein leiblicher Vater, sondern lediglich der zweite Mann seiner Mutter. »Wir haben seit Längerem keinen Kontakt zueinander.«

»Auch jetzt nicht? In dieser Situation? Ihre Mutter …« Boateng stockte, als der junge Mann den Kopf schüttelte.

»Aber wieso haben Sie denn keinen Kontakt?«

»Das ist etwas Persönliches.«

»Hm, in diesem Fall ist nichts wirklich persönlich, schließlich ist Ihr Stiefvater ermordet worden.«

»Kein Wunder«, entfuhr es Lars Mohr, der hinzufügte, es habe Streit gegeben zwischen Manni Böhm und ihm.

»Macht mich das jetzt verdächtig?«

»Nun ja, kommt drauf an. Ich habe gehört, Ihr Stiefvater habe mit mehreren Leuten Streit gehabt. Außerdem schien er eine seltsame Vorstellung einer Partnerschaft zu haben«, bemerkte Boateng, den dieses Thema nach wie vor beschäftigte.

»Kann man so sagen.« Lars Mohr hielt sich bedeckt. Anscheinend hatte er Angst, sich weiter verdächtig zu machen. Boateng betrachtete den jungen Mann, der sehr gepflegt aussah. Akkurat gekleidet und frisiert. Er wirkte schmal, aber sportlich, und seine Hände machten den Eindruck, als hätten sie nie fest zupacken müssen. War dieser Mann in der Lage, eine Leiche zu zerstückeln? Michael war sich nicht sicher, musste aber unweigerlich an die Worte der Psychiaterin denken: »Im Grunde genommen steckt in jedem von uns das Potenzial zum Töten.«

Peer saß in seinem Wagen und beobachtete das Tor zur Firma Willi Krauses. Der Typ hatte Dreck am Stecken, so viel war klar. Nur was genau es war, was Nielsen dieses ungute Bauchgefühl bescherte, konnte er nicht sagen. Auf jeden Fall hatte er den Verdacht, den Typen aufgescheucht zu haben. Und tatsächlich, wenig später rumpelte der schrottreife Lieferwagen vom Firmengelände.

Peer startete den Motor und folgte dem Verdächtigen. Es war Samstagnachmittag, und der träge Wochenendverkehr ermöglichte es Nielsen dennoch, Willi Krause unbemerkt zu folgen.

Ihr Weg führte sie nach Harburg, genauer gesagt zur Altkleiderfirma Manni Böhms. Unglaublich, dass der sich hierher traut, dachte Peer und schlich, nachdem er seinen Wagen ein Stück entfernt geparkt hatte, zum Tor.

Von dort aus beobachtete er, wie Willi Krause auf einen der Mitarbeiter zustürmte, der rauchend auf dem Hof stand. Wild gestikulierend redete Krause auf den Mann ein. Anscheinend ging es darum, dass man ihm die Polizei auf den Hals geschickt hatte. Dann holte Willi Krause einen Umschlag aus seiner Jackentasche und reichte ihn dem anderen. Der blickte sich dreimal um, ehe er das Kuvert schnell knickte und in seine Hosentasche steckte. Anschließend deutete er mit einem Kopfnicken auf einen der Transporter, die nach wie vor auf dem Hof standen.

Willi Krause ging hinüber, öffnete die Ladeklappe, verschwand halb im Inneren des Wagens, tauchte aber schnell wieder auf. Offensichtlich war er mit dem, was er vorgefunden hatte, zufrieden, denn er nickte dem Mann nur kurz zu, stieg in den Transporter und fuhr vom Hof. Peer drückte sich eng an eine Mauer hinter einem Stromkasten und überlegte, ob er dem Typen folgen sollte, entschied sich aber dafür, den rauchenden Mitarbeiter mit seinen Beobachtungen zu konfrontieren.

»Sie schon wieder?«, fuhr der Mann erschrocken herum, als Peer plötzlich hinter ihn trat und sich räusperte.

»Ja, ich schon wieder. Ich habe eine Frage.«

»Bitte?« Der Kerl rang sich ein Lächeln ab.

»Ich hätte gerne gewusst, was Sie mit Willi Krause zu schaffen haben?«

»Wie bitte?«

»Na, wofür hat er Ihnen Geld gegeben, und warum ist er mit einem dieser Transporter weggefahren?« Peer deutete auf die anderen Lieferwagen und zeigte gleich darauf auf Krauses alte Rostlaube, die nun anstelle des anderen Wagens auf dem Hof stand. »Also?«

»Ich weiß nicht, wovon Sie sprechen.« Der Mitarbeiter drehte sich um und wollte in die Kleiderhalle gehen.

»Halten Sie mich für blöd. Ich habe Sie beobachtet!«, schnauzte Peer den Mann an, der daraufhin wie erstarrt stehen blieb.

»Herr Krause hilft hier manchmal als Fahrer aus«, entgegnete er mit brüchiger Stimme.

»Und dafür gibt er Ihnen Geld?« Sein Gegenüber schien ihn wirklich für komplett unterbelichtet zu halten, was Peer mehr als ärgerte. Nur mit viel Mühe konnte er seinen Ärger darüber im Zaum halten.

»Nein, ich hatte ihm Geld geliehen, und er hat es zurückgegeben.«

»Wer's glaubt, wird selig«, zischte Nielsen dem Mann zu.

12. KAPITEL

Am Sonntag, den sie aus rechtlichen Gründen hatten freimachen müssen, war es ruhig geblieben. Zwar hatte Peer selbst Rufbereitschaft gehabt, aber in ihrem Fall hatte sich nichts Akutes ergeben – eigentlich hatte sich gar nichts ergeben.

Dennoch hatte Peer die freie Zeit nicht wirklich genießen können. So ging es ihm stets, wenn er bei seinen Ermittlungen nicht vorankam. Stillstand machte ihn nervös. Daher hatte er Sport gemacht und anschließend seine Wohnung geputzt. Abends war er die Akten durchgegangen. Hatte womöglich doch keine Verbindung zwischen Opfer und Täter bestanden? Die Leiche eines Unbekannten derart zuzurichten war sicherlich einfacher – wenn man das in solch einem Fall überhaupt so werten konnte. Seufzend hatte er den grauen Aktendeckel zugeklappt und beschlossen, sich intensiver mit der Psychiaterin über den Fall zu unterhalten.

Bei seiner Nachbarin war es ruhig geblieben. Vielleicht war sie verreist? Zumindest war er ihr nicht noch einmal begegnet; er hätte auch gar nicht gewusst, was er ihr hätte sagen sollen, nachdem er ihr diese Abfuhr erteilt hatte. Sicherlich hatte er dadurch seine Chancen bei ihr vertan. Er war sich nicht sicher, ob er überhaupt etwas von der Frau wollte, denn er war seit etlichen Jahren Single und redete sich ein, mit einem gelegentlichen One-Night-Stand wesentlich besser dran zu sein als mit einer festen Partnerschaft. Trotzdem fehlte ihm hin und wieder etwas.

Er war froh, als Montagmorgen endlich sein Wecker klingelte und er ins Präsidium fuhr. Als Erstes war eine Besprechung angesetzt, denn auch wenn es keine neuen Erkenntnisse gab, mussten sie die nächsten Schritte abklären.

»So, mittlerweile sind laut Dr. Choui alle Leichenteile zusammen. Nichts bleibt übrig. Nichts zu viel«, grinste Lutz Bielenberg in die Runde.

»Es gibt Hautpartikel, die werden noch untersucht.«

»Und sonst? Irgendwelche hilfreichen Hinweise?«, fragte Nielsen die Teammitglieder.

Die Mitarbeiter schüttelten beinahe synchron die Köpfe.

»Nur in Bezug auf den Koffer haben wir mittlerweile ein paar Läden in Hamburg, die dieses Modell verkaufen, ausfindig gemacht«, meldete sich Jens Schnitter plötzlich zu Wort. »Wenn es okay ist, klappern wir die nachher ab und fragen, ob in der letzten Zeit einer verkauft worden ist.«

»Okay«, antwortete Peer. Der Koffer war laut Spusi so gut wie neu. Vielleicht brachten diese Nachforschungen wirklich etwas.

»Anschließend durchleuchtet bitte die Daten von Willi Krause. Vielleicht hat der eine Ausbildung als Schlachter gemacht. Oder hat als Jäger einen Waffenschein«, bestimmte er.

Auch wenn sich die Ermittlungen momentan wie die Suche nach einer Nadel im Heuhaufen gestalteten, durften sie nichts unversucht lassen. Irgendwann würden sie schon auf etwas stoßen, sie durften nur die Hoffnung nicht aufgeben. Jeder kleinste Hinweis war wichtig, und seine Aufgabe als Leiter der Mordkommission bestand eben auch darin, seine Mitarbeiter zu motivieren. Wenngleich ihm das nicht immer leichtfiel.

»Haben wir eigentlich etwas über Manni Böhms Handy?«, fragte er in die Runde. Alle Anwesenden blickten plötzlich konzentriert auf die Tischplatte.

»Hey, was ist?«

»Nee, haben wir bisher nicht nachgeforscht«, meldete sich schließlich Carsten Hinrichs kleinlaut zu Wort.

Peer zog die rechte Augenbraue hoch, ließ diesen Umstand ansonsten aber unkommentiert. »Dann holt das nach«, ordnete er an und wandte sich anschließend an Boateng:

»Was ist mit dem Sohn der Witwe?«

»Na, da gab es ein paar familiäre Streitereien, aber ich weiß nicht, ob das nicht normal ist.«

»Normal?«

»Nun ja, Manni Böhm war sein Stiefvater. Derartige Verhältnisse sind oftmals schwierig, außerdem war der Tote nicht unbedingt ein friedliebender Zeitgenosse. Zwar hat Lars Mohr nicht erzählt, worum es in dem Streit ging, aber es hat dazu geführt, dass er den Kontakt zu seiner Mutter abgebrochen hat.«

»Oder sie zu ihm?« Peer fuhr sich mit der Hand über seinen frisch rasierten Kopf. Dann stand er auf und trat an eine weiße Tafel.

»Also, wir haben das Opfer Manni Böhm. Laut Rechtsmedizin gehen wir davon aus, dass der Täter ihn zunächst erstochen und anschließend, um die Leiche verschwinden zu lassen, zersägt hat. Warum der Täter sich die Kleiderboxen ausgesucht hat, ist wenig nachvollziehbar, oder? Schließlich musste ihm klar sein, wie schnell man in den Containern die Leichenteile entdecken würde.«

»Vielleicht spekulierte der Täter genau darauf und will uns durch die Altkleider auf eine falsche Fährte führen. Immerhin haben wir seinen Hauptkonkurrenten schon im Visier«, bemerkte Boateng.

»Stimmt, zumal wir ohnehin davon ausgehen, dass der Täter aus dem näheren Umfeld stammt.«

Peer schrieb die Namen von Willi Krause, Lars Mohr, Justus Hollmann und den der Witwe auf die Tafel.

»Weitere Namen?« Er drehte sich um und blickte seine Mitarbeiter an.

»Vielleicht diesen anderen Mitarbeiter der Altkleiderfirma. Du hast doch erzählt, dass der für irgendetwas Geld von Willi Krause bekommen hat. Denkbar, die beiden haben gemeinsame Sache gemacht«, meldete sich Michael erneut zu Wort.

»Möglich«, entgegnete Nielsen und schrieb ›Typ von Fairstoff‹ dazu, da ihm der Name entfallen war. Oder hatte der Kerl sich bei der ersten Befragung gar nicht vorgestellt? Egal, er wusste, wer gemeint war.

»Jetzt mal mögliche Motive«, forderte er die anderen auf.

»Geld, Konkurrenz am Markt, illegale Geschäfte«, zählten Jens, Carsten und Lutz wie aus der Pistole geschossen auf.

»Das gilt für die geschäftlichen Partner. Was ist mit den anderen Verdächtigen? Zum Beispiel dem Stiefsohn. Denkt an Frau Michaelsens Worte ›Jeder kann zum Mörder werden‹. Worum könnte es also in dem Streit gegangen sein?« Nielsen fixierte Boateng mit seinem Blick.

»Keine Ahnung, das kann ja alles Mögliche gewesen sein. Aber vielleicht weiß die Witwe mehr darüber.«

»Dann fragen wir sie doch.«

Peer und Michael waren erstaunt, als sie das Zimmer von Frau Böhm leer vorfanden.

»Die Patientin hat sich gestern selbst entlassen«, gab eine Schwester ihnen Auskunft.

»Was?«

»Ja, der Arzt hatte ihr davon abgeraten. Sie wirkte nicht besonders stabil.«

»Gut, dann schauen wir nach ihr.«

Auf der Fahrt nach Blankenese rätselten die beiden über den Grund der Selbstentlassung.

»Ich finde Krankenhäuser auch nicht gerade prickelnd, aber der Frau ging es wirklich schlecht«, erinnerte Boateng sich an die kraftlose Gestalt bei seinem Besuch. »Außerdem ist sie zu Hause vermutlich alleine, oder gibt es weitere Angehörige? Der Sohn wird sich wohl kaum kümmern, oder?«

Nielsen zuckte mit den Schultern. »Ich weiß gar nicht, ich glaube Carsten und Jens sprachen von einer Schwester.«

»Schwester? Von Manni Böhm oder von seiner Frau?«

Diese Frage wurde ihnen beantwortet, als auf ihr Klingeln hin eine etwa 50-jährige Frau die Tür öffnete.

»Meine Schwester schläft. Die Ereignisse haben sie sehr mitgenommen. Sie verstehen?«

Über den Tod des Schwagers verlor die Frau, die sich als Marion Christiansen vorstellte, kein Wort. Sie schien nicht besonders traurig über dessen Ableben, erwähnte aber, dass sie gekommen sei, um bei den Vorbereitungen für die Trauerfeier zu helfen.

»Wie ich hörte, sind alle Teile aufgetaucht«, lächelte sie leicht schief.

Peer fand die Feststellung irgendwie unpassend, widmete sich aber dennoch seinen Fragen.

»Hat denn Lars Mohr sich inzwischen bei seiner Mutter gemeldet?«

Die Frau seufzte laut. »Das wäre schön, aber bisher haben wir nichts von ihm gehört. Dabei wäre es gut, wenn er jetzt zu seiner Mutter halten würde.«

»Wissen Sie denn, was da vorgefallen ist? Warum ist das Verhältnis zwischen Lars und Ihrer Schwester gestört?«

Plötzlich presste Marion Christiansen ihre eh schon schmalen Lippen zu zwei dünnen Streifen zusammen. »Nein, das weiß ich nicht.«

Doch so schnell ließ sich Peer nicht abwimmeln.

»Wissen Sie, was ich nicht verstehe? Wenn es Streit zwischen Manni Böhm und Lars gab, wieso hält er dann jetzt nicht zu seiner Mutter?«

Ein stummes Schulterzucken war die Antwort auf seine Frage.

»Nun, wo er tot ist, ist der Anlass des Streites vielleicht aus der Welt. So makaber das klingen mag.«

»Wollen Sie Lars etwas anhängen?«

Frau Böhm stand plötzlich am Treppenabsatz und blickte finster zu ihnen herüber. »Lars ist ein guter Junge!«

»Bestimmt«, versuchte Boateng die Witwe zu beruhigen. »Aber es ist im Zusammenhang mit dem Mord an Ihrem Ehemann schon verdächtig, wenn er Streit mit ihm hatte.

Wir überprüfen alle Leute, die ein schwieriges Verhältnis zu Herrn Böhm hatten.«

»Na, das dürften so einige sein«, entfuhr es Marion Christiansen, die sich daraufhin allerdings erschrocken die Hand vor den Mund schlug, weil ihre Schwester sie böse anblitzte.

»Wen haben Sie noch im Visier?«, erkundigte Greta Böhm sich.

»Na, zum Beispiel diesen anderen Altkleiderhändler.«

»Aha.«

»Ja, wir haben gehört, ein gewisser Willi Krause hätte Streit mit Ihrem Mann gehabt.«

»Ach so.« Plötzlich veränderte sich die Miene von Greta Böhm. Sie wirkte geradezu entspannt und nickte plötzlich.

»Ja, ja stimmt. Der hat bestimmt etwas damit zu tun.«

Peer runzelte die Stirn. Diese Äußerung war ihm fast zu konkret – zumal er sich kaum vorstellen konnte, dass Manni Böhm mit seiner Frau über den Konkurrenten gesprochen hatte, nach allem, was sie bisher über die Beziehung der Eheleute gehört hatten.

»Wie kommen Sie darauf?« Er zückte sein Merkbuch und notierte, dass er die Belegschaft der Altkleiderfirma dazu befragen wollte. Wenn Frau Böhm in den Betrieb involviert war, wussten die Mitarbeiter das wohl am besten. Vielleicht hatten sie das Verhältnis des Paares falsch eingeschätzt.

»Was schreiben Sie da? Verhaften Sie ihn jetzt?« Aufgeregt kam Greta Böhm näher.

»Nein, so einfach geht das nicht. Aber dem Hinweis müssen wir nachgehen.«

»Gut.«

»Um noch einmal auf den Streit zwischen Ihrem Mann und Lars …«, setzte Nielsen an.

»Da gibt es nichts zu erzählen«, fuhr sie ihn sofort an. Peer war erstaunt über diesen Stimmungsumschwung, und auch Boateng zog die Augenbrauen leicht hoch. Waren diese Launen bei der Frau normal oder lag es an den Medikamenten, die sie eventuell einnahm?

»Was haben Sie vor mit der Firma Ihres Mannes?«, wechselte Nielsen das Thema. Wieder huschte ein Schatten über das Gesicht der Angesprochenen. Sie wirkte zerbrechlich und blickte hilflos zu ihrer Schwester.

»Wahrscheinlich verkaufen«, antwortete Marion Christiansen anstelle der Witwe.

13. KAPITEL

»Also so kommen wir nicht weiter«, schimpfte Peer, als sie nach dem Besuch in ihren Wagen stiegen. »Auch über das Motiv und das Umfeld scheinen wir den Täter nicht näher einkreisen zu können.« Ihm fiel ein, dass er die Psychiaterin kontaktieren wollte.

»Hm«, entgegnete Boateng, »vielleicht versuchen wir es über die Spur der Zerstückelung. Hatte Dr. Choui nicht gesagt, der Leichnam sei sehr professionell zerlegt worden?«

»Schon, aber er hat ebenso wie die Michaelsen gesagt, man könne davon ausgehen, dass der Täter eher aus dem näheren Umfeld des Opfers kommt. Aber da haben wir noch niemanden mit einer Schlachterausbildung oder einem Jagdschein ausfindig machen können, oder?«

»So intensiv haben wir das noch nicht geprüft. Unter Umständen hatte Manni Böhm weitere Bekanntschaften.«

Bei dem Wort ›Bekanntschaften‹ musste Michael unweigerlich an das Gespräch mit Justus Hollmann denken.

»Der hatte bestimmt eine Freundin oder sogar mehrere«, mutmaßte Boateng daraufhin. »Wahrscheinlich ist er auch in den Puff gegangen. Wer weiß, auf was für Typen der dort gestoßen ist?«

»Und der Hollmann, was macht der denn beruflich?«

Michael zuckte mit den Schultern.

»Dann finden wir das zuerst heraus. Schließlich ist er derjenige, der das Opfer sehr gut kannte und als Letztes mit ihm verabredet war.«

»Aber Manni Böhm ist zu der Verabredung nicht gekommen.«

»Sagt wer?«, grinste Peer und gab Gas.

Montags war in der Praxis immer die Hölle los. Warum, das konnte Gabriele Schröder gar nicht sagen, denn sie arbeiteten ja nur nach Terminvereinbarung. Trotzdem wirkte der Tagesablauf am Wochenanfang immer leicht wuselig, oder kam es ihr nur so vor?

Sie lehnte sich an ihrem Schreibtisch zurück und nahm einen Schluck von dem inzwischen kalt gewordenen Yogi-Tee. Gleich käme bereits der nächste Patient, aber vorher wollte sie noch rasch die E-Mails durchgehen. Sie stellte die Tasse zurück auf den Tisch und öffnete am Computer das elektronische Postfach. Schnell scrollte sie durch die Eingänge und löschte ein paar Werbenachrichten.

Dann blieb sie an einer Mail hängen, öffnete die Nachricht mit einem Mausklick.

Sehr geehrte Frau Dr. Schröder,

ich brauche Hilfe. Dringend. Ich kann nicht mehr. Ich weiß, es wäre gut, zu Ihnen zu kommen und mit Ihnen zu reden, aber auch das kann ich nicht. Ich kann gar nichts mehr, bin wie gelähmt. Alles, wirklich alles, was ich tue, ist für mich ein riesiger Kraftakt – auch diese Mail.

Doch ich muss das, was in mir ist, loswerden. Irgendwie. Denn ich habe etwas Schreckliches getan, etwas Furchtbares – so furchtbar, dass ich es nicht aussprechen kann. Selbst jetzt nicht – obwohl ich will. Entschuldigen Sie, ich kann nicht …

Gabriele Schröder runzelte die Stirn und las die Nachricht erneut. Sie konnte sich keinen Reim darauf machen.

Ob sie antworten sollte? Aber was? Sie konnte den wenigen wirren Zeilen kaum entnehmen, worum es ging. Aber sie könnte mit einer Antwort zumindest signalisieren, dass sie jederzeit zu einem Gespräch bereitstand. Sie bewegte die Maus auf dem Bildschirm Richtung Antwortbutton, als es plötzlich an der Tür klopfte und unvermittelt die Sprechstundenhilfe hereinstürmte.

»Frau Doktor, kommen Sie schnell, wir haben einen Notfall!«

Weit war es nicht zur Adresse des Freundes in Nienstedten. Peer lenkte den Wagen durch das schmucke Villenviertel und stoppte vor Hollmanns Auffahrt, auf der ein Aston Martin stand, in dessen Kofferraum Justus Hollmann gerade eine Tasche packte.

»Herr Hollmann«, rief Nielsen über das Tor, »wir haben ein paar Fragen wegen Manni Böhm.«

Der Mann richtete sich auf und musterte Peer von oben bis unten. »Und welche?«

»Na, Sie waren ja gut mit Herrn Böhm befreundet. Oder?«

»Kann man so sagen.« Justus Hollmann machte ein paar Schritte auf sie zu.

»Wir bräuchten ein paar Angaben zu dem privaten Umfeld.«

»Und da kommen Sie zu mir? Warum fragen Sie nicht seine Frau?«

»Die ist momentan nicht in der Verfassung, unsere Fragen zu beantworten.«

Justus Hollmann nickte. »Verstehe.« Er öffnete das Tor und ließ sie eintreten. »Bitte«, forderte er Nielsen und Boateng auf, ihm zum Haus zu folgen. »Möchten Sie etwas trinken?«

»Nein, danke«, entgegnete Peer und ließ sich auf einem Gartenstuhl auf der vorderen Veranda nieder.

»Gut, was wollen Sie denn wissen?«, fragte Hollmann, nachdem auch er Platz genommen hatte. Mit den Fingern strich er über die karierte Tischdecke, während er zwischen Peer und Michael hin und her blickte.

»Was machen Sie beruflich?«

Justus Hollmann runzelte die Stirn. »Ist das wirklich wichtig? Verdächtigen Sie etwa mich?« Das Blut sickerte nach und nach in sein Gesicht, bis seine Wangen förmlich glühten. »Glauben Sie, ich hätte Manni umgebracht?« Verwundert über den laut angeschlagenen Ton erschien Frau Hollmann in der Tür und streckte neugierig den Kopf in ihre Richtung. Die Frau ist hübsch, fiel Nielsen auf. Vielleicht war sie Anstoß des Unglücks? Hatte Manni Böhm sich an sie rangemacht? Hatte Justus Hollmann gar rausgefunden, dass seine Frau und sein Freund ein Verhältnis miteinander hatten? Er hatte in seiner Laufbahn schon einiges erlebt und wusste, dass es so gut wie nichts gab, was es nicht gab.

»Also?«, hakte Boateng nach, da Peer sich in seiner Gedankenspielerei verloren hatte.

»Ich bin Unternehmer.«

»Und was unternehmen Sie?« Nielsen hatte sich aus seinen Spekulationen gelöst und war wieder bei der Sache.

»Ich habe eine Firma.«

»In welchem Bereich?«

»Immobilien.«

Aha, dachte Peer und musste unweigerlich an Sören und seine Wohnungssuche denken. Wahrscheinlich auch so ein Immobilienhai, mutmaßte er.

»Und in Ihrer Freizeit, was machen Sie so außer Segeln?«

»Was geht Sie das an?«

»Einiges, wir ermitteln einen Mordfall«, mischte Boateng sich erneut ein. Was die Zusammenarbeit betraf, waren die beiden mittlerweile ein eingespieltes Team.

»Ich habe nicht viel Freizeit.«

»Nicht?« Peer blickte sich demonstrativ um. Arbeiten musste der Typ doch bestimmt nicht mehr. Der schien mit seiner riesigen Villa und den tollen Autos auf der Auffahrt durchaus ausgesorgt zu haben. »Und einen Jagdschein haben Sie nicht?«

Justus Hollmann kniff die Augen zusammen.

»Nein.«

»Und kennen Sie jemanden aus Manni Böhms Umfeld, der aus der Schlachterbranche kommt oder einen Jagdschein besitzt?«

»Ja«, tönte es plötzlich von der Eingangstür her. Frau Hollmann, die das Gespräch von der Tür aus mitverfolgt hatte, trat an den Gartentisch. »Gregor arbeitet doch im Schlachthof, oder Justus?« Sie blickte energisch auf ihren Mann.

»Ach ja, jetzt, wo du es sagst.« Hollmann räusperte sich, während Peer aufhorchte. Das war doch ein Ablenkungsversuch, oder?

»Gregor wer?«

»Na, der Schwager von Manni. Ganz armes Schwein. War einst selbstständig und hatte einen eigenen kleinen Betrieb, aber seit der Scheidung …« Frau Hollmann stockte.

»Na, auf jeden Fall arbeitet der in diesem Schlachthof in Norderstedt«, fuhr deshalb ihr Mann fort. Dem schien dieser Schwager gerade recht zu kommen, denn ausführlich erzählte er über Gregor Christiansens Firmenpleite. »Ich glaube, der war zwischenzeitlich sogar obdachlos. Wie schnell man da so reinrutschen kann.« Hollmann schüttelte seinen Kopf, während Boateng die Angaben in sein Merkbuch notierte. Mit der neuen Spur im Gepäck verabschiedeten sie sich.

»Gut, den nehmen wir als Nächstes unter die Lupe. Für heute ist erst einmal Feierabend«, bestimmte Nielsen, der mehr als erstaunt darüber war, wie viel Zeit derlei Befragungen in Anspruch nahmen. »Lust auf ein Bier?«

»Heute nicht, Chef, sorry. Meine Schwiegereltern sind zu Besuch«, stöhnte Boateng.

Obwohl Peer nicht unbedingt scharf auf Gäste war, beneidete er seinen Mitarbeiter ein wenig um dessen Familie. Er selbst würde wieder in seine leere Wohnung heimkehren, und niemand außer Fritzchen würde ihn begrüßen. Er schluckte. Sollte er doch bei der Nachbarin klingeln?

Er setzte Boateng an einer U-Bahnhaltestelle ab und fuhr anschließend in den Supermarkt. Er hatte keinen guten Wein im Haus und wollte vorbereitet sein. Wer konnte schon sagen, was der Abend noch brachte? Vor dem Regal wählte er einen Roten und Weißen, nur um beides parat zu haben. Man wusste ja nie.

Mit den Flaschen unter dem Arm stieg er in den fünften Stock hinauf. Kurz überlegte er, gleich bei der Nachbarin zu klingeln, doch dann entschied er sich dafür, sich zunächst ein wenig frisch zu machen. Vielleicht sollte er eine Kleinigkeit essen? Nicht dass er nach dem ersten Glas sofort angetrunken war, weil er noch so gut wie nichts im Magen hatte.

Er schloss die Tür auf, da klingelte sein Handy. Es war Dr. Choui. »Ja, also ich wollte Sie nur informieren, dass wir Hautpartikel unter den Fingernägeln sicherstellen konnten.«

»Sie arbeiten noch?«, entfuhr es Peer zunächst, da er vor Schreck die Flaschen hatte beinahe fallen lassen. »Ja, wieso? Wir haben hier rund um die Uhr Betrieb und auch Notdienst.«

Peer erinnerte sich, dass das Institut neben zahlreichen Aufgaben der Leichenbeschauung auch bei Gewaltfällen hinzugezogen wurde und Gutachten erstellte. Dafür musste man sicherstellen, dass das Institut immer besetzt war.

Die Hautpartikel unter den Fingernägeln waren keine Neuigkeit, auch wenn Dr. Choui inzwischen die DNA analysiert hatte. Sie hatten momentan jedoch keinen Verdächtigen zum Abgleich. Mutmaßliche Täter gab es schon, aber bei keinem reichten die Ermittlungsansätze für einen offiziell angeordneten DNA-Test aus.

»Und die Partikel, die stammen von einem Kampf?«

»Möglich. Das kann ich aber nicht genau sagen. Vielleicht hat sich der Tote nur an seinem Mörder festgekrallt, als der zustach.«

»Hm«, überlegte Peer laut, »das könnte aber bedeuten, dass der Täter Kratzspuren aufweist, oder?«

»Ja, aber eventuell sind die schon verheilt. Der Mann ist ja schon etliche Tage tot.«

»Ja gut, danke«, verabschiedete Nielsen sich schließlich.

Trotzdem ihn die Spur nicht wirklich weiterbrachte – jedenfalls noch nicht –, hatte der Anruf seine Stimmung gehoben. Warum konnte er eigentlich nicht sagen, aber er hatte das Gefühl, dass sich nach und nach die Hinweise schon fügen würden. Sie hatten bereits so viele Spuren – der Koffer, die Mord- und Zerstückelungsmethode, der Streit mit Lars und noch einiges mehr, da war es gewiss nur eine Frage der Zeit, wann sie dem Täter auf die Spur kamen.

Gut gelaunt und mit einem Pfeifen schnappte er sich eine der Weinflaschen und klingelte an der Nachbartür.

»Lars?« Marion Christiansen starrte ihren Neffen durch die geöffnete Tür an. Sie hatte mit seinem Besuch nicht gerechnet, und auch er wirkte so, als könne er sich sein Auftauchen bei der Mutter nicht wirklich erklären. Unentwegt knetete er die Hände ineinander.

»Hallo, Tante Marion, ich wollte zu Mama, ist sie da?«

Die Schwester der Witwe nickte und trat zur Seite. »Komm rein.«

Sie führte ihn durch den Flur ins Wohnzimmer, wo seine Mutter auf dem Sofa lag. Als sie ihn sah, sprang sie förmlich auf. »Lars!«

Sie stürmte auf ihn zu, blieb dann aber kurz vor ihm abrupt stehen. Beide sahen sich eine Weile stumm an, bis sie flüsterte: »Ich habe gehofft, dass du kommst.«

Er nickte lediglich und blickte sich um. »Setz dich doch, willst du etwas trinken?«, versuchte Marion Christiansen die Situation zu entzerren.

»Nein, danke, ich will nicht lange bleiben.«

Das Glühen im Gesicht seiner Mutter erlosch. »Aber es ist okay«, flüsterte sie.

»Okay?« Er blitzte sie an. »Dein Mann ist tot, nichts ist okay.«

Frau Böhm starrte ihren Sohn mit offenem Mund an, als würde sie erst jetzt begreifen, was geschehen war.

»Deine Mutter ist etwas durcheinander«, mischte sich daher Marion Christiansen ein. »Kommt, setzt euch und lasst uns in Ruhe reden.« Sie schob Lars zu einem Sessel und hakte dann ihre Schwester unter.

Eine unbehagliche Stille entstand, in der lediglich das Ticken der antiken Standuhr im Flur zu hören war. »Es ist schrecklich, was da passiert ist«, brach Lars schließlich das Schweigen. »Aber wahrscheinlich hatte es einen Grund.«

»Natürlich hatte es einen Grund«, betonte Marion, »aber wer ist zu solch einem Verbrechen in der Lage? Das muss ein Monster gewesen sein!«

Lars blickte auf sein Hosenbein, während seine Mutter ihn weiterhin stumm anblickte.

»Weiß die Polizei schon was?«, fragte er.

»Sie waren hier und haben nach dir gefragt.«

»Ach so?«

»Waren sie noch nicht bei dir? Sie wollten dich zu dem Streit befragen. Ich habe ihnen gesagt, wo du arbeitest. Ich hoffe, das war okay?« Marion Christiansen schaute entschuldigend zu ihrem Neffen.

»Doch.«

Wieder entstand ein Moment des Schweigens, dann räusperte Lars sich. »Was wird denn nun?

Ich meine, mit dir und der Firma?« Er erwiderte den starren Blick seiner Mutter.

»Es gibt ein Testament. Der Notar hat angerufen«, antwortete erneut Marion anstelle ihrer Schwester.

»Und wann ist Eröffnung?«

»Wir wollten die Beerdigung abwarten.«

»Sind denn schon alle …?« Er schluckte. »Wann ist die?«

»Die Leiche wird wohl morgen freigegeben, dann dachten wir an Donnerstag?«

Lars nickte und wandte sich anschließend an seine Mutter.

»Und du hast keine Ahnung, was drinstehen könnte?« Greta Böhm schüttelte den Kopf.

14. KAPITEL

»Ich habe über diesen Gregor recherchiert«, begrüßte Boateng Nielsen, der mit einem Kaffeebecher in der Hand am nächsten Morgen das Büro betrat. Seine Laune war nicht die beste, und er war froh, sich ablenken zu können. Eigentlich wusste er gar nicht, wieso er derart enttäuscht gewesen war, als seine Nachbarin auf sein Klingeln hin nicht geöffnet hatte. Wahrscheinlich war sie ausgegangen, doch hatte er das Gefühl gehabt, als wenn jemand in der Wohnung gewesen sei. Er hatte gemutmaßt, dass sie nach seiner plumpen Abfuhr nichts mehr mit ihm zu tun haben wollte. Dass er sich aber auch immer derart dämlich anstellen musste, wenn es um Frauen ging.

Um sich abzulenken, hatte Peer ferngesehen und im Internet gesurft. Er hatte Sören angerufen, der jedoch keine Zeit für ihn hatte. Seine Freundin hatte vorzeitige Wehen bekommen, und sie waren ins Krankenhaus gefahren. »Soll ich kommen?«, hatte er dem Freund angeboten, doch Anne bräuchte Ruhe, hatte Sören gesagt und ihn damit vertröstet, sich in den nächsten Tagen zu melden. Diese Situation war neu für Peer. Er kannte Sören seit der Schulzeit und konnte sich immer auf ihn verlassen. Sie waren gemeinsam durch dick und dünn gegangen und konnten die Zeichen des anderen deuten – selbst wenn dieser versuchte, etwas zu verbergen. Doch die Sorge um Frau und Kind drängte die Freundschaft wahrscheinlich in den Hintergrund – und er konnte das verstehen, wenn es auch schmerzte und ihm bewusst machte, wie sehr ihm eine Partnerin fehlte.

Mehrmals hatte er darüber nachgedacht, sich bei einer Partnerbörse anzumelden. Warum nicht? Wie sonst sollte er eine Frau kennenlernen? Zwar empfand er nach einem recht unschönen Erlebnis im letzten Jahr eine gewisse Unsicherheit, doch wenn er ehrlich zu sich selbst war, wünschte er sich jemanden an seiner Seite.

Als er jedoch im Internet ein Profil von sich erstellen sollte, war ihm plötzlich schlecht geworden und er hatte das Laptop zugeklappt. Was konnte er schon über sich schreiben, was eine Frau attraktiv finden würde? Außer seinem sportlichen Körper, auf den er mit seinen 43 Jahren durchaus stolz sein konnte, fand er, hatte er nicht viel zu bieten, oder? Er war gerne für sich und machte meist alles mit sich selbst aus. Unregelmäßige Arbeitszeiten und einen nicht ganz ungefährlichen Job, den er stets an erster Stelle sah, hatte er auch. Nicht besonders anziehend. Seine bisherigen Beziehungen jedenfalls waren genau wegen dieser Punkte gescheitert.

Er seufzte aus Reflex und setzte sich an den Tisch. »Und, was hast du herausbekommen?«

»Na, Gregor Christiansen ist kein unbeschriebenes Blatt, den sollten wir uns näher anschauen. Hat mehrere Anzeigen wegen Körperverletzung und ist im Rotlichtmilieu kein Unbekannter. Hat wohl schon gedealt – allerdings erst nach seiner Scheidung und nachdem er sein Geschäft verloren hat.«

»Das mag schlimm sein, aber keine Entschuldigung«, urteilte Peer. Er konnte verstehen, dass man nach einer Trennung und dem Verlust des Jobs die Bodenhaftung verlor, aber kriminell musste man deswegen nicht werden. Andere schafften es schließlich auch sich aufzurappeln.

»Vielleicht ist der mit Manni Böhm aneinandergeraten, wenn der so neben der Spur ist«, mutmaßte Nielsen.

»Oder der hat ihn in etwas reingerissen. Schließlich hatte Manni Böhm auch auf 'm Kiez zu tun.«

»Woher weißt du das?«

»Na, Justus Hollman erzählt, dass Böhm sich da ab und zu rumtrieb.«

»Ja, aber doch eher wegen der Prostituierten, oder?«

»Weiß man's?«

»Hm.« Peer nippte an seinem Kaffee. »Gut, dann fahren wir dahin. Wo wohnt der Typ?«

»Angeblich keinen festen Wohnsitz.«

»Aber ich denke, der arbeitet wieder«, wunderte Nielsen sich, winkte dann aber ab. »Egal, dann fahren wir zum Schlachthof, auf dem er arbeitet.«

»Chef?« Lutz Bielenberg streckte den Kopf zur Tür hinein. »Wir haben da etwas wegen des Koffers.«

»Echt?«, horchte Peer auf, der sich wenig Hoffnung auf Hinweise in Bezug auf den Koffer gemacht hatte.

»Ja, das ist wohl eine ganz bestimmte Marke, und in Hamburg gibt es nur drei Geschäfte, die die verkaufen. Und in diesem Jahr hat nur einer der Läden solch einen verkauft.«

»War der denn so neu?« Peer hatte den Koffer völlig aus dem Fokus verloren. »Schon, also zumindest meinte die Spusi, dass aufgrund des Zustandes der Verschlüsse das Ding nicht oft benutzt worden ist.«

»Gut, dann schreib mir mal die Adresse des Ladens auf, dann fahren Michael und ich gleich vorbei.«

Enttäuschung machte sich auf Lutz' Gesicht breit, aber Peer bemerkte das nicht. Er gab selten etwas aus der Hand – was oftmals zur Unzufriedenheit der Mitarbeiter führte. Schon öfter hatte Gerhard Fritsche mit ihm über dieses Thema gesprochen. »Du musst auch mal Verantwortung übertragen und deine Leute machen lassen. Chef sein heißt nicht, alles selbst zu erledigen.«

»Tue ich doch gar nicht«, maulte Peer dann regelmäßig, wusste aber, dass er außer Boateng, mit dem er sich auf eine seltsame Art verbunden fühlte, seine anderen Teammitglieder meist nur für langweilige Recherchearbeiten einsetzte.

Auch in diesem Fall. Er konnte nicht aus seiner Haut. Schon schnappte er sich seine Jacke, warf Boateng einen Blick zu und verließ das Büro.

Wenig später fuhren die beiden auf der A 7 Richtung Norderstedt, wo sich der Schlachtbetrieb, in dem Gregor Christiansen arbeitete, befand.

»Auch kein schöner Job, oder?«, bemerkte Boateng, als sie auf den Hof fuhren, auf dem gerade ein Viehtransporter entladen wurde. »Da muss man zwangsläufig zum Vegetarier werden.«

Nielsen versuchte, möglichst keinen Gedanken daran zu verschwenden, was sich hinter diesen Mauern abspielte, doch das war angesichts des Anlasses, dass sie einen kundigen Schlachter suchten, der Manni Böhm zerstückelt hatte, nicht ganz einfach.

Er stieg aus und ging zum Haupteingang. »Guten Tag.

Polizei Hamburg, Hauptkommissar Nielsen. Wir suchen einen Ihrer Mitarbeiter, Gregor Christiansen.«

Der brummig wirkende Mann hinter einer Art Empfangstresen nickte wortlos Richtung Schlachthalle. Unschlüssig standen die beiden vor dem Eingang, an dem ein Schild darauf hinwies, dass man diesen Bereich nur in entsprechender Schutzkleidung betreten durfte. Wie in der Rechtsmedizin, fuhr es Peer durch den Kopf, dann aber wandte er sich an den Mann am Empfang.

»Könnten Sie ihn vielleicht ausrufen lassen?«

»Nee, wir haben keine Lautsprecher. Hört man eh nich' bei dem Lärm da drin.«

»Dann holen Sie ihn«, äußerte Peer in befehlsartigem Ton seine Bitte. Er hatte es noch nie mit Schlachtern zu tun gehabt, vermutete aber, dass diese Kerle wohl rauere Gesellen waren. Wie sonst konnte man jeden Tag die in Todesangst quiekenden Schweine ertragen?

Sein Gegenüber griff zum Telefon und nuschelte kurz darauf etwas Unverständliches in den Hörer. Weiter sagte er nichts, aber wenig später sahen sie durch die Glastür, wie einer der Männer am Band seinem Kollegen auf die Schulter tippte und ihm etwas ins Ohr sprach. Ruckartig schnellte dessen Kopf herum, und als er Peer und Boateng erblickte, ließ er sein Messer fallen und rannte in die entgegengesetzte Richtung.

Ohne nachzudenken, stieß Nielsen die Tür auf und lief los.

»Moment mal«, rief der Typ vom Empfang, aber Boateng zuckte nur entschuldigend mit den Schultern und fragte nach dem Hinterausgang.

»Na hinten, bei der Anlieferung kommt der dann raus, wenn er abhauen will«, erklärte der Mann.

Boateng spurtete los. Raus aus dem Gebäude, um den LKW herum zur Ladeluke. Schon sah er Gregor Christiansen in seinem Kittel auf sich zustürmen und zog seine Pistole, die er immer am Mann trug.

Abrupt blieb der Flüchtende stehen. Sodass Nielsen, der leicht blass um die Nase aus der Halle gerannt kam, beinahe in ihn hineinprallte.

Marion Christiansen öffnete die Tür, als der Bestatter klingelte. Die Leiche war freigegeben, nun galt es, die letzten Details für die Beerdigung zu arrangieren. Der Witwe ging es noch nicht besser. Völlig apathisch hatte sie heute Morgen in ihrem Bett gelegen. Nur mit Mühe war es Marion gelungen, sie zum Aufstehen zu bewegen.

Nun ja, vielleicht war das eine natürliche Reaktion auf den Stress; sie selbst konnte nicht beurteilen, wie es war, einen Menschen zu verlieren. Das war ihr zum Glück bisher erspart geblieben.

Insgeheim fragte Marion sich jedoch, ob ihre Schwester nicht froh sein musste, diesen Kerl los zu sein. Sie hatte Manni nie gemocht. Seine großkotzige Art, seine Selbstinszenierung, die derart armselig wirkte, dass es ihr peinlich war, mit ihm in der Öffentlichkeit gesehen zu werden. Sie erinnerte sich an einen Restaurantbesuch – vermutlich ein Geburtstag –, wo er laut durch den Raum gepoltert und mit seinen heldenhaften Taten geprahlt hatte, sodass die anderen Gäste alle kopfschüttelnd auf ihren Tisch geblickt hatten. Wie unangenehm. In diesem Moment hatte sie wieder einmal mehr nicht verstehen können, wie ihre Schwester diesen Kerl hatte heiraten können. Dieser ungehobelte Mann, der seine Frau wie ein kleines unmündiges Mädchen behandelte. Ihr fiel ein, wie das bereits vor der Hochzeit angefangen hatte. Da hatte Manni darauf bestanden, das Hochzeitskleid auszusuchen, obwohl doch jeder wusste, dass es Unglück brachte, wenn der Bräutigam die Braut vorher sah. Aber er zahle das Kleid schließlich, hatte er argumentiert und sich nicht davon abbringen lassen, es auszuwählen.

Und was für einen Plünnen er gekauft hatte. Wahrscheinlich war sein Blick für wirklich schöne Sachen durch seinen Handel mit Altkleidern getrübt. Wie ein Sack hatte das schlichte weiße Leinenkleid an seiner Zukünftigen herabgehangen. Scheußlich, war es Marion durch den Kopf gefahren, und sie hatte sich für die Braut geschämt. Sie wusste genau, wie sie gedacht hatte, dass das Kleid aussah wie ein Leichenhemd. Aber billig, ja das war es auf jeden Fall gewesen, und aufs Geld hatte Manni schon immer geachtet.

Einmal war sie mit ihrer Schwester zum Shoppen gefahren und hatte versucht, sie zu überreden, sich mal etwas Schickes zu leisten. Manni hatte schließlich Geld – jedenfalls prahlte er damit in der Gegend rum. Doch während sie selbst ein Kleid nach dem anderen anprobierte, hatte ihre Schwester nur ein paar Unterhosen vom Wühltisch erstanden. Auf ihre Frage, ob sie nicht auch mal etwas Hübsches brauche, hatte sie nur gesagt: »Manni sieht es nicht gerne, wenn ich Geld ausgebe.«

»Dann verdiene doch dein eigenes«, hatte Marion geantwortet, doch angeblich sah Manni es auch nicht gerne, wenn seine Ehefrau arbeiten ging.

Es war also im Prinzip nicht verwunderlich, dass sie sich immer seltener gesehen hatten. Manni gönnte seiner Frau anscheinend nichts – kein Kino, keinen Saunabesuch und Kaffeetrinken? Das konnte man doch genauso gut zu Hause.

Einmal hatte Marion Greta zum Essen eingeladen, das war ja wohl nicht verboten, hatte sie gedacht. Doch als sie nach Hause gekommen waren, hatte Manni sich fürchterlich aufgeregt, da seine Frau sich hatte erkenntlich zeigen wollen und zumindest die Getränke bezahlt hatte.

Danach hatten sie sich lange nicht gesehen und seitdem nur zu offiziellen Einladungen wie Geburtstagen oder Konfirmationen.

So gesehen konnten sie alle froh sein, diesen Tyrannen los zu sein. Jetzt konnte ihre Schwester endlich anfangen zu leben. Nur anscheinend sah die das anders. Schon einmal hatte sie einen geliebten Mann verloren, und dieser erneute Verlust – der sicherlich ohne Frage brutal und grausam war – schien sie in einen traumatischen Zustand zu versetzen.

Marion seufzte, während sie dem Bestatter anbot, Platz zu nehmen.

»Sie müssen Frau Böhm entschuldigen, aber es geht ihr nicht gut«, erklärte sie und erkundigte sich nach den Möglichkeiten der Beisetzung.

»Ja, da gibt es verschiedene Varianten, allein beim Sarg. Was für ein Modell haben Sie sich vorgestellt? Oder wünschen Sie eine Feuerbestattung?«

»Nein, nein«, bemühte Marion sich schnell zu antworten. Manni konnte ruhig schön langsam in der Erde verrotten, so hatten wenigstens die Würmer was von seinem Tod.

»Was ist denn das günstigste Modell?«, fragte sie, während der erstaunte Blick des Bestatters zur Witwe auf dem Sofa wanderte.

15. KAPITEL

»So, Herr Christiansen, und nun verraten Sie uns mal, warum Sie es vorhin im Schlachthof so eilig hatten.«

Peer und Boateng hatten nach dem Fluchtversuch den Mann kurzerhand festgenommen und ins Polizeipräsidium zum Verhör gebracht.

»Ich, ich, war nur überrascht.«

»Überrascht? Und dann laufen Sie gleich weg?«

Peer war sich ziemlich sicher, der Typ vor ihm am Tisch hatte Dreck am Stecken. Ob er allerdings etwas mit ihrem Fall zu tun hatte, konnte er nicht sagen, denn bei dem Vorstrafenregister hätte selbst er Panik bekommen, wenn die Polizei bei ihm auftauchte. Zumal er nicht glaubte, dass die letzten Strafen den Kerl von seinen krummen Geschäften abgehalten hatten.

»Wo wohnen Sie zurzeit?«

»Mal hier, mal da.«

»Wieso haben Sie keinen festen Wohnsitz? Sie arbeiten bei Quickmeat schon eine ganze Weile und verdienen nicht schlecht.«

»Nicht schlecht?«, empörte Gregor Christiansen sich. »Mir zahlen die nicht mehr als diesen importierten Rumä…« Er brach den Satz abrupt ab. »Es hat sich noch nichts Passendes gefunden.«

»Tja, wohl nicht so leicht, mit deiner Schufaauskunft eine Wohnung zu bekommen, hm?«, bemerkte Boateng, der heute den Badcop bei dem Verhör spielte. Eine Rolle, die ihm erstaunlicherweise gut lag, musste Nielsen anerkennend registrieren. »Und vielleicht hast du auch auf'm Kiez Schulden. Die Eintreiber sind ja schlimmer als der Gerichtsvollzieher. In beiden Fällen kommt es dir wohl ganz recht, keinen festen Wohnsitz zu haben, hä?«

Peer musste beinahe grinsen, aber der Verdächtige zeigte sich wenig beeindruckt.

»Ich will einen Anwalt«, verlangte er und verschränkte die Arme vor der Brust.

»Kannst du dir den überhaupt leisten?« Natürlich wusste Boateng, dass dem Mann so oder so ein Rechtsbeistand zustand. In seinem Fall wurde dieser vom Staat bezahlt, aber er gefiel sich derart gut in seiner Rolle, da konnte er den Typen ruhig provozieren.

»Gut, dann rufen Sie ihn gleich an.« Nielsen schob den Telefonapparat über den Tisch. Gregor Christiansen starrte ihn an.

»Was ist?«, bellte Boateng. »Du wolltest doch einen Anwalt.«

»Ja, also«, entgegnete Christiansen kleinlaut, »ich habe die Nummer nicht im Kopf.«

»Wie heißt er denn?«, fragte Michael nach.

»Ähm, irgendetwas mit B…, ich komm nicht drauf.«

»Vielleicht, weil du gar keinen Anwalt hast? Wovon sollten du den bezahlen, wenn es nicht mal für eine Wohnung reicht?« Boateng grinste, und Gregor Christiansen schaute leicht bedröppelt aus der Wäsche.

»Also, beantworten Sie lieber unsere Fragen«, mischte sich Peer ein. »Warum sind Sie vorhin weggelaufen?«

»Na ja, ich dachte, ich habe … eine Menge Schulden.

Nicht nur bei einigen Luden vom Kiez, sondern auch im Casino. Der Inhaber hat mir ab und an Kredit gegeben, aber nun ist eine Menge zusammengekommen, und ich kann das nicht auf einmal zahlen.«

»Und da haben Sie gedacht, der hetzt Ihnen die Polizei auf den Hals?« Nielsen runzelte die Stirn.

»Nein, das nicht, aber manchmal geben sich seine Eintreiber als Bullen aus.«

»So?« Peer war es im Grunde genommen egal, wie viele Schulden Gregor Christiansen hatte, oder doch nicht?

»Hatten Sie Schulden bei Manni Böhm?«

»Bei Manni? Nee, wieso?«

Die beiden Kommissare schwiegen und beobachteten, wie bei Gregor der Groschen fiel. »Nee, aber Sie glauben doch nicht etwa, ich …?«

»Ja, danke, Frau Köhler, dann sehen wir uns nächste Woche. Einen Termin haben Sie, oder?«

Die blasse Frau nickte wie in Zeitlupe und erhob sich. Endlich, dachte Dr. Schröder, und seufzte leicht, nachdem die Patientin das Behandlungszimmer verlassen hatte. In Momenten wie diesen fragte sie sich manchmal, wieso sie sich für diesen Beruf entschieden hatte. Was hatte sie geritten, sich als Psychotherapeutin zu betätigen? Jeden Tag mit den Ängsten, Selbstzweifeln, Problemen und Gefühlen anderer Leute konfrontiert zu werden, fiel ihr mit zunehmendem Alter schwerer. Doch noch konnte sie es sich finanziell nicht leisten, die Praxis aufzugeben, wenngleich diese gut lief, aber sie war erst Anfang 50. Ein paar Jahre lagen noch vor ihr.

Stöhnend ließ sie sich auf ihren Schreibtischstuhl fallen. Vielleicht schaffte sie es, vor dem nächsten Gespräch ein paar Mails zu bearbeiten.

Sie kreiste mit der elektronischen Maus über den Bildschirm und öffnete das Postfach. Trotz reichlich neuer Eingänge, stach ihr eine Nachricht sofort ins Auge, und siedend heiß fiel ihr ein, dass sie auf die letzte Mail nicht reagiert hatte.

»Frau Doktor, Herr Dohm wäre jetzt da!«, surrte plötzlich die Stimme ihrer Angestellten aus der Gegensprechanlage.

»Ja, ja«, entgegnete Gabriele Schröder. »Einen Moment noch.«

Hastig bewegte sie die Maus auf die entsprechende Zeile und öffnete die Mail:

Sehr geehrte Frau Dr. Schröder,

von Tag zu Tag geht es mir schlechter, sodass es momentan wirklich unmöglich ist, zu Ihnen in die Praxis zu kommen. Ich habe gedacht, dass die Bilder nach einer Weile blasser werden würden, aber dem ist nicht so. Hinzu fürchte ich mich vor mir selbst, kann nicht fassen, was ich getan habe. Dabei habe ich das Gefühl, ich war das auch nicht wirklich.

Erinnern Sie sich, wie wir darüber sprachen, dass ich häufig völlig neben mir stehe, aber im eigentlichen Sinne des Wortes? Ich kann mich in gewissen Situationen wirklich beobachten, ohne dabei das Geringste zu empfinden. Sie haben gesagt, dass sei eine Art Schutzmechanismus, den ich in all den Jahren entwickelt hätte. Meinen Körper verlassen, um das Elend nicht zu spüren.

Ich frage mich allerdings, warum das momentan nicht

funktioniert? Währenddessen, also ich meine, als ich ihn umbrachte, da ist mein Ich tatsächlich aus mir herausgeschlüpft. Hat stumm zugesehen, was mein Körper tat, wie er beinahe routinemäßig den Leichnam zerlegte. Aber irgendwann bin ich zurückgekehrt, obwohl es derart schmerzt. Nein, schmerzt ist nicht richtig. Angst macht es mir.

Wie kann ich ein und derselbe Mensch sein? Ich kann das nicht fassen – und die Wucht der Erinnerung, mein Bewusstsein bringt mich schier um. Ich kann nicht mehr. Das war nicht ich, oder?

Bitte helfen Sie mir!

VG

M.

»Nur, wie soll ich helfen?«, murmelte Gabriele Schröder, während sie unablässig auf den Bildschirm starrte. »Frau Doktor? Herr Dohm?«, surrte es erneut aus der Sprechanlage.

»Ja, ja«, seufzte sie. »Soll reinkommen.«

»Guten Tag!« Lutz Bielenberg strahlte über das ganze Gesicht, als er den Laden in Wandsbek betrat. Aufgrund der Festnahme Gregor Christiansens hatte Peer ihn gebeten, an dem Taschen- und Lederwarengeschäft vorbeizufahren, um sich nach dem Käufer des Koffers zu erkundigen.

Lutz konnte sein Glück kaum fassen und hatte sich sofort auf den Weg gemacht. Nun blickte er in das freundliche Gesicht einer jungen Dame, die ihn durch eine randlose Brille hindurch anblinzelte.

»Was kann ich für Sie tun?«

»Ich hatte angerufen wegen des Koffers Saxoline Blue

Sardines.« Sie runzelte die Stirn, aber er erklärte sofort. »Ich hatte mit einem Mann gesprochen.«

»Ach, bestimmt mit meinem Chef«, lächelte sie ihn an und verschwand gleich darauf ohne ein weiteres Wort. Lutz blickte sich um. Viel los war in dem Laden nicht. Außer ihm drückte sich in der hinteren Ecke eine junge Frau herum und schaute sich ein paar reduzierte Taschen an. Ob hier an anderen Tagen mehr los war? Wie sonst konnte sich solch ein Geschäft halten? Viele Leute kauften ohnehin beinahe alles in den großen Kaufhäusern oder im Internet. Solche Spezialläden starben mehr und mehr aus, was eigentlich sehr schade war, fand Lutz, denn hier gab es noch so etwas wie eine persönliche Beziehung zwischen Verkäufer und Kunde.

Die junge Verkäuferin kam aus dem Hinterzimmer zurück. »Herr Meier kommt gleich. Er beendet noch ein Telefonat«, teilte sie ihm mit und wandte sich der Kundin zu, die zwischenzeitlich eine Tasche ausgewählt und näher betrachtete.

»Das ist echtes Rindsleder«, pries die Angestellte die Ware an. »Und das Design aus Italien.«

Die Frau schien nicht hundertprozentig überzeugt und warf Lutz einen fragenden Blick zu. Der verstand zwar nichts von Damenhandtaschen, fand sie aber trotzdem ganz hübsch und nickte freundlich.

»So, da bin!« Mit diesen Worten erschien plötzlich ein grauhaariger Mann im Laden. »Was kann ich tun? Wo brennt's?«

Lutz räusperte sich: »Ich komme wegen des Saxoline Koffers.«

»Ach, Sie meinen den, in dem man diesen toten Lumpensammler entdeckt hat?«

Die Kundin mit der Ledertasche riss die Augen auf und ließ die Ware beinahe fallen.

»Vielleicht können wir das woanders besprechen?« Lutz nickte Richtung Hinterzimmer.

»Aber natürlich, kommen Sie!« Mit forschen Schritten ging Herr Meier vor. Lutz folgte ihm durch einen Gang mit zahlreichen Kartons.

»Nehmen Sie Platz.« Der Inhaber des Ladens deutete auf einen abgewetzten Cordstuhl.

»Ja also«, begann Lutz, nachdem er sich gesetzt hatte, »Sie hatten gesagt, dass Sie von diesem Modell dieses Jahr erst einen Koffer verkauft haben.«

»Und Sie meinen, das ist tatsächlich der …?« Herr Meier wirkte plötzlich nachdenklich und strich sich mit der rechten Hand übers Kinn.

»Schon möglich«, gab er sich in der nächsten Minute selbst die Antwort. »Dieses Modell gibt es nur selten, wird kaum nachgefragt. Ist den meisten Leuten zu auffällig, denke ich. Der Koffer war reduziert, deswegen hat der Kunde sich wohl dafür entschieden.«

Das war genau die Art von Kundenbeziehung, an die Lutz kurz zuvor gedacht hatte. Wer erinnerte sich in einem großen Kaufhaus schon an einen einzelnen Kofferverkauf? Aber in diesem Laden kannte man seine Käufer noch. Er nickte freudig.

»Erinnern Sie sich zufällig, wie der Kunde hieß?«

»Das nicht, aber Moment …« Der Ladenbesitzer zückte einen Ordner und wühlte zwischen einigen Ausdrucken.

»Ha«, rief er plötzlich aus. »Sie haben Glück. Der Koffer wurde mit ec-Karte bezahlt.«

Lutz' Herz machte einen Sprung. Endlich eine konkrete Spur, und er durfte sie verfolgen.

»Nur leider«, Herr Meier schob kurz darauf den Zahlungsbeleg über den Tisch, »kann man den Namen nicht entziffern, oder?«

»Mal sehen.« Lutz kniff die Augen zusammen. »Der erste Buchstabe sieht aus wie ein O, aber dann … R oder S? Nee, das ist wirklich eine krakelige Unterschrift, aber anhand der Kontodaten finden wir den Käufer. Können Sie mir eine Kopie machen?«

»Selbstverständlich«, antwortete Herr Meier. Seine Wangen glühten. Schließlich kam es nicht alle Tage vor, dass er bei Mordermittlungen helfen konnte.

»Meinen Sie wirklich, dass dies der Koffer ist, in dem die Leiche gefunden worden ist?«, fragte er, während er den Kopierer einschaltete.

»Möglich, jedenfalls war der Koffer ziemlich neu.«

»Hm«, entgegnete Herr Meier und schüttelte sich bei der Vorstellung, dass in einem von ihm verkauften Gepäckstück ein Toter transportiert worden war.

16. KAPITEL

»Und, was hältst du von dem Typen?« Peer blickte fragend Boateng an, der in seine Aufzeichnungen vertieft war.

Gregor Christiansen war abgeführt worden. Zwar hatten sie nichts aus ihm rausbekommen, außer der Sache mit den Schulden, aber da Fluchtgefahr bestand und er als Schlachter das Opfer kannte, blieb er in Gewahrsam. Der angeforderte Pflichtverteidiger würde ihn jedoch bald rausboxen, denn momentan sah Nielsen nicht, wie er an Beweise kommen sollte, die einen Anfangsverdacht erhärteten und den Richter zu einer U-Haft bewegen könnten.

»Und wenn wir dessen Wohnung auseinandernehmen?«, schlug Boateng vor.

»Hast du vergessen, dass der keine hat?«

»Ja, offiziell nicht, daher geht es vielleicht ohne Durchsuchungsbefehl, wenn wir uns nur mal bei dem Bekannten, bei dem er untergekommen ist, umschauen?«

»Aber dort wird er Manni Böhm kaum ermordet und zerlegt haben, oder?« Peer war sich unsicher, ob sich der Einsatz lohnen würde.

»Aber vielleicht hat er nicht alle Tatwerkzeuge beseitigt.« Michael ließ hingegen nicht locker. Sie hatten keine heiße Spur, warum dann nicht diese verfolgen?

»Hm, aber bei wem wohnt der denn?«, überlegte Nielsen zögernd.

»Das ist rauszubekommen.« Grinsend hob Boateng den Telefonhörer.

»Jo, Ulf, du, ihr habt ja momentan den Gregor Christiansen überstellt bekommen. Kannst du mal fragen, wo der untergekommen ist? Er hat zwar keinen festen Wohnsitz, aber sag ihm, der Pflichtverteidiger bräuchte eine Adresse, wo er erreichbar ist. Hm?« Er schwieg kurz.

»Ja. Danke!«

Wieder einmal beneidete Peer seinen Mitarbeiter um dessen Hautfarbe, die ihm erlaubte zu lügen, ohne rot zu werden.

»Ja, aber es geht hier um einen Mordfall. Den entsprechenden Beschluss habe ich beantragt, aber das dauert.«

»Tut mir leid«, entgegnete die Dame am Kassenschalter, »aber ohne offizielles Schreiben darf ich Ihnen keine Auskunft über den Kontoinhaber geben.« Das Mitleid im Gesicht der Bankangestellten wirkte echt. Natürlich hatte sie von dem Leichenfund gehört, und da der Beleg aus dem Laden nebenan stammte, hatte sie eins und eins zusammengezählt. Aber Anweisung war Anweisung, wenn sie die Auskunft ohne offizielle Anordnung gab, konnte sie das ihren Job kosten.

Sie beugte sich leicht über die Theke. »Aber wenn Herr Meier Auskunft verlangt …« Sie tippte auf den Kaufbeleg. »Das ist ein Lastschrifteinzug. Der Kunde räumt für den Fall, dass keine Deckung vorhanden ist, dem Verkäufer ein Auskunftsrecht ein.« Sie lächelte ihn leicht an.

»Ach so? Aber der Koffer ist bezahlt worden, soweit ich weiß.«

Ihr Lächeln wandelte sich zu einem Schmunzeln.

»Sagt wer? Das wird von uns nicht nachgeprüft.«

Endlich fiel bei Lutz der Groschen.

»Ja, dann, kleinen Moment. Nicht weglaufen. Bin gleich wieder da.«

Eilig hechtete er aus der Filiale zurück in den Taschenladen.

Herr Meier verstand vermutlich nur die Hälfte, von dem was Bielenberg aufgeregt erklärte, folgte ihm aber bereitwillig in die Bank.

»Ja, also, wenn das so ist.« Die Dame am Kassentresen grinste die beiden an und tippte die Kontonummer in den Computer ein.

Nur kurz darauf nahm sie einen Notizzettel und schrieb Name und Adresse des Kontoinhabers auf. »Hier.« Sie schob Lutz den Zettel zu und zwinkerte ihm zu.

Mirko Leuker, Milcherstraße 35, Hamburg

»Danke«, strahlte er die Bankmitarbeiterin an.

Draußen verabschiedete er sich zügig von Herrn Meier. Er wollte gleich diese Spur verfolgen, bevor ihn sein Chef womöglich zurückpfiff. Daher bemerkte er erst im Wagen den kleinen Pfeil rechts unten auf dem Notizblatt. Er wendete den Zettel und starrte auf die Telefonnummer auf der Rückseite.

»So, angeblich wohnt hier dieser Bekannte, bei dem Christiansen zurzeit untergekommen ist.« Sie blickten auf das Haus im Osdorfer Born. Keine bevorzugte Wohngegend in Hamburg, schon gar nicht in einem dieser Wohnsilos. Grellweiß stachen die Plattenbauten vor ihnen aus dem Boden und bildeten einen unvereinbaren Kontrast zu dem kleinen Bach, der als Namensgeber fungierte.

»Das gehört wohl zu so einer Organisation, die sich um Asylanten und Obdachlose kümmert.« Boateng wies auf ein Gebäude gegenüber der Großsiedlung.

»Aha.« Peer zögerte, aus dem Wagen zu steigen. Konnte man in dieser Gegend sein Auto unbesorgt parken? Sein Blick wanderte die Straße entlang. Wenig entfernt hatten die Kollegen einen ausgebrannten Wagen mit Flatterband gesichert. Zwar waren generell die Autobrände in Hamburg weniger geworden, aber hier noch nicht verschwunden, wie es aussah.

Mit einem seltsamen Gefühl in der Magengegend stieg er schließlich aus und ging auf das Wohngebäude zu, an dessen erstem Eingang ein Schild der Organisation hing.

»Nee, das ist Nummer 25a, angeblich wohnt Gregor in einer Gemeinschaft in 25e«, erklärte Boateng.

Peer nickte lediglich und folgte Michael, der sich auf dem Gelände wesentlich souveräner bewegte als er. Aus den Wohnungen drangen unbekannte fremde Klänge, Wortfetzen in unterschiedlichen Sprachen, orientalische Musik und auch die Essensgerüche, scharf und fruchtig zugleich, waren fremdartig.

Der Eingang zu 25e glich all denen davor, und auch die Geräusche und der Duft des Essens waren ähnlich. Boateng fuhr mit dem Zeigefinger über eine Belegungstafel, tippte auf eine Wohneinheit, die sich laut Liste im zweiten Stock befand.

Zielstrebig stapfte er die Treppe hinauf.

Die kleine rundliche Dame, die ihnen öffnete, blickte erschrocken, als Nielsen das Wort Polizei aussprach. Wahrscheinlich hatte sie Angst, abgeschoben zu werden, und ihre traumatischen Erlebnisse aus der Vergangenheit in irgendeinem Kriegsgebiet dieser Welt flammten auf. Daher hob er sofort beschwichtigend die Hände. »Gregor?«, fragte er, da er annahm, die Frau sprach kein Wort Deutsch. Der Name allerdings schien ihr geläufig. Sie nickte zunächst, schüttelte dann aber den Kopf, womit sie wohl andeuten wollte, dass der Mitbewohner nicht da war.

»Zimmer?«, erkundigte Boateng sich.

Nun wich der leicht ängstliche Blick eher einer skeptischen Miene. Man konnte trotz der unterschiedlichen Sprachen erkennen, dass die Frau verstand, wer sie waren und was sie wollten. Polizei, Gregor, Zimmer sehen.

Sie zögerte kurz, zuckte mit den Schultern, wandte sich um und rief irgendetwas in die Wohnung hinein. Auf ihr Rufen hin erschien ein kleiner Junge aus einer der Türen, die vom Flur abgingen, etwa fünf Jahre alt, schätzte Peer. Die Frau sprach zu dem Kind, das daraufhin zumindest in einem gebrochenen Deutsch fragte, warum sie Gregors Zimmer sehen wollten.

»Wir müssen was nachgucken«, erklärte Boateng. Der Junge nickte und übersetzte für die Frau, die sehr resolut den Kopf schüttelte und wie ein Wasserfall auf den Kleinen einredete.

»Gregor nicht da. Kommen wieder, wenn Gregor da.«

Na, dass Gregor nicht da sein konnte, war ihnen schon klar. Nielsen beugte sich zu dem Kind. »Gregor Gefängnis.«

Die Augen des Kindes schwollen zu zwei schwarzen Bällen an und traten sogar leicht aus den Höhlen. Jedenfalls hatte Peer diesen Eindruck, als er den Kleinen eindringlich anstierte. Der Junge nickte stumm und zog seine Mutter zur Seite. Mit ausgestrecktem Arm zeigte er auf eine der Türen, die von dem schmalen Gang abgingen.

Peer drückte die Klinke hinunter, doch das Zimmer war abgeschlossen.

»Lass mich mal.« Boateng holte aus seiner Jackentasche einen kleinen Draht und bog diesen zurecht, während Nielsen interessiert beobachtete, wie sein Mitarbeiter sich an dem Schloss zu schaffen machte. Er fragte sich, ob Michael so etwas immer dabei hatte und vor allem warum. Doch als das Schloss schließlich nachgab, war er froh und verdrängte die Frage.

Aus dem Raum schlug ihnen ein abartiger Geruch entgegen, der sie an ihren Besuch bei Peter Köster erinnerte. Von Sauberkeit und Lüften schien auch Gregor Christiansen nichts zu halten. Das roch wie in einem Pumakäfig. Peer stürzte als Erstes zum Fenster und riss es auf. Dann blickte er sich in dem Chaos um.

Das schmuddelige Bett war ungemacht, das übrige Mobiliar bestand nur aus einem wackeligen Tisch und einem alten Holzstuhl, ansonsten dienten Pappkartons als Einrichtungsgegenstände und Stauraum. Nielsen öffnete einen der Kartons und fand darin einen Haufen Kleidungsstücke.

Ganz schön armes Schwein, schoss es ihm durch den Kopf, als er die fleckigen Klamotten betrachtete.

»Uih«, entfuhr es Boateng, der ebenfalls in den Kisten herumgeschnüffelt hatte.

»Sieh einer an.« Peer ließ seinen Blick zu der Kiste schweifen, in der sich allerlei Messer und Schlachtwerkzeug befand.

»Informier' die Spusi, die soll das hier sichern. Ich rufe den Staatsanwalt an wegen eines offiziellen Durchsuchungsbefehls.«

Er drehte sich zum Fenster und wählte die Nummer von Hartmut Karstens, dem Staatsanwalt, mit dem er am besten konnte, denn rechtlich einwandfrei war ihre Vorgehensweise nicht.

»Hm, und ihr habt tatsächlich Beweismittel gefunden?«

»Sieht ganz so aus«, bestätigte Peer.

»Gut, dann stelle ich das Dokument aus, aber nur, weil du es bist.«

Die Sonne ließ den kleinen Vorgarten in dem Haus in Groß Flottbek prachtvoll erstrahlen. Hier hatte sich wirklich jemand Mühe gegeben, ein wahres Blumenmeer zu züchten. Lutz Bielenberg hatte für die Gartenpracht keinen Blick übrig, er wollte Mirko Leuker so schnell wie möglich zu dem Koffer befragen. Hoffentlich war er zu Hause, dachte Lutz, denn das Haus wirkte verlassen.

Als er den Klingelknopf betätigte, erwachte das Haus zum Leben. Drinnen bellte ein Hund, Schritte waren zu hören. Ein junger Mann öffnete die Tür.

»Mirko Leuker?«, fragte Lutz, ohne sich vorzustellen.

»Nee, das ist mein Dad, was wollen Sie denn von dem?«

»Ist er da?«

»Nee, auf Arbeit.«

Die Wahrscheinlichkeit, den Gesuchten um diese Tageszeit zu Hause anzutreffen, war gering gewesen, aber vielleicht war der Koffer hier. Deswegen war er gekommen, denn wenn der Koffer sich nicht im Haus befand, hatten sie wirklich eine heiße Spur. Obwohl noch nicht klar war, ob es eine Verbindung zwischen Mirko Leuker und Manni Böhm gab. Aber das würde sich zeigen. Zunächst ging es um den Koffer. Lutz zog seine Dienstmarke und hielt sie dem Sprössling unter die Nase.

»Ich komme wegen einer Nachforschung. Laut eines Belegs eines Ladens in Wandsbek hat Ihr Vater vor einigen Wochen einen Koffer gekauft.«

»Aha.«

»Und den müsste ich mal …«

»Geht nicht«, fiel ihm der Junge ins Wort.

»Wieso nicht?« Sofort witterte Lutz einen möglichen Verdacht. »Wo ist der Koffer?«

Mirko Leukers Sohn zog genervt die Augenbrauen hoch. »Den hat meine Schwester mit in die USA genommen.«

»So, Herr Christiansen, nun erklären Sie uns mal schön, was es mit dem ganzen Schlachtwerkzeug in Ihrem Zimmer auf sich hat.« Peer und Boateng waren von dem Wohnheim direkt in die U-Haft gefahren. Dort saß Gregor Christiansen ihnen an einem Tisch im Besucherraum gegenüber und glotzte sie mit großen Augen an.

»Wie kommen Sie dazu, in meinen Sachen herumzuschnüffeln?«

»Wir haben einen Durchsuchungsbefehl. Sie sind verdächtig. Also, was sind das für Werkzeuge?«

»Bestände aus meinem eigenen Betrieb.«

Peer bezweifelte, dass die Sachen bei der Insolvenz nicht veräußert worden waren. Doch das war nicht die Frage.

»Hatten Sie Streit mit Manni Böhm?«

»Nein, wieso? Ich habe den schon ewig nicht gesehen. Was soll das? Das sind Bestände aus meinem eigenen Betrieb, die ich verkaufen will, um meine Schulden zu bezahlen.«

»Warum haben Sie das dann noch nicht getan? Soweit wir wissen, ist das mit Ihrer Pleite schon eine Weile her, oder?«

»Nun, ja ich bin noch nicht dazu gekommen.« Gregor Christiansen rutschte auf der Sitzplatte des Kunststoffstuhles hin und her.

»Vielleicht, weil Sie sie noch benötigten?« Boateng hatte wieder den Badcop übernommen.

»Nein, nein«, stotterte der Verdächtige, »Sie wollen mir etwas anhängen, mit dem ich nichts zu tun habe. Ich habe niemanden umgebracht.«

»Das wird sich zeigen.« Peer lehnte sich zurück.

»Wie?« Christiansen blinzelte ihn ängstlich an.

»Na, die Spurensicherung prüft die Gerätschaften, und wenn damit vor Kurzem etwas zerlegt worden ist, dann finden wir es heraus.« Gregor Christiansen schluckte.

»Nun, ja«, begann er zögerlich. »Es könnte sein, dass …«

»Dass was?«, schnauzte Boateng ihn an. Peer beugte sich ein Stück über den Tisch. Sein Herz schlug plötzlich schneller, und er hatte einen trockenen Hals.

»Haben Sie uns vielleicht etwas zu sagen, Herr Christiansen?«

Marion half ihrer Schwester sich aufzurichten. »Du musst in die Gänge kommen.«

»Ich weiß«, flüsterte Greta Böhm, »es ist nur so schwer.«

»Sieh, die Sonne scheint, wollen wir etwas rausgehen? Vielleicht ein Stück an der Elbe spazieren?«

»Wenn du meinst?«

Sie zogen sich eine leichte Jacke über, und Marion bugsierte die hagere Witwe in den Wagen. Dann startete sie den Motor und fuhr Richtung Elbufer.

»Aber nicht direkt hier«, protestierte Greta Böhm.

Marion verstand und fuhr die Elbchaussee ein Stück weiter entlang. Sie parkte den Wagen in der Liebermannstraße, dann stiegen sie die Himmelsleiter zum Strand hinunter. Die frische Luft schien ihrer Schwester gutzutun. Langsam kehrte Farbe in ihr Gesicht, und sie wirkte wacher. Marion nahm sich vor, bei der Rückkehr einen Blick auf die Tabletten zu werfen. Vielleicht lag die Antriebslosigkeit an den Medikamenten, die die Ärzte zur Beruhigung verschrieben hatten. Noch immer dachte sie, man müsse froh über Mannis Ableben sein. Marion jedenfalls war es. Nun schien ein Familienleben möglich. Denn auch Lars fand wohl den Weg zurück zu seiner Mutter. Worum es in diesem Streit zwischen dem Jungen und Manni gegangen war?

»Wieso hast du eigentlich so lange keinen Kontakt zu Lars gehabt?«, fragte sie unvermittelt, als sie sich der Strandperle, einem kleinen Café direkt am Elbstrand, näherten und ihre Schwester auf einen der Tische zusteuerte. Sie musste sich setzen, ihr Kreislauf spielte verrückt.

»Ach, naja, du weißt, wie die jungen Leute so sind«, versuchte sie die Frage abzutun, während sie Marion bat, ihnen ein Glas Wasser zu holen.

Marion trabte los und kam kurz darauf mit den Getränken zurück. Greta Böhm hatte sich in dem Stuhl leicht zurückgelehnt und die Augen geschlossen. Nur zu gern hätte Marion Christiansen gewusst, was in ihrem Kopf vorging. Sie wollte ihr gerne helfen, aber konnte sie das überhaupt?

»Es täte dir sicherlich gut, über deine Probleme zu sprechen.«

»Wie meinst du das?«

»Naja, dass es nicht nur eine Banalität zwischen euch und Lars war, ist zu spüren.«

Die andere schwieg dazu, ließ ihren Blick den Strand entlang schweifen, an dem sich bei dem schönen Wetter jede Menge Besucher tummelten. Der Elbabschnitt war sehr beliebt, bot eine tolle Aussicht auf den Hafen.

»Und auch über deine Trauer solltest du reden. Ich denke, es wäre in deiner Situation verständlich, wenn du verwirrt bist, weil du vielleicht …« Marion zögerte einen Augenblick. »Freude über Mannis Tod empfindest?«

17. KAPITEL

»Also, wenn der Typ damit wirklich geschlachtet hat, dann findet die Spusi das raus. Aber auch, wenn damit ein Mensch getötet wurde«, versicherte Boateng.

Peer nickte zwar, hatte aber so seine Zweifel, während er den Wagen zurück zum Präsidium lenkte.

»Und wenn er alles sorgfältig gereinigt hat?«

»Seine Bude sah nicht so aus, als wenn der etwas anständig säubern könnte. Aber ansonsten kann man die Gerätschaften durch Dr. Choui überprüfen lassen. Da gibt es an den Wundrändern bestimmt ein Schnittmuster, das zur Säge passen müsste, oder?«

»Hm.« Peer war sich unsicher, ob der Rechtsmediziner dazu in der Lage war. Vielleicht mit Unterstützung der KTU? Immerhin konnten die heutzutage beinahe alles nachweisen. Er seufzte.

»Wir dürfen uns aber nicht zu sehr auf Gregor Christiansen versteifen. Nicht, dass uns ein Ermittlungsfehler unterläuft. Dieser Einsatz war eh schon hart an der Grenze. Gut, dass Karstens den Beschluss im Nachhinein ausgestellt hat. Stell dir bloß mal vor, wenn nicht, dann hätten wir diese möglichen Tatwerkzeuge quasi in die Tonne kloppen können. Als Beweismittel würden die nicht mehr zugelassen werden.«

»Ich weiß«, nickte Boateng. »Aber ein außergewöhnlicher Fall erfordert außergewöhnliche Maßnahmen«, grinste er.

Peers Handy klingelte, und er nahm das Gespräch über die Freisprechanlage an.

»Ich bin's, Lutz«, meldete sich der Mitarbeiter schwer atmend.

»Was ist los? Hast du etwas wegen des Koffers herausgefunden?« Die beiden waren ganz Ohr, hörten aber nur ein Rascheln, wahrscheinlich, weil Lutz nickte, bis ihm bewusst wurde, dass diese Antwort für seinen Chef nicht sichtbar war.

»Ja, und den Käufer habe ich aufgesucht.«

»Und?«

Sein Tonfall war schärfer als beabsichtigt, aber insgeheim ärgerte sich Peer etwas über die Eigenständigkeit des Mitarbeiters.

»Das ist ganz merkwürdig. Angeblich ist die Tochter mit dem Koffer in die USA geflogen.«

Na ja, dachte Peer, immer noch leicht verärgert, so ungewöhnlich ist das nicht. Schließlich kauft man einen Koffer meistens, um damit zu verreisen. Außerdem war noch lange nicht gesagt, dass es ausgerechnet dieser Koffer war, in dem Manni Böhms Torso aufgefunden wurde.

So oder so, an dieser Stelle der Spur verlief diese scheinbar im Sande.

»Habt ihr noch andere Käufer ausfindig machen können?«

»Nein, bisher nicht. Es laufen noch zwei Anfragen über einen Verkäufer im Internet, aber da ist noch keine Antwort gekommen, und der Typ in dem Laden in Wandsbek meinte, dass die eh kaum gekauft worden sind, denn qualitativ taugen die angeblich wenig.«

»War denn der Koffer vom Elbhang defekt?«, schaltete sich Michael ein.

»Na das Schloss hakte ziemlich, obwohl die Beschädigung auch daher kommen kann, weil es aufgebrochen wurde.«

»Nun ja, das kann die KTU feststellen. Hast du diesen Käufer näher durchleuchtet?« Vielleicht gab es eine Verbindung zwischen ihm und Manni Böhm.

»Wollte ich gleich machen«, antwortete Lutz auf Nielsens Frage.

»Gut dann schau mal, was du rausfindest. Kannst du ja morgen in der Besprechung präsentieren. Neun Uhr«, wies er an und beendete das Gespräch.

»Soll ich dich irgendwo rauslassen?« Peer blickte kurz zu Boateng, der auf die Frage seinen Kopf schüttelte. »Nee, bin mit dem Wagen. Habe meine Schwiegereltern heute Morgen zum Bahnhof gebracht.«

»Ach so.« Nielsen erinnerte sich an den erwähnten Besuch. »Und wie war's?«

»Ganz nett, aber irgendwie ist man froh, wenn die Gäste wieder fahren«, schmunzelte Michael. »An dem Spruch mit dem Fisch ist halt doch was Wahres dran.«

Als Nielsen wenig später durch den Flur zu seinem Büro ging, sah er Licht im Büro seines Chefs. Er klopfte und trat ein.

»Ach, hallo, und wie läuft's?« Gerhard Fritsche wirkte müde, versuchte aber aufmunternd zu lächeln.

Peer ließ sich stöhnend auf den Stuhl vor dessen Schreibtisch fallen. »Nicht gut«, gab er zu.

»Oh«, entfuhr es Fritsche. »Naja, ist kein leichter Fall. Hast du mit der Psychiaterin gesprochen?«

»Wollte ich«, gab Nielsen zu, »bin noch nicht dazu gekommen. Dabei könnte sie mir womöglich weiterhelfen, denn ich frage mich die ganze Zeit, warum Manni Böhm ermordet wurde. Welches Motiv hatte der Täter?« Er blickte auf seine Armbanduhr.

»Hast du nicht erzählt, der Mann sei cholerisch gewesen und habe mit Gott und der Welt Streit gehabt?«

»Ja, aber keiner der Beteiligten rückt raus, worum es in den Streits ging, außer dieser Konkurrent. Und da bin ich nicht sicher, ob der die Wahrheit sagt.«

»Aber er könnte der Mörder sein«, gab Fritsche zu bedenken.

»Ja, aber der ist fast zu auffällig. Oder?«

»Manchmal liegen die Lösungen vor einem, und man erkennt sie nicht.«

»Meinst du? Ist es wirklich so einfach?« Ungläubig starrte Peer auf seinen Chef.

»Na, wenn es mit seiner Streitsucht nichts zu tun hatte, was könnte es sonst gewesen sein?«

»Geld?«

»Auch diese Spur führt zu seinem Konkurrenten, wenn sie um die Markanteile gestritten haben, dann ging es letztendlich um Geld.«

»Hm, stimmt. Aber diesen Lars finde ich auch verdächtig. Der passt zu der Annahme, der Täter käme aus dem näheren Umfeld des Opfers. Außerdem haben wir eine heiße Spur zu Gregor Christiansen, dem Schwager von Manni Böhm. Der ist Schlachter, und in seiner Wohnung haben wir mögliches Tatwerkzeug sichergestellt.«

»Ach so?« Irgendetwas in der Stimme verriet Peer, dass

Gerhard Fritsche enttäuscht war, weil er nicht eingebunden worden war. Aber das war sein Fall – und er machte seine Arbeit nicht zum ersten Mal. Wie so oft fühlte er eine Ablehnung gegen die Bevormundung des Chefs und stand auf. »Ja, warten wir die Ergebnisse ab und sehen dann weiter. Schönen Feierabend.« Fritsches Blick traf ihn, sodass er dieser Situation so schnell wie möglich entkommen wollte. Aber es lag plötzlich eine Spannung im Raum, die Peer mit unsichtbaren Händen festzuhalten schien. Nur mühsam gelang es ihm, einen Schritt vor den anderen bis zur Tür zu setzen, wo er sich wie ferngesteuert umdrehte. Sein Hals war trocken, er schluckte, und als er seinen Chef wie ein Häufchen Elend hinter dem Schreibtisch hocken sah, räusperte er sich. »Es tut mir wirklich leid, das mit Margot. Ich wollte …, ich dachte …« Die Worte wollten einfach nicht über seine Lippen kommen. Fritsche aber nickte. »Ich weiß.«

Nielsen lief in sein Büro, doch statt sich noch einmal an seinen Computer zu setzen, schaltete er diesen aus und nahm seine Sachen. Es war spät, und er brauchte Abstand – nicht nur zu dem Fall.

Auf dem Heimweg holte er sich eine Pizza im ›Mamma Mia‹ und freute sich auf sein Zuhause. Im Treppenhaus hörte er Stimmen, die lauter wurden, je höher er die Stufen stieg. Als er vor seiner Haustür stand, konnte er aus der Wohnung nebenan beinahe jedes Wort verstehen. Er lauschte und glaubte Beziehungsprobleme auszumachen. Das ging ihn nun wirklich nichts an, auch wenn er eine leichte Enttäuschung darüber verspürte, dass seine Nachbarin wohl in festen Händen war.

Peer schloss die Tür auf, ließ im Flur seine Sachen fallen und holte sich aus der Küche Besteck. Er stellte den Fernseher an und versuchte, sich auf einen Film zu konzentrieren, doch immer wieder drangen Wortfetzen durch die angrenzende Wand, bis es plötzlich polterte und anschließend absolute Ruhe herrschte. Peer stellte den Ton aus und horchte. Nichts zu hören. Leicht beunruhigt stand er auf und legte sein Ohr an die Wand, doch es blieb still.

Er ging ans Fenster und öffnet es. Nur der Lärm vom Ring 2 war zu hören. »Mist«, murmelte er und ging zur Haustür.

Zögernd klingelte er nebenan, überlegte sich schnell eine Ausrede. Milch für Kaffee brauchte man ja schließlich immer oder besser ein Ei? Wofür?

Die Tür öffnete sich einen Spalt, und er sah die junge Frau vorsichtig herausschauen.

»Alles in Ordnung?«

Sie wirkte angespannt und sah verweint aus. Dennoch nickte sie.

»Es ist alles in Ordnung«, hauchte sie ihm zu. »Geh jetzt.« Leise schloss sie die Tür.

Die ganze Nacht wälzte er sich unruhig hin und her, konnte nicht wirklich schlafen. Da war doch nicht alles in Ordnung gewesen, aber was sollte er tun? Die Grübeleien hielten ihn wach.

In aller Herrgottsfrühe stand er auf und schleppte sich gerädert unter die Dusche. Das warme Wasser tat gut, entspannte etwas. Während er einen Kaffee trank, horchte er konzentriert in den Raum, doch von nebenan war nichts zu hören.

Schließlich raffte er seine Sachen zusammen und fuhr zur Arbeit.

Dort war es um diese Zeit noch angenehm ruhig. Er machte sich über sein E-Mail-Postfach her und bereitete anschließend die Besprechung vor, wobei es nicht viel vorzubereiten gab, denn wirklich heiße Spuren hatten sie nicht.

Nach und nach trudelte das Team ein. Pünktlich um neun saßen alle im Besprechungsraum inklusive Fritsche, den Peer am Morgen dazugebeten hatte.

»Nun, wir warten auf die Ergebnisse der Spusi, solange bleibt Gregor in Haft«, erklärte er. Dann ließ er Lutz von seiner Kofferrecherche berichten. Der glühte förmlich, als er erklärte, wie seltsam es war, dass eben besagter Koffer nicht im Haus des Käufers war. Doch auch die anderen Kollegen versuchten ihn zu bremsen.

»So einen Koffer kauft man ja auch zum Verreisen.«

Fritsche stellte die Frage, die Peer gestern als Mittelpunkt seiner Ermittlungen genannt hatte. Warum war Manni Böhm umgebracht worden? Außer der bereits bekannten Motive – Streit und Geld – kamen noch Eifersucht, Rache und der Aspekt, dass der Unternehmer vielleicht zum falschen Zeitpunkt am falschen Ort gewesen war, auf der Liste hinzu.

»Habt ihr diesen Willi Krause durchleuchtet?«

»Jo, aber nur weil der fast pleite ist, heißt das nicht, dass er Böhm umgebracht hat.«

»Und was ist mit diesem Freund?«

»Justus Hollmann?« Boateng zuckte mit den Schultern. »Welches Motiv sollte der gehabt haben?«

»Vielleicht Eifersucht? Lief da etwas zwischen den Paaren? Ihr könntet mal mit der Frau sprechen«, schlug Fritsche vor.

»Gut, das mache ich«, entgegnete Michael, während Peer sich wieder insgeheim ärgerte, dass sein Vorgesetzter sich derart in die Ermittlungen einmischte und seinem Team Anweisungen gab. Doch er schluckte seinen Unmut herunter. Er meint es nur gut, versuchte er sich selbst zu besänftigen.

»Ich fahre heute in die Rechtsmedizin. Die KTU will mit Dr. Choui prüfen, ob die Werkzeuge aus der Wohnung von Gregor Christiansen zu den Schnittstellen passen. Anschließend spreche ich mit der forensischen Psychiaterin.«

Sein Chef nickte. »Ist gut. Aber später kommst du zur Pressekonferenz dazu. Nun, wo wir jemanden festgenommen haben, drängen die Journalisten auf Antworten.«

Nielsen stöhnte, nickte aber. »Gut, der Rest geht den restlichen Hinweisen aus der Telefonaktion nach«, wies er schnell an und stand auf.

18. KAPITEL

»So, das dürfte alles sein«, stellte Dr. Choui zufrieden fest. Er hatte mehrere Sektionstische nebeneinander geschoben und die Leichenteile sowie die Tüten und den Koffer mit den entsprechenden Zuordnungen durch die KTU ausgebreitet. Nun stand er zusammen mit Peer Nielsen und zwei Kollegen der KTU davor und ließ seinen Blick über das Leichenpuzzle schweifen. Die Leiche war zwar freigegeben, aber zum Glück vom Bestatter noch nicht abgeholt worden, da der nicht über einen Kühlraum verfügte. Generell missfiel dem Rechtsmediziner es zwar, wenn ihre Kühlfächer länger als nötig okkupiert wurden, in diesem Fall aber machte es die Arbeit leichter. Statt einen Abgleich anhand von Bildern und anderen Aufnahmen vorzunehmen, konnten sie direkt auf die Leiche zugreifen.

»Und an den Tüten habt ihr wirklich nichts gefunden?«, fragte Nielsen.

Der Beamte neben ihm zuckte mit den Schultern. »Das sind ganz handelsübliche Müllsäcke. Die kriegst du in jedem Supermarkt. Und Spuren gibt es jede Menge. Die meisten vom Opfer, und der Rest ist noch zuzuordnen.«

»Hm«, überlegte Peer laut, »dann bleibt nur der Koffer. Wieso hat der Täter für alles Tüten benutzt, nur den Torso in den Koffer gepackt?«

»Weil er zu viel wiegt«, stellte der Rechtsmediziner zielsicher fest. »Der Koffer hat Rollen, den kann man schieben.«

»Bedeutet das, unser Täter ist nicht besonders kräftig?«

»Nicht unbedingt«, entgegnete Dr. Choui, »aber durchaus möglich. Von der Größe hätte der Torso doch in den Container gepasst, oder?« Der Rechtsmediziner blickte auf die Beamten der KTU, die synchron nickten.

»Außerdem«, bemerkte Dr. Choui, »ist der als Einziges woanders gefunden worden. Die restlichen Leichenteile waren in den Containern, der Koffer aber nicht. Wahrscheinlich hat der oder die Täterin ihn nicht in den Container hieven können und daher den Elbhang hinuntergerollt.«

»Die Täterin?« Peer blickte verwundert auf. Bisher waren sie immer von einem Mann ausgegangen. »Wäre denn eine Frau dazu in der Lage?« Er deutete mit einem leichten Kopfnicken auf die Seziertische.

»Warum nicht? Wenn sie über die entsprechenden Kenntnisse verfügt? Es gibt ja schließlich auch Frauen, die zur Jagd gehen oder das Fleischerhandwerk erlernen«, bemerkte der Mediziner.

»Stimmt schon«, murmelte Peer, wenngleich ihm die Vorstellung, dass eine Frau zu solch einer Metzelei fähig war, nicht so ganz behagte. Aber Spekulationen brachten sie momentan nicht weiter.

»Nun gut, wir haben eine Reihe von Schlachtersägen und Messern bei Gregor Christiansen sichergestellt. Ist etwas Passendes dabei?«

»Leider nicht«, bedauerte Dr. Choui. »Zwar sind die Messer generell von der Art, die benutzt wurden, und auch eine der Sägen käme generell in Frage, aber hier ist es so, dass die Gerätschaften stumpf waren, bei der Säge fehlte sogar eine Zacke, wie wir anhand der Schnittränder nachweisen können.«

»Hm, also abgenutzt?«, schlussfolgerte Peer.
»Oder einfach alt.«

Boateng hatte seinen Wagen ein Stück die Straße entfernt geparkt und beobachtete das Haus der Hollmanns. Er wollte die Ehefrau von Justus Hollmann möglichst alleine befragen und hatte Glück, denn Herr Hollmann hatte seinen Wagen bereits aus der Garage gefahren, und auf der Rückbank des Cabrios lag ein Golfsack, wie Michael beim Vorbeifahren an der Auffahrt hatte erkennen können.

Ob er allerdings schon Golfen gewesen war, konnte er nicht sagen, aber um diese Uhrzeit war die Wahrscheinlichkeit seiner Ansicht nach eher gering.

Und tatsächlich, nach einer guten Viertelstunde sah er Justus Hollmann im Rückspiegel seines Wagens davonbrausen. Ganz schön kalt, um offen zu fahren, dachte Michael und schüttelte den Kopf, aber manche Leute mussten stets zeigen, was sie hatten. Er wartete noch einen kurzen Augenblick, dann stieg er aus. Nicht, dass Justus Hollmann etwas vergessen hatte und umkehrte.

Ob die Ehefrau zu Hause war, wusste er nicht, nahm es aber an. Einer Arbeit ging die wahrscheinlich nicht nach. Das hatte man in den Kreisen nicht nötig, dachte er verächtlich. Außerdem schätzte er Justus Hollmann so ein, als würde der es seiner Frau nicht erlauben. Von ihrer Einstellung her hatten Hollmann und Manni Böhm sich wahrscheinlich gut verstanden, denn auch dessen Frau arbeitete, soweit Boateng wusste, nicht. Vielleicht war ihr Verdacht, die Pärchen könnten untereinander etwas am Laufen gehabt haben, gar nicht so abwegig und Justus Hollmann hatte tatsächlich etwas mit dem Tod des Freundes zu tun. Warum er diese grausame Mordmethode gewählt hatte, war Michael ein Rätsel, denn bei dem geplanten Segeltörn hätte er Manni Böhm einfach über Bord gehen lassen können. Da hätte sich Justus Hollmann nicht einmal die Finger dreckig machen müssen.

Boateng ging zum Haus hinüber. Wieder sah das Anwesen eher unbewohnt aus, und auch sonst war in dieser Gegend niemand zu sehen.

Er klingelte und wartete gespannt. Wie bei seinem letzten Besuch öffnete Frau Hollmann perfekt gestylt die Tür. »Oh, Sie?«, entfuhr es ihr bei seinem Anblick. »Mein Mann ist nicht da.«

»Macht nichts«, winkte Michael ab. »Ich habe nur einige Fragen, die Sie sicherlich auch beantworten können.« Sein Gegenüber krauste die Stirn. »Wenn Sie meinen.«

Sie ließ ihn eintreten und führte ihn ins Wohnzimmer, wo sie ihm einen Platz anbot. Dann zupfte sie ihren Rock zurecht und setzte sich ebenfalls.

»Es geht um die Frage, was für ein Mensch Manni Böhm war. Sie kannten ihn auch?«

Sie nickte zögernd. »Ein wenig.«

»Wie würden Sie ihn beschreiben?«

»Wieso ist das wichtig?«, wand sie sich.

»Wir versuchen uns ein möglichst vollständiges Bild vom Opfer und seinem Umfeld zu machen, weshalb Sichtweisen von außen sehr hilfreich sind.«

»Und wieso fragen Sie nicht seine Frau?«

»Sie steht unter Schock. Der Tod ihres Mannes hat sie sehr mitgenommen.«

»So?«, entfuhr es Frau Hollmann.

»Kennen Sie sie näher?«

»Was heißt näher? Durch die Freundschaft unserer Männer haben wir uns ab und an gesehen, aber ich konnte keinen Draht zu ihr finden.«

»Wieso nicht?«

Die adrette Frau schaute ihn stumm an, suchte scheinbar nach den richtigen Worten.

»Sie war halt so anders. Passte nicht in unsere Kreise.«

»Was meinen Sie genau?«

Sie musterte Boateng, wahrscheinlich passte auch er nicht in ihre Kreise, würde ihrer Ansicht nach nicht verstehen, was sie meinte. Sie schwieg.

»Meinen Sie, weil sie sich die Seitensprünge ihres Mannes hat gefallen lassen?«

Die Augen seines Gegenübers traten leicht aus den Höhlen. Doch schon kurz darauf hatte sie sich im Griff. »Ach, die Männer brauchen das halt ab und an.«

»Die Männer? Ihrer auch?«, rutschte es Michael heraus.

Am Gesicht der Angesprochenen konnte man erkennen, dass sie gelernt hatte, Contenance zu wahren.

»Schon«, entgegnete sie ohne zu blinzeln.

»Und wie steht es mit Ihnen?« Er blickte sie eindringlich an. Frau Hollmann rutschte beinahe unmerklich hin und her. »Ich dachte, es ginge um Manni Böhm?«

»Gut, dann frage ich Sie das geraderaus. Hatten Sie ein Verhältnis mit dem Toten?«

»Mist, Mist, Mist«, fluchte Peer, als er das Rechtsmedizinische Institut verließ. Die Schlachterwerkzeuge aus der

WG in Osdorf passten nicht zu den Schnittmustern an der Leiche. Sie mussten Gregor Christiansen laufen lassen. Und damit fingen sie wieder bei null an. Alle bisherigen Spuren waren so gut wie im Sande verlaufen. Das war doch zum Verrücktwerden.

Er setzte sich in seinen Wagen und starrte durch die Windschutzscheibe. Urplötzlich kamen die Bilder seiner Nachbarin vor sein Auge. Ob sie die Wahrheit gesagt hatte? War alles in Ordnung gewesen? Sie hatte auf ihn nicht so gewirkt, aber mit Frauen kannte er sich nicht gut aus, sie hatten leichtes Spiel mit ihm. Vielleicht war es ein sehr emotionaler Streit gewesen, schob er seine Sorgen um die hübsche Frau beiseite. Er konnte sich schließlich nicht um alles kümmern, hatte genug andere Dinge um die Ohren.

Nielsen startete den Motor und versuchte Michael anzurufen, doch da meldete sich nur die Mailbox. Kurz überlegte er, was er als Nächstes tun sollte, als ihm einfiel, dass er mit der Psychiaterin sprechen wollte.

»Ja, Frau Dr. Michaelsen, haben Sie kurz Zeit?«, erkundigte er sich, nachdem er die Nummer von der Visitenkarte, die er in sein Merkbuch gesteckt hatte, gewählt und die Psychiaterin sich gemeldet hatte. »Ich hätte ein paar Fragen wegen des Falls mit der zerstückelten Leiche.«

»Kommen Sie in meine Klinik, dann können wir reden«, schlug sie vor und nannte ihm die Adresse in Rissen.

Der Feierabendverkehr hatte zwar noch nicht eingesetzt, trotzdem dauerte es beinahe eine Dreiviertelstunde, bis Peer sein Ziel erreichte und ausstieg. Er blickte sich um. Der helle kleine Bau wirkte recht neu, und als er den Eingangsbereich betrat, empfing ihn eine freundliche Atmosphäre. Es war ruhig und wirkte normal auf ihn. Er schüttelte unweigerlich den Kopf, da er sich insgeheim fragte, was er eigentlich erwartet hatte.

»Ich möchte zu Frau Dr. Michaelsen«, wandte er sich an die junge blonde Empfangsdame, die ihn anlächelte und den Weg zum Büro der Leiterin der Klinik erklärte.

»Oh, Sie sind schon da«, begrüßte die Psychiaterin ihn und stand hinter dem gläsernen Schreibtisch auf. »Nehmen Sie Platz. Wie kann ich Ihnen helfen?« Sie wies auf eine weiße Ledersitzgruppe in der rechten Ecke ihres Büros.

»Vielen Dank, dass es so schnell geklappt hat.« Nielsen ließ sich auf einen der Sessel nieder.

»Das ist kein Problem. Das mache ich gerne, wenn ich helfen kann«, entgegnete Frau Michaelsen, während sie ebenfalls Platz nahm. Die Worte waren freundlich und von solch einer Ehrlichkeit, dass Peer sich sofort wohlfühlte und anfing, über die Probleme in dem Fall zu sprechen.

»Wir haben mehrere Verdächtige, auch im näheren Umfeld des Opfers, aber wir kommen nicht weiter.«

»Weil Sie sich scheuen, einem Menschen eine solch abscheuliche Tat zuzutrauen?« Die forensische Psychiaterin blickte ihn unverwandt an. Peer schluckte.

»Vielleicht, obwohl ich schon etliche Verbrechen in meiner Laufbahn gesehen habe, zum Teil sehr brutale und grausame Morde.«

»Und haben Sie sie aufgeklärt?«

»Zum größten Teil.«

Frau Michaelsen nickte. »Was waren das für Menschen?«

»Bitte?« Nielsen runzelte die Stirn.

»Na, die Mörder. Was waren das für Menschen? Wie würden Sie die beschreiben?«

Peer kam als Allererstes das Wort irre und gleich danach verrückt in den Sinn, aber wenn er versuchte, sich an die Täter zu erinnern, musste er mit Erschrecken feststellen, dass die Verbrecher meist ganz normale Leute gewesen waren. Wie er und die Psychiaterin. Er fröstelte.

Frau Dr. Michaelsen übernahm schließlich die Antwort auf ihre Frage selbst. »Wissen Sie, um etwas Böses zu tun, muss man nicht zwangsläufig böse sein. Haben Sie sich niemals gefragt bei all den Verbrechen, die Sie während Ihrer Zeit bei der Polizei gesehen haben, ob auch Sie zu solch einer Tat in der Lage wären?«

»Nun ja«, räusperte Peer sich. »Vielleicht.«

»Sehen Sie, daher sollten Sie sich frei machen von der Angst, jemanden dieser abscheulichen Tat zu verdächtigen und vielmehr nach den Hintergründen fragen, warum Manni Böhm umgebracht wurde.«

»Aber das tun wir ja!«

»Wirklich?« Die Psychiaterin hob ihre Augenbrauen. Nielsen rutschte unter diesem Blick auf dem Sessel hin und her.

»Verstehen Sie mich nicht falsch. Aber ich kann Ihnen den Täter nicht liefern. Im Prinzip weiß ich nicht einmal mehr als Sie, aber meiner Meinung nach sollten Sie gründlich in alle Richtungen überlegen, welches Motiv der Täter gehabt haben kann.«

»Ich verstehe. Also der Sohn hatte einen Streit mit dem Stiefvater, und der Konkurrent hatte Stress mit Manni Böhm.«

Die Psychiaterin nickte. »Und worum ging es in den Streits?«

»Bei dem anderen Altkleiderhändler sicherlich um Geld oder zumindest um Marktanteile. Bei dem Sohn wissen wir es nicht.«

»Gut«, nickte die Michaelsen, »dann versuchen Sie es rauszufinden. Denken Sie auch an Personen, die keinen offensichtlichen Anlass hatten, den Mann umzubringen. Oftmals liegen die Motive im Verborgenen.«

Michael musste den Kopf schütteln, als er das Haus verließ. Mit seiner Frage hatte er den Nagel auf den Kopf getroffen, denn Frau Hollmann hatte ein Verhältnis mit Manni Böhm gehabt. Angeblich sei das aber Jahre her und ja, ihr Mann habe davon gewusst und sie gewähren lassen.

»Schließlich lassen wir uns gegenseitig unsere Freiräume«, hatte sie betont.

Damit erschien Justus Hollmann nun in einem ganz anderen Licht. Was, wenn der Mann an dem besagten Freitag gar nicht zur Ostsee gefahren war, sondern den Freund abgepasst und ermordet hatte? Vielleicht war es im Affekt passiert, und er hatte durch die Zerstückelung versucht, die Tat zu vertuschen?

Boateng hatte sich gleich bei der Ehefrau schlau gemacht und nach dem genauen Liegeplatz der Segeljacht erkundigt. Da musste er sofort hinfahren, nicht dass sie ihren Mann warnte und er eventuelle Spuren beseitigte.

Er gab Gas, als er am Horner Kreisel auf die Autobahn fuhr.

Eigentlich war Peer nach dem Gespräch mit der Psychiaterin genauso schlau wie vorher. Trotzdem hatte es ihn motiviert, weshalb er sich den Konkurrenten Manni Böhms erneut vorknöpfen wollte. Er würde zunächst die Personen mit einem offensichtlichen Motiv abklappern, bevor er sich an die Suche nach verborgenen Gründen machte. Über die würde er eine Weile nachdenken müssen, ehe er für sich in Frage kommende Verdächtige benennen konnte.

Er hatte den Wagen an der Straße geparkt und war zum Gelände der Altkleiderfirma gelaufen. Auf dem Hof stand der Transporter, den Willi Krause in Böhms Firma abgeholt hatte, daneben ein PKW.

Er beobachtete den Eingang, doch da tat sich nichts. Anders als in Manni Böhms Firma herrschte hier überhaupt kein Betrieb. Trotzdem spürte er, dass es besser war, wenn er sich im Hintergrund hielt. Hier in der Gegend war wenig los; es kamen keine anderen Leute vorbei, so fiel er nicht auf, während er sich an die Wand drückte und den Laden im Blick behielt.

Es dauerte eine Weile, dann sah er Willi Krause aus dem Gebäude treten – ungepflegt wie die letzten Male. Gleich hinter ihm trat eine Frau aus der Tür – und Peer musste sich die Augen reiben. Das gibt es ja gar nicht, dachte er. Das ist ja Marion Christiansen. Was will die denn hier? Er sah, wie sie Willi Krause die Hand reichte und sich zu ihrem Wagen begab.

Peer beschloss, der Frau zu folgen, den Lumpenhändler konnte er immer noch in die Mangel nehmen.

Er rannte zu seinem Wagen und folgte Marion Christiansen in einigem Abstand. Schnell war klar, wo die Frau hinwollte – die Fahrt endete vor dem Haus der Böhms.

Peer hielt am Straßenrand, während die Verfolgte die Auffahrt hinauffuhr. Er wartete etwa fünf Minuten, ehe er ihr zum Haus folgte.

»Sie?« Marion Christiansen sah ihn überrascht an, fing sich aber relativ schnell. Sie verzog ihre grellroten Lippen zu einem verkrampften Lächeln. »Was kann ich für Sie tun?«

»Ich habe ein paar Fragen.«

»Ja, dann, kommen Sie rein, aber meine Schwester schläft.« Nielsen merkte sehr wohl, wie aufgesetzt ihre Freundlichkeit war, und schüttelte den Kopf. »Ich wollte mit Ihnen sprechen.«

»Mit mir?«

»Ja, ich habe Sie gerade bei Willi Krause gesehen«, konfrontierte er sie mit seinen Beobachtungen. »Was wollten Sie von dem Mann?«

Über das Gesicht von Marion Christiansen huschte ein Schatten. Sie räusperte sich, schien nach den rechten Worten zu suchen. Peer blickte sie dabei eindringlich an. Hatte diese Frau etwas mit dem Mord an Manni Böhm zu tun? Welches Motiv könnte sie gehabt haben?

»Also?«, hakte er nach.

Sie schluckte. »Ich habe für meine Schwester mal die Fühler ausgestreckt, wie man so schön sagt.«

»Inwiefern?«

»Na ja, Manni ist tot, und sie wird das Unternehmen nicht weiterführen wollen. Außer Lars gibt es niemanden in der Familie, und der würde lieber tot umkippen, als in die Fußstapfen seines Stiefvaters zu treten.«

»Aber ich denke, das Testament ist noch nicht eröffnet?«, wunderte Peer sich. Wieso kümmerte sich Marion Christiansen um ein Erbe, das noch gar nicht verteilt ist? Und dann wollte sie die Firma an solch einen Widerling wie Willi Krause verkaufen? Wusste sie nicht, dass der pleite war?

»Ja, so oder so, meiner Schwester steht ein Pflichtteil zu. Und darum werden wir kämpfen.«

Peer zog die Augenbrauen in die Höhe.

»Haben Sie denn Anlass zur Sorge, Manni könnte seine Frau enterbt haben?«

»Weiß man's?«, entgegnete sie schnippisch.

»Aber was sagt denn Ihre Schwester überhaupt dazu? Will sie denn das Unternehmen verkaufen?«

Marion Christiansen stemmte die Hände in die Hüften. »Sie muss. Wovon soll sie denn sonst leben? Aus ihrem Job ist sie jahrelang raus, da nimmt sie keiner mehr.«

»Und das entscheiden Sie einfach so für sie?«, wunderte Nielsen sich und war gleichzeitig froh, dass er keine Geschwister hatte. Und seine Mutter hatte sich schon vor Langem abgewöhnt, sich in sein Leben einzumischen.

»Sie kennen sie doch gar nicht. Meine Schwester braucht Hilfe, und ich helfe ihr eben. Das macht man in einer Familie doch so, oder?«

Möglich, dachte Peer, aber vielleicht litt Marion Christiansen auch unter einem Helfersyndrom. Er konnte sich gut vorstellen, dass es ihm nicht gefallen würde, wenn die Familie Entscheidungen für ihn traf oder sich überhaupt in seine Angelegenheiten mischte. Aber vielleicht war die Witwe des Toten anders und brauchte Unterstützung?

Boateng parkte den Wagen am Skandinavienkai in Travemünde und stieg aus. Wenige Meter entfernt erblickte er die Marina und eilte darauf zu. Die gesamte Fahrt hatte er im Rückspiegel kontrolliert, ob ihm das Cabrio von Justus Hollmann folgte, aber das war nicht der Fall. Trotzdem wollte er nichts riskieren. Bei der Hafenleitung erkundigte er sich nach dem Boot von Hollmann und fragte, wann der Mann ihn das letzte Mal gesehen hatte.

»Ich glaube, er war neulich hier, aber nicht lange. Ist auch nicht rausgefahren, soweit ich mich erinnere.«

»Und wann genau war das?«

Der Angesprochene kratzte sich am Kopf. »Irgendwann zum Wochenende hin, aber nicht letztes. Muss schon länger her sein. Genau weiß ich das nicht.«

»Und war jemand bei ihm?«

»Nee, das wüste ich, das wäre mir aufgefallen.«

Michael bedankte sich und ging zum angegebenen Liegeplatz.

»Nicht schlecht«, entfuhr es ihm. Die noble weiße Segeljacht schaukelte sanft am Steg, ebenso wie die anderen Boote, die wohl nur am Wochenende benutzt wurden. Zwei Liegeplätze weiter werkelte ein grauhaariger Mann an einem Schiff.

»Entschuldigung?« Der andere schaute auf und musterte Boateng mit zusammengekniffenen Augen argwöhnisch. Diese Reaktion war Michael durchaus gewöhnt; viele sahen in ihm nur den Ausländer, der herumlungerte und sich an fremder Leute Eigentum verging oder sonst welche Verbrechen im Sinn hatte. Daher zückte er gleich seine Dienstmarke. »Polizei Hamburg, ich habe ein paar Fragen, darf ich an Bord kommen?«

Die Miene des Angesprochenen blieb zwar unverändert, doch er nickte.

»Aber Schuhe aus!«

Boateng zog seine Sneaker aus und schwang sich aufs Boot. Die kleine, aber schmucke Segeljacht glänzte geradezu. »Tolles Schiff«, lobte er anerkennend und entlockte so dem Mann ein Lächeln.

»Dabei hat die Lucy schon gut 20 Jahre auf dem Buckel.«

»Sieht man ihr nicht an.«

Der Bootsbesitzer holte tief Luft, sodass ihm die Brust anschwoll, und wollte anscheinend zu einem Vortrag über das Schiff ansetzen, als Michael ihn unterbrach. Schließlich war er nicht gekommen, um sich über Boote zu unterhalten – jedenfalls nicht über dieses.

»Kennen Sie Ihren Nachbarn dort drüben?«

Der Mann sackte quasi in sich zusammen und folgte mit enttäuschter Miene seinem Fingerzeig.

»Klar«, entgegnete er dann. »Das ist die Michaela von Justus.«

Michaela, dachte Boateng, welch ein seltsamer Name für ein Boot, oder hieß Frau Hollmann mit Vornamen so? Er fuhr sich durch sein Kraushaar.

»Wieso, was ist mit dem Schiff?«, fragte nun der andere interessiert.

»Ach, wir überprüfen ein Alibi. Wissen Sie, ob Herr Hollmann am vorletzten Freitag hier war?«

»Klar«, entgegnete der Bootsnachbar, ohne lange zu überlegen. »Aber er ist nicht rausgefahren. Hat ein wenig am Boot rumgemacht und ist dann abgehauen.«

»Aha«, Boateng zückte sein Merkbuch. »Was heißt denn rumgemacht?«

»Er hat gelüftet und ein paar Vorräte aufgefüllt. Sah aus, als wolle er raus, aber ist dann abgedampft.«

»Haben Sie genau gesehen, was für Vorräte er aufgefüllt hat?«

Der Mann sah ihn mit großen Augen an, doch immerhin war es möglich, dass Justus Hollmann die Leiche seines Freundes hier deponiert hatte, bis er sich im Klaren darüber war, was er mit ihr anstellen sollte.

Schließlich hatte der Freund des Toten ein Motiv, seine Frau hatte ein Verhältnis mit Manni Böhm gehabt, das vielleicht noch nicht beendet gewesen war, auch wenn Frau Hollmann es ihm mehrere Male versichert hatte.

Und selbst wenn er die Leiche nicht hier versteckt hatte – was angesichts des aufmerksamen Bootsnachbarn nicht ratsam gewesen wäre –, dann hatte Justus Hollmann vielleicht die Tatwerkzeuge auf sein Boot gebracht.

Ohne eine Antwort abzuwarten, bedankte er sich und ging von Bord. Ein Stück entfernt griff er zum Handy und rief Peer an.

»Ja, also irgendetwas stimmt hier nicht. Meinst du, die Hinweise reichen aus für einen Durchsuchungsbefehl?«

»Ich probier's«, entgegnete Peer, der froh war, eine weitere Spur entdeckt zu haben. »Anschließend komme ich raus zu dir.«

19. KAPITEL

Frau Dr. Schröder sortierte die letzten Krankenberichte in die jeweiligen Dateien auf dem Computer und wollte anschließend Feierabend machen. Ihre Angestellte war bereits nach Hause gegangen, nun wollte auch sie heim, als plötzlich das Telefon klingelte. Kurz überlegte sie, den Anrufbeantworter rangehen zu lassen. Aber es konnte ein Notfall sein. Also nahm sie den Hörer in die Hand.

»Sie?«, entfuhr es ihr jedoch, nachdem die Person am anderen Ende der Leitung sich gemeldet hatte.

»Ja, ich brauche dringend Ihre Hilfe.«

»Dann kommen Sie in meine Sprechstunde.«

»Das schaffe ich momentan nicht.«

»Wieso nicht?«

Ein Seufzen war zu hören. »Ich habe etwas Furchtbares getan.«

Anhand der Stimmlage konnte Gabriele Schröder ausmachen, wie ernst das Gesagte gemeint war. Ihr lief ein Schauer über den Rücken.

»Ich weiß, und deshalb sollten Sie mit mir sprechen«, sagte sie behutsam.

»Ich kann nicht drüber reden.«

»Aber was wollen Sie dann von mir? Mehr als ein Gespräch kann ich Ihnen nicht anbieten.«

Es folgte eine Pause, in der Dr. Schröder nur ein Atmen hören konnte. Kurz darauf wurde aufgelegt.

Gabriele Schröder starrte den Hörer an. Sie ahnte, was passiert war, schob die Gedanken aber zur Seite. Wollte, konnte sich das nicht vorstellen. Außerdem verbietet mir meine Schweigepflicht, mit jemanden darüber zu reden, rechtfertigte sie vor sich selbst, warum sie nicht zur Polizei ging. Schnell löschte sie Licht und Computer und rannte geradezu aus der Praxis.

Peer war froh, der Pressekonferenz, die für den späten Nachmittag angesetzt war, zu entkommen. Er konnte diese Schreiberlinge mit ihren gierigen Blicken und bohrenden Fragen nicht leiden, und nun, da sie den bisher einzigen Verdächtigen hatten laufen lassen müssen, würden die Journalisten die Polizei gehörig auseinandernehmen. Gut, dass ich zu einem dringenden Einsatz muss, dachte er erleichtert und störte sich daher nicht an dem dichten Verkehr. Ohnehin war beinahe Feierabend, aber nach Hause zu gehen, hatte er keine Lust. Da würde er sowieso nur über seine Nachbarin nachdenken, was er gerade gar nicht gebrauchen konnte. Er war in dem Fall sehr eingespannt, rechtfertigte er, warum er sich nicht um die Frau kümmerte und vor allem nicht um sich selbst. Doch diese Taktik war ein gewohntes Verhaltensmuster, das ihn schützte und in dem er sich einigermaßen komfortabel fühlte.

Er erreichte den Ort an der Ostsee und folgte den Angaben des Navis zum Hafen. Die Kollegen aus Kiel waren natürlich schneller und schon vor Ort, trotzdem hatte man auf ihn gewartet, vor allem wegen des offiziellen Beschlusses.

Am Steg hatte sich eine kleine Schar Neugieriger eingefunden. Man hatte nicht versäumt, den Inhaber des Bootes zu informieren. Der war sofort gekommen und ebenfalls vor Nielsen am Bootssteg. Wild fuchtelnd diskutierte er mit Boateng und den Kollegen von der Spusi, wollte auf sein Boot, woran sie ihn jedoch hinderten.

»Das ist eine Frechheit. Was erlauben Sie sich?« Das Gesicht von Justus Hollmann glich einem roten Ballon, der zu platzen drohte. Peer kannte solch ein aufgeplustertes Verhalten nur zu gut und zeigte sich unbeeindruckt, als er zu den Leuten trat. »So, hier ist der Beschluss, also Kollegen legt mal los.«

»Das ist, das ist …«, schnaubte Justus Hollmann.

»Ja, Herr Hollmann?«, wandte sich Nielsen an ihn, nachdem die Kollegen auf das Boot gestiegen und in der Kajüte verschwunden waren. Der Angesprochene verstummte.

»Wir haben den Verdacht, dass Sie Manni Böhm ermordet haben.«

»Das ist lächerlich«, argumentierte Hollmann, der sich unglaublich schnell gefangen zu haben schien. »Welches Motiv soll ich gehabt haben, meinen Freund zu töten?«

»Ihre Frau hatte ein Verhältnis mit dem Ermordeten«, mischte sich Boateng ein.

»Hah«, lachte Hollmann auf. »Das ist doch Jahre her. Außerdem führen wir eine offene Beziehung.«

»Sie führen eine offene Ehe, aber Ihre Frau?«, bezweifelte Michael. »Ihnen passt es nicht, dass sie auch ihren Spaß hat«, mutmaßte er weiter. »Sie sind eifersüchtig – auch auf Ihren Freund.«

»Nein, das ist ja …« Langsam wechselte Hollmanns Gesichtsfarbe ins Weiße.

»War denn die Beziehung der beiden wirklich beendet?«, erkundigte sich Peer, wobei seine Frage nicht an jemanden direkt gerichtet war und daher durch die Luft waberte.

»Selbst wenn nicht«, entfuhr es Hollmann. »Ich bin schon lange nicht mehr an meiner Frau interessiert. Die alte Schabracke fass ich nicht mehr an. Da suche ich mir lieber etwas Knackiges. Ist nur noch eine Zweckgemeinschaft unsere Ehe.«

Das nahm Michael gehörig den Wind aus den Segeln. Er schwieg, während Nielsen das Motiv davonwehen sah. Stimmte es, was der Immobilienheini sagte? Hatte er tatsächlich nichts mit dem Mord zu tun?

Lars klingelte an der Tür, und Marion öffnete.

»Oh«, entfuhr es ihr. Sie hatte nicht so schnell mit einem erneuten Besuch gerechnet. Doch Mannis Tod schien in ihrem Neffen etwas bewegt zu haben.

»Ist Mama da?«

»Klar, komm rein.«

Sie führte ihn ins Wohnzimmer. »Sie schläft, aber ich wecke sie. Oder möchtest du erst etwas trinken?« Erwartungsvoll blickte sie ihn an, vielleicht hatte er ihr etwas zu sagen? Als er nickte, schöpfte sie Hoffnung. Schnell organisierte sie aus der Küche ein Glas Wasser.

»Danke, dass du Mama hilfst«, sagte er, nachdem er einen Schluck getrunken hatte. »Ich kann das nicht. Habe zu viel zu tun«, schob er hinterher.

»Ist doch selbstverständlich. Sie ist meine Schwester, da hält man als Familie zusammen.«

Er nickte.

»Kommst du zur Beerdigung? Ich habe das alles arrangiert. Nichts Großes, aber dein Stiefvater muss ja unter die Erde gebracht werden.« Marion lächelte schief.

»Ich weiß nicht«, wich Lars aus. Er drehte das Wasserglas in den Händen hin und her.

»Ich glaube, es würde deiner Mutter viel bedeuten.«

»Mag sein, aber ich denke, es wäre nicht richtig. Ich konnte ihn nicht ausstehen, da ist es falsch, zur Beerdigung zu kommen. Was für eine Ehre sollte ich ihm erweisen? Ich empfinde geradezu Freude darüber, dass er tot ist.« Er blickte zu Boden, und Marion konnte ihn gut verstehen. Ihr ging es ähnlich, und sie glaubte, dass auch ihre Schwester so empfand. Nicht verwunderlich bei der Art von Mensch, der Manni gewesen war. Das hatte er sich selbst zuzuschreiben.

»Ich nehme an, es werden eh wenig Trauergäste kommen«, versuchte sie, seine Bedenken zu schmälern.

»Na ja, besonders beliebt war er halt nicht.«

Die Frage, warum seine Mutter ihn überhaupt geheiratet und so lange bei ihm geblieben war, stand im Raum, blieb aber unausgesprochen.

»Was wolltest du von Mama?«

»Nur sehen, wie es ihr geht.«

»Besser, denke ich.«

20. KAPITEL

»Das ist doch wie verhext«, schimpfte Peer am nächsten Morgen immer noch.

Die Durchsuchung des Bootes von Justus Hollmann hatte nichts, aber rein gar nichts ergeben. Der Liegeplatznachbar behielt Recht mit seiner Annahme, Justus habe seine Vorräte aufgefüllt; ansonsten fand sich nämlich nichts an Bord. Hinweise, dass hier eine Leiche gelegen hatte, gab es keine, der Spürhund hatte nicht angeschlagen.

»Das wird Konsequenzen haben«, hatte Justus Hollmann geknurrt. Bereits bei Dienstbeginn hatte Fritsche ihn darüber informiert, dass der Mann Beschwerde bei der Behörde für Inneres eingereicht hatte.

Als wenn sie nicht schon genug Ärger hatten. Die Presse zog sie auch wieder durch den Kakao, vorneweg Pisto, der den Mörder als wesentlich schlauer als die Polizei darstellte.

»Und wir haben wirklich keine heiße Spur, oder?«

Peer blickte in die Runde. Auf den Gesichtern seiner Teammitglieder hatte sich Hoffnungslosigkeit breitgemacht. Weitere Hinweise, denen sie nachgegangen waren, hatten nichts ergeben. Weder die Beobachtungen aus der Bevölkerung noch die Spur des Koffers. Nichts passte in diesem Puzzle zueinander, außer den Leichenteilen Manni Böhms.

»Was ist mit den Handydaten?«, hakte Nielsen nach, der diesen Aspekt aus den Augen verloren hatte.

»Dauert noch«, gab Carsten Hinrichs Auskunft. »Aber die Witwe sagt, das Mobiltelefon befände sich nicht zu Hause. Er muss es also bei sich gehabt haben, doch bei den Leichenteilen haben wir kein Handy gefunden, und orten lässt es sich auch nicht. Ist anscheinend abgeschaltet.«

»Oder der Akku ist mittlerweile leer«, ergänzte Boateng.

Peer nickte. »Gut, aber macht wegen der Verbindungsdaten Druck. Und ich will wissen, in welcher Funkzelle es zuletzt eingeloggt war.«

»Geht klar, Chef«, bestätigte Hinrichs.

»Ich nehme mir heute die Mitarbeiter in der Verwertungsfirma vor«, erklärte Peer seine weitere Vorgehensweise. »Der Typ, der das Geld von Willi Krause genommen hat – ich will wissen, wofür das wirklich war.«

»Und wir?« Die Kollegen blickten ihn ratlos an – und Peer wurde bewusst, dass er wieder nur an sich gedacht hatte.

»Ich hätte da einen Vorschlag«, meldete sich plötzlich Fritsche zu Wort, der unvermittelt in der Tür stand.

Ganz entgegen seiner sonstigen Abneigung gegen jegliche Einmischungen seines Chefs war Peer in diesem Moment geradezu erleichtert über die Hilfe.

»Nehmt doch mal mit der Fleischerinnung Kontakt auf. Vielleicht haben die einen Tipp für euch.«

»Das ist eine hervorragende Idee!«, lobte Nielsen, auch wenn er sich innerlich über sich selbst ärgerte. Warum war ihm dieser Ansatz nicht in den Sinn gekommen?

»Carsten und Jens, macht ihr das?« Die beiden nickten, während Lutz etwas ratlos in den Raum schaute. »Du kommst mit mir und Michael zur Befragung der Mitarbeiter von Böhms Firma mit. Das schindet sicherlich Eindruck, wenn wir zu dritt auftauchen, und eventuell setzt das die Leute unter Druck.« Gerhard Fritsche nickte zufrieden. Sein Zögling verstand es, die Teammitglieder in den Fall zu involvieren.

Trotz der neuen Aufgaben war die Stimmung im Wagen nicht euphorisch, sondern nach wie vor eher gedrückt. Auch wenn sie etwas taten, vielversprechend war die Aktion nicht. Aber so manches Mal hatte Peer tatsächlich erlebt, dass die Lösung eines Falls im Detail steckte oder wie Frau Dr. Michaelsen es für das Motiv annahm, im Verborgenen. Er wies Lutz und Michael an, auf jede Kleinigkeit zu achten. »Schaut genau hin. Wie reagieren die Mitarbeiter auf die Fragen? Körperhaltung, Gesten, Mimik. Wir wollen herausfinden, wie die Stimmung im Betrieb war, vielleicht hat einer der Mitarbeiter mit dem Mord zu tun. Zum Beispiel der, der das Geld von Willi Krause bekommen hat. Also, Augen auf!«

Auch diesmal war Peer von den Massen der Altkleider mehr als erschlagen. Umso mehr, als er sah, wie die fleißigen Damen wirklich jedes einzelne Stück prüften und klassifizierten. Das war sehr aufwendig. Rechnete sich das tatsächlich? Wie viel Geld steckte in dem Geschäft? Er kratzte sich am Kopf, als er bemerkte, wie der Vorarbeiter auf sie zugestürmt kam.

»Wir müssen noch einmal mit allen Mitarbeitern sprechen«, erklärte Nielsen ohne Begrüßung.

»Mit allen? Ja, aber …«

»Mit allen«, machte Boateng unmissverständlich klar und

schaute den Vorarbeiter prüfend an. Der wandte sich nach links, dann nach rechts.

»Ja, dann kommen Sie.« Er führte Peer und Michael in einen angrenzenden Büroraum, blickte sich dabei immer wieder um. »Fangen Sie am besten direkt mit mir an. Kommt Ihr Kollege dazu?« Mit einer flüchtigen Kopfbewegung deutete er auf Lutz, der sich wie verabredet in der Halle bei den Angestellten umhören sollte. »Nein, nein, der hat so etwas noch nie gesehen und macht sich ein Bild von dem Betrieb.«

»Ach so?« Herr Postel zögerte, setzte sich aber schlussendlich.

»Also«, begann Peer, »wir versuchen möglichst genau das Umfeld Ihres toten Chefs zu untersuchen und hätten gerne gewusst, wie Ihr Verhältnis zu Manni Böhm war.«

»Wieso?«, fuhr der Mann sofort auf. »Bin ich verdächtig?«

»Nein, nein«, versuchte Michael ihn zu beruhigen. »Es ist möglich, dass der Täter aus dem näheren Umfeld des Opfers kommt.«

»Aha.« Der Mann schien Zweifel an der Begründung zu haben. Zu Recht, denn Postel gehörte zum näheren Umfeld des Opfers und war damit durchaus verdächtig.

»Ja also?« Peer schaute Herrn Postel an, der unruhig auf dem Stuhl hinter dem Schreibtisch hin und her rutschte.

»Naja«, druckste der Mann herum. »Wie ein Verhältnis zwischen Angestellten und Chef eben so ist.«

Boateng kniff die Augen zusammen. »Wie denn?«

»Ganz gut halt, aber nicht sehr eng. Ich kann wenig über Manni Böhm sagen.«

»Gab es nie Ärger oder Streit?«

»Nein, nein, eigentlich nicht.«

Hm, überlegte Peer. Das konnte er sich kaum vorstellen. Selbst in einem freundschaftlichen Verhältnis kam es hin und wieder zu Streit. Zwischen ihm und Fritsche gab es auch manchmal Meinungsverschiedenheiten und das, obwohl die beiden eine enge Beziehung verband. Fritsche war sein Ziehvater, hatte sich stets um Peer gekümmert, aber das tat nichts zur Sache, zwang er sich aus seinen Grübeleien aufzutauchen und auf sein Gegenüber zu konzentrieren.

»Und sonst, mit anderen Mitarbeitern oder Konkurrenten?«

»Na, nur mit dem Willi Krause. Das habe ich ja gesagt. Haben Sie den schon verhört?«

»Ja, und dabei ist rausgekommen, dass ein Mitarbeiter von Fairstoff mit den illegalen Containern zu tun hat.«

»Was?«, entfuhr es Postel, doch Nielsen kaufte ihm die Überraschung nicht ab. Wahrscheinlich steckte der Typ mit drin. Aber warum hatte er Krause angeschwärzt?

»Hat Frau Christiansen mit Ihnen über die Übernahme der Firma gesprochen?«, änderte Peer seine Taktik. Vielleicht hatte der Vorarbeiter den Chef umgebracht und wollte nun mit den Beschuldigungen gegen Krause von sich ablenken. Schließlich liefen die Geschäfte mit den Altkleidern gut. Da steckte eine Menge Geld drin in den Lumpen, und Geld war immer ein gutes Mordmotiv – auch wenn es in diesem Fall nicht im Verborgenen lag.

»Sie hat nur gesagt, dass Frau Böhm die Firma wohl veräußern will.«

»Und, haben Sie Interesse?«

Postel zuckte mit den Schultern. »Eventuell«, entgegnete er.

Lutz beobachtete fasziniert, mit welcher Geduld die Dame neben dem Gitterwagen jedes einzelne Kleidungsstück in die Hand nahm und es sorgsam prüfte, ehe sie entschied, in welche Kategorie es einzuordnen war.

»Das ist noch gut für unseren Laden« erklärte sie, als sie eine Hose musterte. »Da verdient der Chef am meisten dran.«

»Das hier ist zur Herstellung von Putzlappen geeignet, und dieses Hemd – sie hielt ein weißes Herrenoberhemd in die Höhe – geht nach Afrika. Da ist gerade eine Bestellung aufgegeben worden.«

»Die bestellen bei Ihnen?«

Die Frau nickte. »Oh ja doch. Verdienen wir wegen der Transportkosten zwar nicht ganz so gut dran, aber besser als nüscht.«

»Aha, und wie ist generell die Ertragslage?«

»Ganz gut, denke ich. Die Leute hören nicht auf, ihre Altkleider zu spenden. Und es werden immer mehr.«

»Naja, es wird auch jede Menge gekauft«, bemerkte Lutz und musste unweigerlich an das letzte Wochenende denken. Er war in der Innenstadt mit ein paar Bekannten gewesen. Sie hatten sich das Rathaus und die Alsterarkaden angeschaut, während um sie herum Horden von Menschen beladen mit Plastiktüten vorbeigehastet waren. Der Konsum nahm seiner Ansicht nach überhand – gerade was Kleidungsstücke anging. Und so schnelllebig wie die Mode heutzutage war, musste ja spätestens in der nächsten Saison Platz im Kleiderschrank gemacht werden. Er konnte sich also gut vorstellen, dass die Spenden zunahmen.

»Irgendwann hatten wir mal wegen so einer Berichtserstattung einen Einbruch, aber die Leute vergessen schnell. Momentan können wir uns vor Altkleidern kaum retten.«

»Was denn für ein Bericht?«

»Na wegen Afrika«, entgegnete die Frau wie selbstverständlich und warf ein weiteres weißes Oberhemd zu den anderen aus der Bestellung. Lutz hatte von den Vorwürfen gehört, sich aber nicht damit beschäftigt. Es ging darum, dass durch den Versand von Altkleidern insbesondere nach Afrika der dortige Markt total überschwemmt und letztendlich kaputt gemacht wurde. Man kleidete sich mittlerweile eher westlich, nicht zuletzt, weil die getragene Kleidung aus Deutschland wesentlich billiger als herkömmlich afrikanisch gefertigte Stoffe war. Die Stoffherstellung litt unter der Kleiderschwemme, und viele Firmen hatten Leute entlassen müssen oder waren inzwischen pleite. So hing in der Welt alles zusammen. Auch wenn man nur ein altes weißes Oberhemd in die Altkleidersammlung gab. Nichts blieb heutzutage ohne Folgen.

»Hm, und Ihr Chef, wie war der so?«, wechselte er das Thema. Schließlich war es nicht seine Aufgabe, globale Probleme zu lösen, sondern den Mord an Manni Böhm.

Die Mitarbeiterin hielt kurz inne. »Naja, wie Chefs halt so sind. Ich bin froh, dass ich diesen Job bekommen habe. Habe nichts gelernt, mich nimmt sonst keiner. Schon gar nicht in meinem Alter«, antwortete sie, ehe sie sich dem nächsten Kleidungsstück widmete.

Die Frau war sicherlich weit über 50, dennoch war es eine Schande, dass heutzutage meist nur junge Leute in Jobs gefragt waren. Wenn es um körperliche Arbeit ging, konnte er das ein Stück weit verstehen, aber Erfahrung war seiner Ansicht nach mindestens genauso wichtig – und die brachte ein junger Mensch nicht mit.

»Und sonst, was hatten Sie da für einen Eindruck von Manni Böhm?«

»Kein angenehmer Zeitgenosse, wenn Sie so fragen.«

»Wie meinen Sie das?«

»Man soll nicht schlecht über Tote sprechen, aber der war sehr streitsüchtig.«

»Inwiefern?«

»Wenn ihm was nicht passte, hat er gleich losgebrüllt. Hier gab es jeden Tag Stress, Diplomatie war nicht gerade seine Stärke, obwohl das manchmal klüger gewesen wäre.«

»Und mit wem gab es Streit?«

»Hauptsächlich mit dem Vorarbeiter. Der bekam das meiste ab. Ab und an hat der uns Arbeiter angeraunzt, aber das hielt sich in Grenzen.«

Die Frau war irgendwie ins Plaudern geraten und Lutz ließ sich brühwarm erzählen, wie es erst wenige Tage zuvor einen Riesenkrach zwischen Herrn Postel und dem Chef gegeben hatte.

»Der Böhm ist total ausgeflippt.«

»Und worum ist es in dem Streit gegangen?«

Sie ließ einen Rock in den Wagen für den Verkauf im Laden fallen, dann sah sie ihn an. »Keine Ahnung.«

Nur wenig später im Wagen erzählte Lutz den beiden von dem Gespräch.

»Habe gleich gedacht, dass der nicht ganz koscher ist«, kommentierte Nielsen die Informationen. »Da stimmt etwas nicht. Am besten drehen wir direkt um und konfrontieren ihn damit.«

»Aber wir haben nichts in der Hand«, hielt Boateng dagegen. »Der Typ, der neulich Geld von Krause kassiert hat, war nicht da. Besser, wir warten ab. Was haben die anderen Mitarbeiter gesagt, Lutz?«

Im Prinzip hatte sich die Belegschaft der Lumpenfirma relativ einstimmig darüber geäußert, dass Manni Böhm ein Choleriker und keineswegs ein angenehmer Chef gewesen sei. Jedoch, und das bestätigten alle, hatten sie wenig von dem Ärger abbekommen, sondern der sei stets auf den Vorarbeiter niedergeprasselt.

»Also, wenn das kein Motiv ist«, fuhr Peer dazwischen. »Und vielleicht hat er spekuliert, die Firma selbst übernehmen zu können.«

»Trotzdem«, gab Michael erneut zu bedenken. »Wir sollten diesen Hauch einer Spur in der Hinterhand behalten und zunächst schauen, was wir dazu noch rausfinden.«

Lutz nickte. »Ja, zum Beispiel könnte es sein, dass ein Gegner dieser Altkleidergeschichte mit dem Mord zu tun hat.«

»Gegner der Altkleidergeschichte?« Peer warf Lutz einen fragenden Blick im Rückspiegel zu.

»Die eine Mitarbeiterin hat mir erzählt, dass es Leute gibt, die gegen den Handel mit Altkleidern sind.«

»Warum?«

»Vor allem wegen der Arbeitsplätze in Afrika. Da ist ein ganzer Industriezweig fast ausgestorben, weil irgendwelche Geschäftemacher massenweise billige Altkleider auf den Markt werfen.«

»Habe ich auch gehört«, bestätigte Michael Lutz' Anmerkung. »In diese Richtung haben wir bisher gar nicht ermittelt.«

»Stimmt«, bemerkte Nielsen und sah Lutz Bielenberg im Rückspiegel an. Dessen Wangen waren leicht gerötet. »Kannst du dich darum kümmern und in Erfahrung bringen, ob es diesbezüglich in Hamburg – vielleicht sogar in Böhms Firma – Vorkommnisse gab?«

»Aber klar, Chef«, antwortete Lutz sofort.

Sie hatten das Präsidium erreicht und fuhren gemeinsam mit dem Aufzug ins Büro. Vielleicht haben Jens und Carsten etwas erreichen können«, seufzte Nielsen. Sie brauchten allmählich etwas Handfestes, etwas, das sie der Presse mitteilen konnten. Ansonsten würde Pisto nicht aufhören, seine niederschmetternden Berichte über die Unfähigkeit der Hamburger Polizei zu schreiben, was wiederum den Druck der Vorgesetzten auf sein Team erhöhen würde.

»Wir haben von der Fleischerinnung eine Liste der Mitglieder bekommen«, antworteten die beiden Mitarbeiter, als Peer nach ihrem Ermittlungsstand fragte. Die beiden saßen jeweils gebeugt über einen Ausdruck und tippten Namen in den Computer ein.

»Ob die uns weiterbringt, ist allerdings fraglich, denn da sind nur aktive Betriebe drauf.«

»Egal«, befand Peer, auch wenn anhand der Schnittränder an der Leiche davon auszugehen war, dass der Täter älteres Werkzeug beim Zerlegen der Leiche verwendet hatte. »Überprüft die, die draufstehen. Vielleicht ist mal jemand auffällig geworden.«

»Okay, da sind wir dabei, aber bisher ist keiner aufgetaucht.«

»Gut, dann macht den Rest Morgen, für heute ist Feierabend.«

Leicht gefrustet machten sie alle Schluss für den Tag. Peer fuhr bei Sören vorbei, doch auf sein Klingeln hin öffnete niemand. Es wird doch wohl nichts mit dem Baby sein? Er wählte die Handynummer des Freundes, dort ging nur die Mailbox ran. Leicht beunruhigt bat er Sören, sich bei ihm zu melden.

Er verspürte keine Lust, nach Hause zu gehen, als er auf den Parkplatz vor seinem Haus fuhr, und beschloss, ein Feierabendbier in der Eckkneipe zu trinken. Ein toller Laden war es zwar nicht gerade, angenehme Atmosphäre Fehlanzeige, aber für seine Zwecke reichte es.

Er betrat den stark verrauchten Gastraum und blickte sich um. Alle Tische waren besetzt, daher steuerte er auf den Tresen zu. Er bestellte ein Bier und ließ seinen Blick durch den Raum wandern. In einer kleinen Nische erblickte er sie schließlich. An dem schäbigen Holztisch saß seine Nachbarin – allein, wie es schien. Und sie hatte ihn auch gesehen. Peer spürte, dass es nun kein Zurück mehr gab.

Er nahm sein Bier in die Hand und schlenderte langsam an ihren Tisch. Sie sah blass aus, als habe sie wenig geschlafen, mit dunklen Rändern unter den Augen.

»Was dagegen, wenn ich mich zu dir setze?« Sie griff lediglich zu ihrem Glas, deutete leicht an, ihm zuzuprosten. Dann tranken sie gemeinsam.

Fieberhaft überlegte Peer, was er der Frau sagen konnte, doch sie schien das Schweigen nicht als unangenehm zu empfinden.

»Das mit neulich, da wollte ich nicht unhöflich sein, es ist nur so, ich musste zum Dienst.«

»Zum Dienst?«, fragte sie interessiert.

»Ja«, nickte er, obwohl das gelogen war, aber er wollte vor ihr nicht in einem so schlechten Licht erscheinen.

»Und was arbeitest du so?«

»Bin bei der Polizei.«

»Polizei?«

Aus der Frage konnte er keinerlei Empfindung ablesen, auch nicht aus ihrem Gesichtsausdruck. Die meisten Leute reagierten eher überrascht oder überfordert, wenn er erzählte, was er beruflich machte. Zumindest Frauen – obwohl manchmal sein Job auch als Masche zog, um eine rumzukriegen. Doch aus dem Alter war er irgendwie raus.

»Und wo da?«

»Mordkommission.«

Sie schluckte. »Dann hast du bestimmt viel mit Leichen zu tun.«

»Geht so.« Peer wollte mit dieser Frau nicht über die grausamen Verbrechen seiner Arbeit reden. Lieber wollte er sie aufmuntern, ihr ein Lächeln ins Gesicht zaubern. Nur wie?

»Und du? Was machst du beruflich?«

»Ich bin Künstlerin.« Sie errötete leicht.

Künstlerin. Er konnte sich wenig darunter vorstellen. Oder zu viel. Ganz, wie man es sehen wollte, denn Künstlerin – das konnte beinahe alles heißen. Malerin, Dichterin, Bildhauerin, vielleicht auch Tänzerin oder Sängerin.

Er musterte sie.

»Na, was meinst du denn, was ich mache? Als Polizist musst du doch in den Menschen wie in einem Buch lesen können, oder?« Sie grinste leicht. Scheinbar war sie über das Gespräch froh, es schien sie abzulenken von dem, was auch immer sie in diese Spelunke getrieben hatte.

»Nun ja«, Peer lehnte sich zurück und tat, als versuche er herauszufinden, was sie genau beruflich machte.

»Ich würde sagen, du bist Malerin.«

Große Augen und ein erstauntes »Oh« war ihre Reaktion. Damit hatte sie ganz offensichtlich nicht gerechnet. Doch Peers Bauchgefühl trog ihn selten.

21. KAPITEL

Boateng dagegen setzte auf Fakten. Er saß am nächsten Morgen mit seinen Kollegen am Computer und ging die Namensliste der Fleischerinnung durch.

»Und, habt ihr schon was?«, fragte Peer, als er das Büro betrat.

»Ja«, grinste Boateng. »Der Gregor Christiansen steht auch drauf.«

»Aha.« Nielsen war mit seinen Gedanken noch nicht ganz bei der Sache.

»Tja, aber den haben wir schon durchleuchtet, da macht es wenig Sinn, den noch näher unter die Lupe zu nehmen, oder?«, merkte Michael an.

»Aber ganz außer Acht lassen dürfen wir den nicht. Nur weil die Werkzeuge aus seiner Wohnung nicht zu den Spuren an der Leiche gepasst haben, heißt das nicht zwangsläufig, dass er es nicht war. Er hätte sich auch im Betrieb Sachen klauen können. Jens, informier dich bei der Firma, ob mal Werkzeug weggekommen ist und wenn ja, welches.«

»Geht klar, Chef.«

»Ihr macht mal mit der Liste weiter und ich …«

»Fritsche war vorhin hier«, fiel Boateng dazwischen. »Sollst direkt mal zu ihm. Ich glaube, es geht um die Pressekonferenz.«

Auch das noch, dachte Peer. Dabei hatte er seinen Chef doch über den Einsatz in Travemünde informiert. So oder so hätte er den Journalisten keine großartigen Ermittlungserfolge präsentieren können. Oder was glaubte Fritsche, was Peer den Presseheinis hätte erzählen sollen?

Doch Fritsche hatte ihn nicht wegen der Konferenz gerufen. Er hatte anscheinend Druck von oben bekommen.

»Wie weit seid ihr, habt ihr schon was?«

Peer zuckte mit den Schultern. »Einige Hinweise und Spuren, aber nichts Konkretes.«

»Mist«, entfuhr es Fritsche, für Peer ein untrügliches Zeichen, dass sein Vorgesetzter unter Druck stand.

»Alles in Ordnung?«, fragte Nielsen.

»Ach«, seufzte Fritsche, der müde wirkte. Müde von dem Job, der Welt, den Verbrechen. Er lehnte sich in seinem Stuhl zurück, nahm die Brille ab und fuhr sich übers Gesicht.

»Es ist immer das Gleiche. Irgendwelche Verrückte bringen sich gegenseitig um, und wir haben den Ärger an der Backe.«

So kannte Peer seinen Chef gar nicht, der ihm stets ein Vorbild war. »Was ist los?«

Fritsche hob seinen Kopf und betrachtete Nielsen eingehend.

»Ach«, sagte er nach einer kurzen Pause. »Nichts, es ist nichts. Also, wie wollt ihr weiter vorgehen? Was sind die nächsten Schritte?«

Peer beäugte Fritsche misstrauisch. Er erkannte sofort, dass sein Chef ihm etwas vorspielte, aber nicht über das, was ihn bedrückte, reden wollte. Jedenfalls nicht mit ihm.

»Nun ja, wir überprüfen die Liste der Fleischerinnung und nehmen einige von denen unter die Lupe. Dann sind wir dran wegen des Koffers, und den Vorarbeiter sowie einen anderen Mitarbeiter von Fairstoff müssen wir uns noch einmal vorknöpfen.«

»Wieso?«

Peer erklärte, dass die Mitarbeiter erzählt hatten, es hätte in jüngster Zeit häufiger Streit zwischen Manni Böhm und Postel gegeben.

»Und dieser andere Typ hat anscheinend mit Willi Krause gemeinsame Geschäfte gemacht. Dazu müssen wir den befragen, denn gestern war der angeblich Container leeren. Außerdem ist heute Nachmittag die Beerdigung.«

»Schon?«

»Naja, es sind alle Teile aufgetaucht und die Untersuchungen abgeschlossen. Ich werde vorbeischauen.«

»Ist gut«, nickte Fritsche.

»Schwarz steht dir eigentlich sehr gut. Obwohl das keine Farbe ist.« Marion half ihrer Schwester, sich für die bevorstehende Trauerfeier zurechtzumachen. »Warum hast du das Kleid nicht öfter getragen?«

Sie hatten im Kleiderschrank ein beinahe nagelneues Kostüm entdeckt und für die Beerdigung daher nichts Neues kaufen brauchen. »Oder hat Manni das etwa aus der Firma mitgebracht?«

»Nein.«

»Wo hast du es dann her?«

»Ist doch egal.« Greta Böhm seufzte und setzte sich auf das Bett. Marion befürchtete, dass sie die Feier nicht überstehen würde, immer noch war ihre Schwester äußerst labil. Warum eigentlich?, fragte sie sich nach wie vor. Soll doch froh sein, den Kerl endlich los zu sein.

Sie setzte sich ebenfalls aufs Bett und strich einige Fussel von dem dunklen Stoff des Kostüms. »Morgen zur Testamentseröffnung, soll ich da mitkommen?«

»Ich dachte eventuell Lars …« Die Witwe brach den Satz ab.

»Der will mit der ganzen Sache nichts zu tun haben. Hält sich raus und ehrlich gesagt, kann ich ihn ein Stück weit verstehen.«

»Hm, nun gut, dann wäre es schön, wenn du?«

Marion nickte. »Und nun wollen wir deine Haare zurechtmachen«, entgegnete sie.

Ihre Schwester fasste sie leicht am Arm.

»Danke«, hauchte sie.

»Wofür?«

»Danke für alles.«

»Ha, hier ist tatsächlich einer!«

Boateng tippte mit seinem Zeigefinger auf das Papier neben seiner Tastatur.

Sofort war Peer neben ihm und las den Namen ab. »Jürgen Konnitzer.«

»Ja«, nickte Michael, »ein paar Mal wegen Körperverletzung und diverser kleiner anderer Delikte festgenommen. Hat sogar mal eingesessen. Den schaue ich mir an.« Er tippte auf der Tastatur herum. »Aha, eine Adresse in Hamm. Da fahre ich gleich hin.«

»Ich würde dich gerne begleiten, aber …«

»Schon klar, Chef, aber einer muss ja zur Beerdigung.«

Um sein Team zu involvieren, nahm Nielsen Carsten mit zu der Trauerfeier nach Blankenese. Er fragte sich, wie

Böhm sich ein Leben in dem gehobenen Elbvorort hatte leisten können. Die Geschäfte mit den Altkleidern mussten sehr gut gelaufen sein. Kein Wunder, dass es da Neider gab und der Vorarbeiter wahrscheinlich scharf darauf war, den Laden zu übernehmen.

Die Schar der Trauergäste war groß, und die kleine Kapelle platzte förmlich aus allen Nähten. Die Presse war auch vor Ort. Peer erkannte Pisto bereits von Ferne, wie er sich am Eingang herumdrückte und jeden einzelnen Gast beäugte. Er war gespannt, was morgen wohl in der Zeitung stehen mochte.

Nielsen und sein Mitarbeiter schauten sich um. Wenn der Täter aus dem näheren Umfeld stammte, war es möglich, dass er sich unter den Trauergästen befand. Außer der Witwe und deren Schwester sowie Justus Hollmann und ein paar Mitarbeitern der Altkleiderfirma kannte er niemanden. Gregor Christiansen schien nicht anwesend. Machte ihn das verdächtig?

Sie teilten sich auf und beobachteten die Gäste jeweils vom Gang her.

Von der eigentlichen Trauerzeremonie bekam Peer nicht viel mit. Er hörte zwar die Musik, aber die Worte des Pastors gingen in dem einen Ohr rein und durch das andere heraus.

Während sein Blick durch die Reihen wanderte, schweiften seine Gedanken zu dem gestrigen Abend.

Miriam war tatsächlich Malerin, er hatte recht. Allerdings nicht besonders berühmt, und ihre Kunst reichte nicht zum Leben. Daher arbeitete sie nebenbei Teilzeit im Altonaer Museum.

Sie hatten lange miteinander gequatscht und das eine oder andere Bier zusammen getrunken. Peer hatte sich in ihrer Gegenwart wohlgefühlt und gespürt, dass es ihr ähnlich erging. Gemeinsam waren sie nach Hause gegangen – sie hatten ja exakt denselben Weg. Doch als aus ihrer Wohnung der Fernseher zu hören gewesen war, hatte sie sich flüchtig verabschiedet.

Die Beziehung zu diesem Typen schien nicht gut zu laufen. Er hatte gewartet und gelauscht, aber es war still geblieben.

Die Musik setzte erneut ein. Peer hatte gar nicht mitbekommen, wie die Gäste sich erhoben. Es hatte nur der Pastor gesprochen, Angehörige oder Freunde, die etwas über den Verstorbenen sagen wollten, hatten sich demnach nicht gefunden. Wieder musterte er die Leute, aber ihm fiel beim besten Willen nichts auf, außer dass die Witwe heute äußerst gepflegt wirkte.

Da es aus Kostengründen nun doch eine Feuerbestattung geben sollte , blieb der Gang zum Grab aus, und die Trauergesellschaft begab sich in ein nahe gelegenes Hotel, um den sogenannten Leichenkaffee einzunehmen.

»Ganz schön nobel«, kommentierte Carsten die Location. »Das kostet bestimmt ein kleines Vermögen.« Nielsen beschloss, lediglich zum Kondolieren mitzugehen, denn in der Masse der Trauergäste war er nicht bis zur Witwe vorgedrungen, bevor man sich ins Hotel begab.

Doch ehe er es sich versah, saß er mit Carsten an einem Tisch, und man schenkte ihm Kaffee ein.

Seltsam, dass Lars Mohr nicht gekommen ist, dachte Peer, während er sich in dem Raum umblickte. Worum es wohl in dem Streit gegangen war? War Frau Böhm daran beteiligt? Warum sonst stand der Sohn ihr in dieser schweren Stunde nicht bei?

Sein Blick wanderte zur Witwe, die schweigend neben ihrer Schwester saß und an einer Tasse Kaffee nippte. Sie fühlte sich nicht wohl, das war deutlich zu erkennen, schon gar nicht, als ihre Schwester aufstand, die Trauergäste begrüßte und sich für die große Anteilnahme bedankte.

Anschließend stieg der Geräuschpegel stetig, insbesondere an den Tischen mit den Mitarbeitern der Altkleiderfirma, deren Trauer sich ganz offensichtlich in Grenzen hielt.

Peer trank eilig seinen Kaffee aus und stand auf.

»Mein Beileid, Frau Böhm.« Die Witwe blickte auf und starrte ihn an. Irgendetwas stimmt mit der nicht, fuhr es Peer durch den Kopf, doch Marion Christiansen reagierte schnell. Sie bedankte sich und raunte ihm zu, ihre Schwester habe ein paar Tabletten genommen, um das Ganze hier zu überstehen.

Boateng blickte sich suchend um, hier irgendwo musste die angegebene Hausnummer sein, nur wo?

Er kannte sich in diesem Stadtteil eigentlich recht gut aus, war hier groß geworden, dennoch war ihm diese Straße fremd. »Entschuldigung«, wandte er sich an eine ältere Passantin. »Ich suche das Haus Nummer 14.«

Sie blickte ihn fragend an, wies dann auf einen Bauzaun. »Ist abgerissen.«

»Abgerissen?« Michael starrte auf die Baustelle. Mist. Die Adresse war veraltet.

Er zückte sein Handy und scrollte durch die Kontaktliste. Jetzt konnte nur eine helfen. Seine Freundin Marita vom Einwohnermeldeamt.

»Hi, wie geht's?«, meldete er sich fröhlich.

»Gut und dir?«

»Och, ich stecke mitten in diesem Fall mit der zerstückelten Leiche.«

»Habe ich von gelesen, ist ja schrecklich.«

»Hm, und nun habe ich hier einen Verdächtigen, aber das Haus laut der letzten Adresse ist abgerissen.«

»Kommt vor«, kommentierte sie. »Wird ja viel gebaut in Hamburg.«

Marita hatte ihm schon öfter völlig unbürokratisch Auskünfte erteilt, er wusste aber, dass sie sich gerne bitten ließ. Zu Schulzeiten waren die beiden ein Paar gewesen, bis er seine jetzige Frau kennengelernt hatte. Danach hatte einige Jahre Funkstille geherrscht, bis sie sich auf einem Klassentreffen wiedergesehen hatten. Es war beinahe wie früher, und obwohl Boateng glücklich verheiratet war, hatte er gespürt, dass da zwischen ihnen immer noch etwas war.

»Könntest du mir vielleicht einen Gefallen tun?«

»Was zahlst du?«, scherzte Marita.

Er spürte, wie er anfing zu schwitzen. Es war ein Spiel, dennoch hatte er seiner Frau niemals von Marita erzählt.

»Ein Getränk beim nächsten Klassentreffen.«

»Zu billig. Du willst schließlich geheime Informationen von mir.«

»Naja geheim. Vergiss nicht, ich bin bei der Polizei.«

»Vergess ich nicht. Da denke ich immerzu dran.« Ihre Stimme hatte einen Reibeisenton angenommen, der ihn bereits damals verrückt gemacht hatte. Automatisch stellten seine Härchen sich im Nacken auf.

»Nun gut, ich nehme dich mal im Peterwagen mit Blaulicht mit?«

»Schon besser.«

»Nun mal Scherz beiseite, es drängt, also könntest du mir helfen?«, versuchte er das Spiel zu beenden, bevor es zu heiß wurde.

Sie seufzte laut in den Hörer. »Na gut, wie heißt der Typ?«

Er nannte den Namen und hörte kurz darauf das Klicken ihrer Nägel auf der Tastatur.

»Ah, wohnt jetzt woanders.«

»Ach nee«, entfuhr es Boateng. »Wäre ich gar nicht drauf gekommen.« Er blickte auf die Baustelle.

»Bist ja auch ein kluges Kerlchen«, neckte sie ihn. »Also, der wohnt jetzt in Altona. Goetheallee 10.«

»Danke, bist ein Schatz.«

»Denk an die Blaulichtfahrt.«

»Mach ich!«

Er legte schnell auf, doch vor seinem inneren Auge haftete das Bild ihres Gesichts.

Peer und Carsten hatten sich verabschiedet und gingen zum Ausgang. Vor der Tür trafen sie auf Postel, der wie gehetzt eine Zigarette rauchte.

»Ach, Herr Postel, gut, dass ich Sie treffe«, blieb Peer direkt vor dem Vorarbeiter stehen. Dem schoss sofort sämtliche Farbe aus dem Gesicht, er verschluckte sich an dem inhalierten Zigarettenrauch.

»Rauchen ist ungesund«, entfuhr es Nielsen.

Herr Postel trat die Zigarette aus und wollte sich zum Gehen wenden. »Halt«, rief Peer. Abrupt blieb der andere stehen.

»Ich sagte doch, ich hätte noch ein paar Fragen.«

»Hier? Auf der Trauerfeier?«

Nielsen nickte. Besonders traurig erschien ihm der Mitarbeiter ohnehin nicht.

»Worum ist es in dem Streit zwischen Ihnen und Ihrem Chef gegangen?«

»Streit?« Herr Postel schaute ihn an, als habe er keine Ahnung, wovon Peer sprach, doch an der gespannten Körperhaltung war deutlich abzulesen, dass er genau wusste, worum es ging.

»Verkaufen Sie mich nicht für dumm«, ärgerte Peer sich. »Ihre Mitarbeiter haben ausgesagt, dass es öfters Streit gab und in der letzten Woche sogar einen gewaltigen. Also?« Er trat mit einem Bein auf sein Gegenüber zu. »Worum ging es?«

Dem Mann war mittlerweile jeder Hauch einer Gesichtsfarbe entwichen. »Naja, wie es halt so ist, manchmal hat man mit seinem Chef halt Zoff, kennen Sie doch bestimmt auch, oder?« Postel blickte von Peer zu Carsten und zurück.

»Ich sagte, Sie sollen mich nicht für dumm verkaufen«, fauchte Peer. Er hatte jetzt wirklich genug von diesen Spielchen.

»Ging es um Geld? Oder darum, dass auch Sie mit diesem Willi Krause gemeinsame Sache machen?«

»Ja, es ging um Geld.«

»Worum genau?«

Der Vorarbeiter zögerte. Scheinbar überlegte er, was er antworten sollte. »Herr Postel«, drohte Peer. »Es geht um Mord. Ich kann Sie auch mit aufs Präsidium nehmen.«

»Ach, was soll's«, gab der Mann sich geschlagen. »Es kommt sowieso raus, da Manni wahrscheinlich eine Anzeige gemacht hat, bevor er …« Er stockte.

»Und daran wollten Sie ihn hindern?«

»Nein, so ist es nicht. Es ist …« Postel kam immer mehr ins Stottern. Und verstärkte damit Nielsens mieses Gefühl. Von Beginn an war ihm klar gewesen, dass der Typ Dreck am Stecken hatte.

»Wie ist es dann?« Er ging einen Schritt auf den Vorarbeiter zu. Die beiden stierten sich an. Plötzlich kam eine Gruppe lachender Leute aus dem Hotel und entschärfte die Situation. Peer hatte für einen winzigen Moment das Gefühl, der andere könne die Flucht ergreifen, doch der blieb wie gelähmt stehen.

»Also«, er fasste den Mann am Arm, »es ist besser, wenn Sie mit aufs Präsidium kommen. Da können wir Ihr Geständnis zu Protokoll nehmen.«

Die Gegend, in der die Anschrift, die Marita ihm genannt hatte, lag, war nicht bedeutend besser als in Hamm. Das Viertel wirkte reichlich multikulti, was Boateng an sich nicht störte. Er empfand diesen Umstand eher als Vorteil, denn so fiel er überhaupt nicht auf. Aber die Häuser waren heruntergekommen, und so sauber wie beispielsweise in den Elbvororten oder an der Alster war es hier lange nicht. Zumindest pulsierte das Leben. Michael kam an einem türkischen Gemüseladen vorbei, vor dem es wie auf einem Basar zuging. Nur ein paar Schritte entfernt wohnte Jürgen Konnitzer.

Die Schilder waren kaum lesbar, Boateng drückte den Knopf, neben dem der Schriftzug am ähnlichsten aussah wie der Name des Gesuchten. Die Wohnung lag im Erdgeschoss, er konnte das schnarrende Läuten durch die einfach verglasten Fenster hören, die zudem geöffnet waren.

Kurz darauf wurde ein Kopf herausgestreckt.

»Herr Konnitzer?« Boateng musterte den Mann. Genauso hatte er sich immer einen Fleischer vorgestellt. Auch wenn es nur ein Klischee sein mochte, aber das bullige rote Gesicht mit der breiten Nase und vernarbten Haut passte genau in sein Bild.

»Wer will das wissen?«, bellte Konnitzer ihn an.

»Kommissar Boateng, Mordkommission.«

»Mordkommission? Damit habe ich nichts zu tun.«

»Womit haben Sie nichts zu tun?«

»Egal, weswegen Sie hier sind, ich habe niemanden umgebracht.«

Das wird sich zeigen, dachte Michael und lächelte. »Darf ich trotzdem kurz?« Er deutete zur Tür.

Jürgen Konnitzer reagierte zunächst nicht auf die Frage, nickte dann aber. »Moment.«

Wahrscheinlich war ihm bewusst geworden, wie auffällig es wäre, wenn er sich weigerte. Dass diese augenscheinliche Gesprächsbereitschaft für Boateng genauso verdächtig war, schien dem Schlachter nicht in den Sinn zu kommen. Ein kratziges Schnurren erklang, und Michael drückte die schäbige Eingangstür auf. Ein Schwall von Essensgerüchen schwang ihm entgegen. Fremd, aber nicht unbedingt unangenehm, wertete Boateng.

Konnitzer lehnte im Türrahmen, als er um die Ecke sprang. »So, und was genau wollen Sie von mir?«

»Ist reine Routine«, versuchte Boateng auf den Mann einzuwirken und blickte über die Schulter in die Wohnung, was bei der massigen Gestalt nicht einfach war.

»Es geht um den Mord an Manni Böhm.«

»Diesen Lumpensammler?«

Zumindest gehört hatte er von dem Fall.

»Ja, kannten Sie den Mann?«

»Nein, nein, nun ja. Nur so vom Hörensagen und aus der Zeitung.«

Michael musterte den Konnitzer. Dieser Mann las Zeitung? Wahrscheinlich nicht unbedingt die seriösesten Blätter, schätzte er.

»Nicht persönlich?«

»Nein.«

Boateng nickte. »Es geht darum, dass der Leichnam fachmännisch zersägt worden ist.«

»Zersägt? Fachmännisch. Und was wollen Sie von mir? Ich bin kein Tischler.«

»Nein, aber Fleischer, da zerlegen Sie ja Tiere, oder?«

»Früher schon. Bin aber aus der Übung, denn momentan bin ich in der Fleischerei für die Sortierung der Innereien und so zuständig.«

Hm, überlegte Boateng. Aus der Übung passte in diesem Fall sogar, schließlich hatte Dr. Choui gesagt, dass die Schnittränder eine unscharfe Säge erahnen ließen. Er musterte den Mann.

Mist, dass wir nicht den exakten Todeszeitpunkt kennen, so kann ich nur vage nach einem Alibi fragen. Vielleicht ist es geschickter, nach seinem Arbeitswerkzeug zu fragen.

»Das stellt meine Firma und befindet sich dort, wobei ich momentan wie gesagt nicht schlachte, sondern sortiere.«

»Und haben Sie privat Werkzeuge? Messer? Säge?«

Der Mann schluckte kurz, dann verneinte er.

22. KAPITEL

»So, also von vorne. Worum ging es in dem Streit genau zwischen Ihnen und Manni Böhm?«

Peer saß mit Postel in seinem Büro und hatte mit dessen Einverständnis ein Tonband zur Aufzeichnung der Aussage eingeschaltet.

»Wie gesagt, es ging um Geld.«

»Geld?« Peer hob die Augenbraue. »Wollten Sie mehr Lohn? Schulden Sie jemanden Geld? Vielleicht sogar Manni Böhm?«

»Nicht direkt.«

»Was heißt hier nicht direkt?«

Diesem Typen musste man alles aus der Nase ziehen.

»Nun ja, also, es geht darum«, druckste der Vorarbeiter herum.

»Nicht nur Schröder hat mit Krause gemeinsame Sache gemacht.«

»Schröder?«

»Ja, der Mitarbeiter, dem Willi Krause das Geld gegeben hat.« Peer erinnerte sich an den Mann bei Fairstoff, bei dem Krause angeblich Schulden gehabt haben sollte.

»Und?«

»Ich habe auch … Also …«

»Herr Postel«, ermahnte Peer sein Gegenüber, da er das Gefühl hatte, der Vorarbeiter suche eine Ausflucht.

»Ja gut, also wir haben Container aufgestellt.«

»Container?«

»Ja, Kleiderboxen.«

»Ach so, und?«

»Illegal. Verstehen Sie, das muss man sich genehmigen lassen, und Manni Böhm hatte sich von der Stadt sämtliche Vorrechte erkauft. Da kann man nicht daherkommen und Altkleiderboxen aufstellen.«

»Aber was macht Willi Krause sonst?«, wunderte sich Peer. War dieser Markt wirklich derart hart umkämpft?

»Ja, das ist es ja. Der stellt immer illegal auf. Wie soll der sonst an Altkleider kommen? Oder der sammelt privat. Mit diesen Waschkörben. Kennen Sie vielleicht.«

Nielsen erinnerte sich, dass er schon mal einen alten Wäschekorb vor seiner Eingangstür gesehen hatte und an eine Mitteilung über die Kleidersammlung in seinem Postkasten. Er hätte jedoch nie geahnt, welch großer Markt dahintersteckte und dass Manni Böhm in Hamburg ein Monopol darauf hatte. Kein Wunder also, wenn es Neider wie Krause und Postel gab.

»Die Körbe und so sind legal, aber die Container nicht.«

»Ach so?« So langsam verstand Peer.

»Ja, dafür haben wir keine Genehmigung.«

»Wir? Sie machen also generell mit Willi Krause gemeinsame Sache.«

»Ja, ja, ich weiß, das ist eigentlich nicht rechtens. Habe ihm ein paar Mal Klamotten zugeschustert.«

»Daher hat er neulich den Kastenwagen mitgenommen?«, mutmaßte Peer. Postel nickte stumm.

»Und Manni Böhm ist dahintergekommen?«

»Ja.«

»Und wollte Sie anzeigen?«

»Und Willi Krause.«

»Aber dazu ist er nicht mehr gekommen«, stellte Nielsen fest. »Oder?«

Die letzten Trauergäste waren gegangen, und Marion kümmerte sich um die Rechnung, während Greta Böhm völlig erschlagen auf der Terrasse saß und auf die Elbe blickte.

Ein großes Containerschiff zog vorbei, doch als Marion schließlich zu ihrer Schwester trat und diese anblickte, hatte sie das Gefühl, dass die von ihrer Umwelt nichts wahrnahm.

Sicher war der ganze Trubel anstrengend gewesen, auch sie fühlte sich wie gerädert, aber nun war Gott sei Dank alles vorbei. Alles – bis auf die morgige Testamentseröffnung.

»Wollen wir gehen?«

Dankbar nickte die andere und nahm ihre Handtasche, die eher wie ein Koffer wirkte. Bestimmt auch aus der Altkleidersammlung, mutmaßte Marion ärgerlich. Doch damit war jetzt Schluss, nach der morgigen Testamentseröffnung begann ein neues Leben für ihre Schwester, dafür würde sie sorgen. Sie hatte einige Zweifel, ob Manni seine Frau als Alleinerbin eingesetzt hatte, aber es hatte sonst niemanden in seinem Leben gegeben, oder? Kinder hatte er jedenfalls keine, und verheiratet war er zuvor nicht gewesen, soweit sie wusste. Aber selbst wenn, ein Pflichtteil stand der Ehefrau so oder so zu, und dafür würden sie, wenn es sein musste, kämpfen.

»Sei mir nicht böse«, entgegnete ihre Beifahrerin, als Marion die Auffahrt entlang auf den Eingang zusteuerte. »Ich möchte allein sein.«

»Wirklich?« Marion musterte sie eingehend von der Seite. Musste sie sich Sorgen machen? Würde sie klarkommen? Oder sich womöglich etwas antun? Doch momentan wirkte sie erstaunlich klar.

»Dann hole ich dich morgen Vormittag pünktlich ab?«

»Ja.«

Greta Böhm stieg aus dem Wagen und winkte Marion kurz zu, die nicht ohne Bauchschmerzen davonfuhr. Doch sie hatte sich zu fügen, wollte sich nicht zu sehr aufdrängen, auch wenn sie die Schwester nicht gerne alleine ließ.

Aber sie musste mal wieder nach Hause. Sich frischmachen und selbst zur Ruhe kommen. Die letzte Zeit war anstrengend und aufregend gewesen. Nicht so sehr wegen der Trauer um Manni, dem heulte sie nicht eine Träne nach, aber die ganzen Formalitäten, um die sie sich hatte kümmern müssen, hatten sie viel Kraft gekostet, und am heutigen Tag hatte letztendlich alles an ihr gehangen, da die Witwe sich im Hintergrund gehalten hatte.

Sie stieg aus ihrem Wagen, den sie vor der kleinen Wohnung in Bahrenfeld geparkt hatte. Seit der Scheidung lebte sie hier. Die Wohnung war nicht besonders groß, aber reichte aus. Außerdem war das tausendmal besser als das, was ihrem Exmann geblieben war.

Aber daran war er selber schuld. Hätte sich ja nicht durch sämtliche Betten Hamburgs schlafen müssen. Wie naiv sie doch gewesen war. Nichts, aber auch gar nichts hatte sie mitbekommen. Bis ihr eine Freundin die Augen geöffnet hatte. Aber mit diesem Kapitel hatte Marion abgeschlossen – generell mit den Männern. In diesem Bereich schien sie kein Glück zu haben, aber das lag wohl in der Familie.

Sie seufzte, schloss die Tür auf und warf sie hinter sich zu; ließ den Tag und ihre negativen Gedanken draußen, streifte sie an der Haustür mit den viel zu engen Pumps ab.

23. KAPITEL

Peer war am nächsten Morgen früh auf den Beinen. Er hatte gestern aufgrund der Aussage von Postel einen Haftbefehl beim Staatsanwalt erwirkt, musste aber handfeste Beweise herbeischaffen, da er den Vorarbeiter ansonsten laufen lassen musste.

Gestern Abend hatte er die Fingerabdrücke in die KTU geschickt und einen DNA-Abgleich veranlasst. Dann hatte er Willi Krause und Kurt Schröder polizeilich vorgeladen und rechnete jetzt damit, dass die Kollegen die beiden jeden Moment zum Verhör vorführen mussten.

Gerhard Fritsche betrat sein Büro, nachdem er kurz angeklopft hatte. Er sah heute viel besser aus, bemerkte Peer und freute sich, dem Vorgesetzten die zumindest kleinen Ermittlungserfolge präsentieren zu können.

»Ich hatte gleich das Gefühl, dass mit dem etwas nicht stimmt«, bemerkte Peer, als Fritsche ihn lobte.

Kurz darauf wurde Willi Krause ins Verhörzimmer geführt. Boateng nahm sich nebenan Kurt Schröder vor.

»Nun, Herr Krause, wir haben eine Aussage, die Sie im Mordfall Manni Böhm belastet«, konfrontierte Nielsen den Mann mit seinen Verdächtigungen. Er saß dem Altkleiderhändler gegenüber und beobachtete sehr genau dessen Reaktion. Zwischen ihnen auf dem Tisch stand ein Tonbandgerät, das das Verhör aufzeichnete.

»Was, wer sagt denn so was?« Die Stimme des Verdächtigen zitterte eigenartig.

»Nun, wir haben eine Aussage, der zufolge Sie illegale Geschäfte zum Schaden Manni Böhms getätigt haben.«

»Ja, aber … Hat Postel das gesagt?«

»Das tut hier nichts zur Sache.«

»Das kann nur Postel gewesen sein, aber der steckt genauso mit drin.«

»Deswegen sitzt er in Untersuchungshaft«, erklärte Peer.

»Was?« Krause schluckte. »Aber wieso denn? Wir haben doch nur ein paar Container aufgestellt, und ab und an hat Postel mir ein paar Fuhren zugeschanzt. Mit dem Mord haben wir nichts zu tun.«

»Sind Sie da so sicher? Würden Sie für Ihren Kumpanen die Hand ins Feuer legen?«

»Na ja«, druckste Willi Krause herum. »Man steckt in einem Menschen nicht drin. Aber ich habe damit nichts zu tun. Das müssen Sie mir glauben.«

Gut möglich, dass Willi Krause beim Mord nicht selbst mit Hand angelegt hatte, aber vielleicht hatte er geholfen, die Leiche zu entsorgen. Irgendwo musste der Leichnam zerlegt worden sein. Und das war sicherlich eine ganz schöne Sauerei gewesen. Nielsen schaltete das Tonbandgerät aus und hob den Telefonhörer ab.

»Ja, Hartmut, ich bräuchte zwei Durchsuchungsbefehle.«

»Schon wieder? Und dann gleich zwei. Das wird immer schöner«, schmunzelte der Staatsanwalt. »Diesmal seid ihr nicht schon wieder mit der Durchsuchung fertig, oder?«

»Nein, nein«, entgegnete Peer und blickte dabei in Willi Krauses erstaunte Augen.

»Bist du bereit?« Marion blickte ihre Schwester fragend an, die heute blasser als in den Tagen zuvor wirkte.

Die Kanzlei des Notars lag in einer hübschen Altbausiedlung. Sie hatten lange nach einem Parkplatz suchen müssen und waren deshalb ein paar Mal um den Block gekreist. Nun waren sie ziemlich spät dran.

»Komm«, trieb sie zur Eile an.

Das Haus, in der sich die Kanzlei befand, war ebenso alt wie die anderen Häuser in der Straße, aber wirkte äußerst gepflegt. Marion drückte den Klingelknopf, woraufhin der Türöffner leicht summte und sie die schwere Holztür aufstieß.

Im Flur roch es frisch gebohnert, und auch das Messingschild mit dem Namen des Notars glänzte am Eingang zur Kanzlei.

Eine junge Frau in hellblauem Kostüm begrüßte sie und bat sie, in einer Sitzgruppe Platz zu nehmen. Sie waren die einzigen Mandanten und warteten geduldig, dass man sie aufrief. Immer wieder blickte Marion zu ihrer Schwester, die recht teilnahmslos auf dem Stuhl saß. Was, wenn das Testament eine böse Überraschung enthielt? Würde sie das aushalten? Überstehen? Und wenn Manni sie enterbt hatte, wie sie es ihm durchaus zutraute, wovon sollte sie leben? Konnten sie das Testament anfechten? Und wem sonst hätte Manni sein Vermögen vermacht? Viele Fragen kreisten in Marions Kopf herum, sodass die Notargehilfin zweimal rufen musste, bis sie verstand, dass sie an der Reihe waren.

Der dicke Teppich, der über die alten Dielenbodenbretter gelegt war, dämpfte die Schritte ins Büro. Dort saß Herr

Bendixen und blickte ihnen von seinem Schreibtisch aus lächelnd entgegen.

»Nehmen Sie Platz, meine Damen«, forderte er sie auf und wies auf zwei schwere Holzstühle mit dickem Sitzpolster.

»Es ist kein schöner Anlass, weswegen wir uns zusammengefunden haben, aber es war der Wunsch Ihres …«, er schluckte, »… verstorbenen Gattens, dass das Testament von mir entsprechend verlesen wird.« Herr Bendixen räusperte sich.

Er nahm einen versiegelten Umschlag und riss diesen vor ihren Augen auf. Das Zerreißen des Papiers durchschnitt die Stille des Raumes kurz, ehe er die Blätter geräuschvoll aus dem Kuvert fingerte.

Marions Augen waren auf den Mann am Schreibtisch gerichtet, während die Witwe mit gebeugtem Kopf neben ihr wartete. Marion schluckte, sie hatte einen staubtrockenen Hals. Blinzelnd versuchte sie sich zu konzentrieren. Dieser Augenblick war wichtig.

Dennoch nahm sie die Informationen des Notars wie durch einen Nebelschleier wahr. Obwohl die Nachrichten, die verlesen wurden, für ihre Schwester äußerst günstig waren. Wider Erwarten hatte Manni Böhm seine Frau als Alleinerbin eingesetzt.

Peer sprang geradezu aus dem Dienstwagen und sprintete auf den Eingang von Manni Böhms Firma zu. Als er jedoch sah, wie wenig Betrieb hier herrschte, drosselte er sein Tempo. Da der Vorarbeiter sich in U-Haft befand, gab es zurzeit anscheinend niemanden, der sich verantwortlich fühlte. Zwar hatte ein Fahrer einige der Container geleert, und ein paar Frauen sortierten entsprechend die Altkleider, aber ansonsten war wenig los in der Halle. Nielsen wusste nicht, wem er seinen Durchsuchungsbefehl unter die Nase halten sollte. »Wer ist hier zuständig?«, fragte er eine der Sortierfrauen, doch deren Antwort bestand lediglich aus einem Schulterzucken.

»Gut, dann ist für heute Feierabend«, rief er in die Halle. »Ich habe einen Durchsuchungsbefehl. Sie lassen bitte auf der Stelle alles stehen und liegen und verlassen das Gelände.«

Etwas zögernd ließen die Arbeiterinnen ihre Arbeit fallen und machten sich auf den Weg nach draußen.

»Versuch mal die Witwe anzurufen«, bat Peer Boateng, der seinen Chef begleitete, sich aber zunächst draußen auf dem Hof umgesehen hatte. »Die soll uns sagen, wer zuständig ist.«

Nielsen rief die Leute von der KTU zu sich und wies sie in die Halle ein. »Vorne sind die Altkleider. Hier scheint es mir am wahrscheinlichsten, Spuren zu finden. Im Büro hinten werden die Böhm kaum zersägt haben.« Er grinste etwas schief.

»Besser, ihr lasst zunächst die Hunde vor«, empfahl Peer. »Vielleicht finden die am ehesten Blutspuren.« Er beobachtete, wie die Kollegen von der Hundestaffel durch die Halle streiften.

»Da geht keiner ran«, informierte Michael Peer über seinen erfolglosen Versuch, Frau Böhm zu erreichen. »Und bei der Christiansen auch nicht.«

»Hm, egal. Wir machen weiter.«

Noch immer ganz stumm standen die beiden Frauen auf der Straße. Sie hatten sich untergehakt und wankten zum Auto. Mechanisch stiegen sie ein und saßen da, schauten durch die Windschutzscheibe, bis Marion nicht mehr an sich halten könnte. Prustend brach es aus ihr heraus, und sie lachte und lachte und lachte. So ansteckend, dass auch ihre Schwester zumindest kurz aufgluckste.

»Das muss gefeiert werden«, verkündete Marion Christiansen daraufhin und startete den Wagen. Sie fuhr ins beste Restaurant an der Alster und bestellte Champagner und Austern.

»Ich habe bei dem Vorarbeiter vorgefühlt«, gestand sie, nachdem sie angestoßen hatten. »Er würde die Firma übernehmen.«

»Übernehmen?«

»Ja, oder willst du etwa selbst?«

Greta Böhm schüttelte den Kopf.

»Ich mache mich gleich morgen schlau, was du verlangen kannst. Mensch, Schwesterherz – du hast ausgesorgt, jetzt freu dich mal.«

Die Witwe nickte und nippte an ihrem Glas. Der Champagner schmeckte sauer und hinterließ einen pelzigen Belag auf der Zunge. Eigentlich mochte sie keinen Alkohol, aber ihre Schwester hatte in der letzten Zeit so viel für sie getan, da wollte sie nicht Nein sagen, obwohl sie sich nach wie vor lieber verkrochen hätte.

Marion hingegen schmiedete Pläne. »Du kannst endlich in Urlaub nach Mallorca oder in die Karibik fahren.«

»Ist die Firma so viel wert?«

»Keine Ahnung, aber du hast doch gehört, was der Notar

gesagt hat, sämtliche Vermögenswerte gehören nun dir. Auch das Depot, das Haus …«, plapperte Marion aufgeregt.

Greta Böhm hatte nicht wirklich gehört, was der Mann hinter dem massiven Holzschreibtisch gesagt hatte, und selbst jetzt begriff sie nicht, was das bedeutete. Nur, dass sie frei war.

Sie holte ihr Handy heraus und wollte Lars anrufen, aber sah einen Anruf in Abwesenheit.

»Oh, die Polizei«, informierte sie Marion, nachdem sie die Mailbox abgehört hatte. »Sie durchsuchen die Firma.«

»Was? Wieso das denn? Wonach denn?«

Das, wonach Peer gesucht hatte, ließ sich auch nach stundenlangem Suchen in der riesigen Halle nicht aufspüren.

»Mist, keinerlei Hinweise auf ein Verbrechen. Und auch sonst nichts, was Postel oder Krause weiter belastet. Bleibt noch die Firma von Krause. Wie weit sind die Kollegen da?«

Parallel hatte ein zweites Team der Spurensuchung unter Aufsicht von Jens und Carsten den Betrieb von Willi Krause unter die Lupe genommen. Auch dort waren die Ergebnisse ernüchternd.

»Nichts, hat Carsten gemeldet. Rein gar nichts zu finden«, stöhnte Boateng.

Reichlich frustriert fuhren sie in die Dienststelle, wo sie bereits die nächste Hiobsbotschaft erwartete. Keiner der Fingerabdrücke vom Koffer passte zu Postel oder Krause.

»Na gut, er kann Handschuhe getragen haben, aber das bringt uns nichts«, kommentierte Nielsen die niederschmetternde Nachricht. Es fiel ihm schwer weiterzumachen, aber vor seinem Team musste er sich motiviert zeigen.

Den Tag verbrachten sie damit, die Nachbarn und Freunde des Vorarbeiters zu befragen. Das verstärkte den Frust allerdings, denn laut deren Aussagen war Postel ein freundlicher und anständiger Mensch, was zwar nichts heißen musste, aber eben auch keinen konkreten Anhaltspunkt lieferte. So blieb die Stimmung im Team bis zum Abend gedrückt.

»Gehen wir ein Bier trinken?« Boateng stand in der Tür.

»Warum nicht?«, seufzte Peer und fuhr rasch den Computer herunter. Er war froh, dem all hier entfliehen zu können.

Sie fuhren ins Schanzenviertel und kehrten in eine der zahlreichen Kneipen ein.

»Ich verstehe das nicht«, fing Boateng nach einer Weile an, in der sie schweigend vor ihren Getränken gesessen hatten, »dass es gar keine Spuren gibt.«

»Womöglich denken wir in die falsche Richtung.«

»Wie?«

»Vielleicht war es Absicht vom Täter, dass wir genau in dieser Altkleidergeschichte herumwühlen. Die Leichenteile dort zu verstecken, war vermutlich Teil seines Plans, um uns auf diese Fährte zu locken und Postel und Krause verdächtig zu machen. Hat ja auch geklappt; nur geht das Ganze nicht auf, denn bloß weil die beiden illegal Container aufstellen und keine angenehmen Zeitgenossen sind, müssen sie noch lange keine Mörder sein. Der Täter kann ein anderes Motiv gehabt haben.«

»Stimmt«, gab Michael ihm recht. »Aber in welche Richtung sollen wir ermitteln?«

Peer nahm einen Schluck Bier. »Fakt bleibt, wie Dr. Choui gesagt hat, der Täter könne aus dem näheren Umfeld stammen. Das heißt aber nicht, dass der etwas mit Altkleidern zu tun haben muss. Jeder kann praktisch zum Mörder werden – es ist nur eine Frage der Umstände und der persönlichen Hemmschwellen«, zitierte er Frau Michaelsen. »Was ist beispielsweise mit dem Stiefsohn?«

»Auf mich macht der einen anständigen Eindruck, aber es stimmt, der Streit ist verdächtig. Wahrscheinlich war das ein ganz mieses Verhältnis zwischen Lars und Manni Böhm.«

»So leicht ist das nicht, wenn man mir nichts, dir nichts einen anderen Vater vorgesetzt bekommt.« Peer war selbst Scheidungskind und wusste zu gut, wie sehr einen die Trennung der Eltern mitnahm. Wenn dann neue Partnerschaften hinzukamen, waren Reibereien meist vorprogrammiert.

»Er ist nicht zur Beerdigung gekommen. Nicht einmal seiner Mutter zuliebe.«

Auch das konnte Peer gut verstehen. Das Verhältnis zwischen ihm und seiner Mutter war ebenfalls seit der Scheidung gestört. Unbewusst warf er ihr die Trennung vom Vater vor, obwohl er eingestehen musste, dass er zur Beerdigung des Lebenspartners gegangen wäre. Auch selbst wenn er es nur täte, weil er glaubte, es gehöre sich so.

Was also war zwischen Manni Böhm und seinem Stiefsohn vorgefallen, dass die Gräben derart tief in der Familie waren?

»Wir sollten Lars befragen. Und auch die Schwester, diese Marion Christiansen, knöpfen wir uns vor. Irgendetwas müssen wir schlichtweg übersehen haben.«

24. KAPITEL

Durch die neuen Aufgaben motiviert machte sich am nächsten Morgen nach einer kurzen Besprechung das komplette Team auf den Weg. Sie schwärmten in der Nachbarschaft aus und befragten sämtliche Anwohner, was für ein Typ Manni Böhm gewesen und ob ihnen in der letzten Zeit etwas Ungewöhnliches aufgefallen sei.

Die Nachbarn in dem recht vornehmen Viertel hielten sich bedeckt. Viel Kontakt habe man nicht gehabt, und in die Angelegenheiten anderer Leute mische man sich ohnehin nicht ein. Typisch hanseatische Haltung, bewertete Nielsen die Ergebnisse, die trotz aller Reserviertheit jedoch eines bestätigten – Manni Böhm war nicht besonders beliebt gewesen bei seinen Mitmenschen.

»Ist nichts Neues«, beurteilte Boateng die Quintessenz ihrer Arbeit, als er mit Peer zusammen zur Witwe ging. »Fragt sich nur, wie die es mit ihm ausgehalten hat.«

Vor der offenen Tür standen mehrere Altkleidersäcke. Nielsen warf Boateng einen Blick zu, als Marion Christiansen ihnen mit zwei weiteren Tüten beladen entgegentrat.

»Ach, Herr Kommissar«, begrüßte sie Nielsen und stellte leicht ächzend die Säcke zu den anderen. »Gibt es etwas Neues?«

Peer schüttelte stumm den Kopf und blickte fragend auf den Beutelhaufen.

»Das ist Teil der Trauerarbeit«, erklärte Marion Christiansen. »Meine Schwester muss anfangen, das hinter sich zu lassen. Und Mannis Kleidung zu entsorgen ist Teil der Bewältigung.«

»Aha«, entgegnete Boateng, »aber wäre es nicht gut, wenn wir erst den Mörder fassen? Ist das nicht wichtiger für Frau Böhm? Wie soll sie zur Ruhe kommen, wenn der Mörder ihres Mannes frei herumläuft?«

Er konnte sich nicht vorstellen, ruhig zu schlafen und ein Leben mit einem geliebten Menschen hinter sich zu lassen, solange nicht klar war, wie und warum dieser überhaupt zu Tode gekommen war.

»Natürlich, aber bisher gibt es nichts, oder?« Sie blickte ihn beinahe provozierend an. »Und wir können Ihnen wohl kaum bei Ihrer Arbeit helfen.«

»Wieso nicht?« Peer machte einen Schritt auf Marion Christiansen zu. »Ihre Aussagen sind enorm wichtig für uns. Und momentan gehen wir einigen konkreten Spuren nach, zu denen wir Ihre Hilfe gut gebrauchen könnten. Oder liegt Ihnen nichts an der Aufklärung des Mordes an Ihrem Schwager?«

»Schon.« Ein Schatten huschte über das Gesicht der Frau, doch schnell hatte sie sich gefasst.

»Na gut, dann bitte, treten Sie ein.«

Sie wischte sich die Hände an der Hose ab und ging ins Haus. Peer und Boateng folgten ihr.

»Also? Welche Fragen haben Sie?« Marion Christiansen blieb im Wohnzimmer stehen. Peer blickte sich suchend um, doch von der Witwe war weit und breit nichts zu sehen.

»Es geht um das persönliche Umfeld. Geschäftlich haben wir alles untersucht.«

»Ach so? Auch den Vorarbeiter und diesen Willi Krause? Sitzen die nicht in U-Haft?« Die Frau war bestens informiert, was kein Wunder war, schließlich schien sie das Leben von Frau Böhm komplett in die Hand genommen zu haben.

»Ja, aber privat hatte Ihr Schwager vielleicht Streit?«

»Schon, er war nicht besonders umgänglich, wenn Sie verstehen, was ich meine.« Sie rang sich eine Art Lächeln ab.

»Können Sie das spezifizieren?«

»Er fuhr den Leuten gerne über den Mund, ließ keine Meinung außer seiner eigenen gelten und so. Das passt nicht jedem.«

»Ihnen?«

»Hören Sie«, die Schwägerin des Verstorbenen stemmte die Hände in die Hüften, »ich habe das meiner Schwester zuliebe ertragen, obwohl unsere Beziehung sehr darunter gelitten hat. Ich war nicht gerne hier. Habe ohnehin nicht verstanden, wie man es mit solch einem Kerl aushalten kann.«

»Wo ist Frau Böhm eigentlich?« Peer blickte sich erneut um.

»Hat sich hingelegt. Das alles nimmt sie sehr mit.« Marion Christiansen presste die Lippen zu einem schmalen Streifen zusammen.

»Haben Sie Kontakt zu Ihrem Exmann?« Nielsen beobachtete die Miene der Angesprochenen, doch ähnlich, wie wenn die Rede von Manni Böhm war, verzog sie beim Namen Gregor Christiansen sauertöpfisch das Gesicht.

»Was mein Exmann treibt, interessiert mich nicht. Nicht mehr. Keine Ahnung, ob der mit Manni zu tun hatte.«

»Und wie ist es mit Lars? Da gab es doch Streit.«

Sie zuckte mit den Schultern. »Da müssen Sie ihn selbst fragen.«

Während Peer und Boateng zur Arbeitsstelle von Manni Böhms Stiefsohn fuhren, ließen sie das vorangegangene Gespräch Revue passieren.

»Komisch ist die schon«, bemerkte Peer, und Michael stimmte ihm zu. »Aber verstehen kann ich sie. Man kann sich seine Verwandten nicht aussuchen.« Nielsen dachte unweigerlich an den Lebenspartner seiner Mutter, den er nicht besonders mochte. Er konnte gar nicht genau sagen, woran es lag, vermutlich war Norbert sogar ein ganz netter Kerl, aber Peer hatte ihm nie so recht eine Chance gegeben, das zu beweisen. Vielleicht ein Fehler?

»Ich würde zu gern wissen, was genau in dieser Familie vorgefallen ist«, rätselte Michael. »Ist doch merkwürdig, wenn Marion Christiansen sich fragt, wie ihre Schwester es mit dem Mann überhaupt ausgehalten hat, oder? Und dann dieser Streit mit Lars.«

»Das muss nichts heißen. Vielleicht war er zu seiner Frau anders.«

»Meinst du?« Michael zweifelte stark daran. »Allein, diese ›Ausflüge‹ mit seinem Freund Justus Hollmann und die Affäre mit dessen Frau. Mal ehrlich, da kann der die Böhm nicht wirklich geliebt haben, oder?«

»Vielleicht hatten die beiden eine andere Wahrnehmung. Warum sonst sollte der Tod ihres Mannes sie derart aus der Bahn werfen? Die müsste doch froh sein, diesen Tyrannen los zu sein.«

»Eigentlich schon«, stimmt Boateng Peer zu, als dieser auf den Parkplatz vom Hotel fuhr, in dem der Stiefsohn des Opfers arbeitete.

»Nein, Herr Mohr ist krank und seit ein paar Tagen nicht zur Arbeit gekommen«, gab ihnen die junge Frau am Empfang Auskunft.

Nielsen runzelte die Stirn. »Können Sie uns die Privatadresse geben?« Er zeigte ihr seinen Dienstausweis.

»Selbstverständlich.« Sie griff nach einem Notizzettel und fingerte aus einer Dose einen Kugelschreiber.

»Sagen Sie«, mischte Michael sich ein, »wie ist denn Ihr Kollege so?«

Die Hotelfachfrau schaute ihn verständnislos an. »Bitte?«

»Na, was ist er für ein Typ? Wie würden Sie ihn beschreiben?«

»Ich weiß nicht«, scheute die junge Frau sich, Angaben über Lars Mohr zu machen. »Ganz nett, aber hin und wieder, naja …«

»Was hin und wieder?«, hakte Peer nach.

Der bekommt ab und zu so Ausraster. Aber ich will nichts gesagt haben, er ist schließlich mein Chef.« Peer nickte und bedankte sich für die Adresse.

»Mann«, stöhnte Boateng, als sie wieder in den Wagen stiegen. »Ich habe das Gefühl, wir fahren von A nach B nach C, als befinden wir uns auf einer Art Schnitzeljagd. Wenn doch endlich jemand mal den Mund aufmachen würde. Das gibt es doch gar nicht.«

Am nächsten Morgen war die Stimmung auf dem absoluten Nullpunkt angekommen. Die Presse war schlechter denn je, und Fritsche hatte ordentlich Druck bekommen, den er diesmal an das Team weitergab. Die Nerven lagen blank.

»Ihr müsst doch irgendeinen Ansatz haben!«

»Schon«, verteidigte Nielsen ihre Arbeit, »aber wenn nichts zusammenpassen will.« Er war selbst mehr als frustriert. Solch einen Ermittlungsstillstand hatte es in seiner bisherigen Laufbahn noch nie gegeben.

»Was ist denn mit diesem Vorarbeiter? Postel, oder?«

»Da haben wir nichts außer den illegal aufgestellten Containern.«

»Aber der Mann hat doch ein Motiv«, bellte Fritsche in den Raum.

»Äh, welches?«

»Na Geld!« Sein Vorgesetzter schaute ihn an, als habe er es mit einem blutigen Anfänger zu tun. Und Nielsen konnte die Enttäuschung seines Chefs beinahe körperlich spüren. Oder war es der Druck, der auf ihnen allen lastete? Normalerweise gab es keine Anforderungen, wie schnell und geschickt ein Mord aufgelöst wurde, doch der Fall der Kofferleiche hatte eine enorme Medienpräsenz. Immer noch, obwohl alle Leichenteile gefunden worden waren, aber der Mörder lief frei herum und war aufgebauscht durch die Medien zu einem wahren Monster mutiert. Schlagzeilen wie ›Der Schlachter, wann schlägt er wieder zu?‹ oder ›Brutal zerstückelt – der Säger von Hamburg‹ schürten das allgemeine Interesse der Bevölkerung. Und je länger es dauerte, umso unfähiger wurde die Polizei dargestellt, was wiederum Druck auf Fritsche und letztendlich auf Nielsens Team erzeugte.

»Aber es geht nicht um Millionen«, versuchte Peer das Motiv zu relativieren.

»Ich denke, der will die Firma übernehmen?«

»Schon, aber wir haben nichts gefunden, was auf Postel als Täter hinweist. Und auch diesem Krause ist nichts nachzuweisen. Zumal der Mörder ein regelrechter Fachmann gewesen sein muss«, erinnerte Peer an den Umstand der zerstückelten Leiche.

»Ja und die Liste der Fleischerinnung?« Fritsche schaute erwartungsvoll in den Raum.

»Die haben wir überprüft, aber die möglichen Verdächtigen haben alle ein handfestes Alibi«, gab Carsten Hinrichs Auskunft. Und auch Boateng musste zugeben, dass seine Ermittlungen bezüglich Konnitzer nichts ergeben hatten.

»Der Koffer?« Fritsche klapperte nun jeden ihrer Ansatzpunkte ab. Musste jedoch feststellen, dass es wirklich keine heiße Spur gab.

»Habt ihr die Witwe befragt? Oder den Stiefsohn?«

»Der ist spurlos verschwunden«, musste Peer mitteilen. Sie hatten Lars Mohr gestern auch zu Hause nicht angetroffen. Laut Aussage einer Nachbarin schien dieser verreist. Jedenfalls hatte die nette, gesprächige ältere Dame beobachtet, wie Lars tags zuvor mit einer Reisetasche in sein Auto gestiegen war.

»Dann sucht ihn gefälligst!«

Als Dr. Schröder nach einem Kurzurlaub ihre Mailbox öffnete, stöhnte sie leise. Mannomann, kaum war sie ein paar Tage nicht da, ballerten ihre Patienten sie mit Mails voll.

Sie öffnete einige der elektronischen Nachrichten, aber schon bald verging ihr die Lust, sich mit den Problemen anderer Leute zu beschäftigen. Wie gerne wäre sie ein paar Tage länger fortgeblieben, aber es musste Geld reinkommen, denn mit dem Wohnungskauf in Blankenese vor drei Jahren hatte sie sich finanziell übernommen. Zähne zusammenbeißen, mahnte sie sich selbst, scrollte durch das Postfach und öffnete eine weitere Mail. Flüchtig überflog sie die Zeilen.

Liebe Frau Dr. Schröder,

ich weiß, Sie haben gesagt, dass Sie mir nur helfen können, wenn ich zu Ihnen komme, aber noch einmal möchte ich Ihnen sagen, dass ich das zurzeit nicht schaffe. Trotzdem muss ich mit jemandem reden. Können wir telefonieren? Ich brauche dringend Hilfe, denn ich habe einen Menschen getötet.

Die Zeilen verschwammen bei dem letzten Satz vor Gabrieles Augen. Sie wollte, nein, konnte nicht weiterlesen, denn sie ahnte, was dort stehen würde. Schon seit der ersten Mail hatte sie diese Ahnung gehabt, es aber nicht wahrhaben wollen, es verdrängt. Weil sie sich nicht vorstellen konnte, was geschehen war. Sie lehnte sich in ihrem Stuhl zurück und schloss die Augen. »Ich kann das nicht glauben«, murmelte sie.

25. KAPITEL

Peer hatte auf der Arbeitsstelle von Lars angerufen, aber dort war der Stiefsohn nicht aufgetaucht. Und auch zu Hause war er nicht, denn auf ihr Klingeln und Klopfen öffnete niemand die Tür.

»Vielleicht ist etwas geschehen?« Nielsen hatte Boateng angeblickt, in dessen Kopf sich ähnliche Bilder abspielten. Der Leichnam des jungen Mannes aufgedunsen und umschwirrt von Fliegen in der Wohnung. Sie hatten beide am Türschlitz geschnüffelt, und nach einem kurzen Schulterzucken hatte Peer den Schlüsseldienst gerufen. Während sie auf den Handwerker warteten, hatten sie die Nachbarn befragt, doch niemand von denen hatte Lars Mohr gesehen. Endlich war der Schlüsseldienst gekommen und hatte nach mehrmaligem Rückversichern, dass die Polizei tatsächlich die Kosten für den Auftrag übernehme, die Tür aufgebrochen. Die Wohnung war leer, aber das ließ Nielsen nicht wirklich aufatmen.

Kurzerhand rief er den Staatsanwalt an. »Der ist spurlos verschwunden. Wie vom Erdboden verschluckt. Könnte ein Hinweis dafür sein, dass er etwas mit dem Mord zu tun hat.«

»Wie kommt ihr darauf?«

»Es gab einen Streit zwischen Böhm und seinem Stiefsohn«, erklärte Peer.

»Worum ging es da?«

»Das wissen wir nicht genau, aber es könnte im Zusammenhang mit dem Mord stehen. Jedenfalls ist der Typ abgetaucht.«

»Okay«, gab Hartmut Karstens schließlich grünes Licht für die Fahndung. »Aber ich werde von euch sofort informiert, wenn der auftaucht und es weitere Ermittlungen gibt.« Auch die Staatsanwaltschaft stand enorm unter Druck.

»Machen wir«, versicherte Nielsen. Mehr konnten sie momentan nicht tun. Es galt zu warten.

Darin war jedoch weder Peer noch Boateng besonders gut.

»Vielleicht ist er zu seiner Mutter gefahren?«, deutete Michael an, dass sich ein Besuch dort lohnen könnte.

Frau Böhm sah schlechter aus als je zuvor. Das blasse Gesicht war eingefallen, ihre Augen hatten sich ganz weit in die dunklen Höhlen verkrochen.

»Haben Sie eine Ahnung, wo Ihr Sohn sich aufhalten könnte?«

Die Witwe schüttelte ihren Kopf und schluchzte dabei: »Aber er hat unter Garantie nichts mit Mannis Tod zu tun! Er ist ein guter Junge.« Sie brach förmlich vor ihren Augen zusammen. Michael war so geistesgegenwärtig und fasste der Frau unter den Arm, bevor sie auf den Boden sank. Gemeinsam schleppten sie sie zum Sofa. Sofort war Marion Christiansen zur Stelle – diesmal war Peer allerdings froh darüber.

Sie reichte der Witwe ein Wasserglas und eine Tablette. »Am besten legst du dich hin. Ich bringe dich in dein Bett.«

Boateng half Frau Böhm die Treppe hinaufzubringen, da Marion Christiansen es alleine nicht schaffte. Die Witwe war äußerst schwach.

»Vielleicht wäre es besser, sie ins Krankenhaus zu bringen?«, bemerkte Peer, doch Frau Christiansen schüttelte den Kopf. »Sie braucht Schlaf. Wenn sie doch endlich zur Ruhe kommen könnte.« Sie blitzte die beiden feindselig an, als sei es ihre Schuld, dass Frau Böhm sich nicht erholte.

»Glauben Sie, wir tun alles, um den Fall möglichst schnell aufzuklären, aber dass Lars nun verschwunden ist, macht ihn sehr verdächtig.«

»Ich glaube nicht, dass er etwas damit zu tun hat.«

»Und Ihr Ex? Trauen Sie ihm einen Mord zu?« Peer blickte die Frau provozierend an.

»Was für ein Motiv sollte Gregor gehabt haben?«

Das war eine gute Frage. So genau wussten sie das nicht. »Eifersucht?«

Sie lachte höhnisch. »Auf wen? Etwa auf Manni? Mit dem hätte ich mein Lebtag nichts angefangen.«

»Weil es der Mann Ihrer Schwester war?«, hakte Michael nach. Das Lächeln in ihrem Gesicht verschwand. »Nein, weil ich ihn gehasst habe.«

»Vielleicht hat sie etwas mit dem Mord zu tun«, mutmaßte Nielsen, als sie zurück ins Präsidium fuhren.

»Meinst du?« Boateng runzelte die Stirn.

»Das klang ernst. Sie konnte ihn definitiv nicht leiden.«

»Aber hat sie ihn deshalb umgebracht?«

Hass war ein starkes Motiv, überlegte Peer, während er den Wagen durch den dichten Feierabendverkehr lenkte.

Aber letztendlich war Marion Christiansen nur selten mit Manni Böhm in Berührung gekommen, denn wie sie gesagt hatte, war der Kontakt zu ihrer Schwester in der letzten Zeit selten geworden. Warum also sollte sie ihn umgebracht haben? Psychisch labil wie die trauernde Witwe wirkte sie nicht.

Frau Michaelsen hatte ihm erklärt, dass es ab und an unmotivierte Morde gab, beispielsweise aus Langeweile oder weil der Täter einem Wahn unterlag. Diese Menschen waren krank. Das seien aber seltenere Fälle. Meistens entpuppten sich die Motive eines Verbrechens als durchaus nachvollziehbar – gerade das machte einem Angst, wenn man genauer darüber nachdachte. Vielleicht hatte Marion Christiansen ein Motiv, nur dass es, wie die Psychiaterin angemerkt hatte, im Verborgenen lag.

Er setzte Boateng im Präsidium ab, checkte kurz seine Mails und machte Feierabend. Er musste in Ruhe über den Fall nachdenken, das ging im Büro nicht. Auf dem Heimweg hielt er am Supermarkt, kaufte etwas Brot, Käse, einen Salat für Fritzchen und eine Flasche Rotwein. Er freute sich auf einen ruhigen Abend, vielleicht kam ihm da eine Idee.

Im Treppenhaus hörte er lautes Geschrei und Gepolter, das an Lautstärke zunahm, je näher er seiner Wohnung kam. Der Lärm kam aus der Nachbarwohnung. Sofort war er an der Tür und lauschte. Wieder ein Schrei, dann klirrte es.

Er pochte laut gegen die Tür. »Miriam, alles okay?«

Es kam keine Antwort und auch sonst keine Geräusche mehr. Es war plötzlich totenstill. Schweiß drang aus allen seinen Poren. Was ging drinnen vor? »Polizei«, rief er laut und hörte ein Stockwerk tiefer die Türen klappen.

»Aufmachen, sofort.« Es blieb still. Kein gutes Zeichen, befand Peer, nahm Anlauf und warf sich mit voller Wucht gegen die Tür. Die knackte laut, ebenso wie seine Schulter.

Mehrere Male wiederholte er die immer schmerzhaftere Prozedur, bis das Holz schließlich splitterte und die Tür nachgab. Mit Schwung stolperte Peer in die Wohnung.

Im Flur sah es wüst aus. Mehrere Gegenstände lagen auf dem Boden, eine Keramikleuchte war zu Bruch gegangen. Nielsen zückte instinktiv seine Waffe und sicherte Küche, Schlafzimmer und einen anderen Raum, der als Gästezimmer diente.

Dann hörte er ein Röcheln hinter sich. Als er sich umdrehte, sah er einen Schatten um die Ecke huschen und im Treppenhaus verschwinden. Er hechtete zum Bad. Dort lag Miriam am Boden und rang nach Luft. Ihr Gesicht wirkte leicht bläulich, soweit es unter den zahlreichen Schürfwunden überhaupt zum Vorschein kam. Schnell kniete er sich neben sie und richtete sie ein wenig auf. Ihr Körper war leicht wie eine Feder. »Miriam?« Sie blinzelte, öffnete den Mund, schloss ihn wieder.

Im Flur waren Schritte zu hören. Peers Körper spannte sich automatisch an. Er ließ Miriams Kopf zurück auf den Boden sinken und richtete seine Waffe auf die Tür, wo kurz die ängstlichen Augen von Frau Brehmer aus dem dritten Stock auftauchten. Peer atmete aus.

»Schnell, rufen Sie einen Notarzt!«

Wie gerädert erschien Peer am nächsten Tag im Büro. Er hatte die Nacht im Altonaer Krankenhaus verbracht und war erst gegangen, nachdem die Ärztin ihm versichert hatte, dass es seiner Nachbarin gut ging. Notdürftig hatte er die eingetretene Tür repariert und war im Morgengrauen auf seinem Sofa eingeschlafen. Dort wäre er bis Mittag liegen geblieben, wenn sein Handyklingeln ihn nicht aus einem dunklen, traumlosen Schlaf gerissen hätte. »Wir haben Lars Mohr.«

Wiederwillig hatte er sich unter die Dusche gestellt und versucht wach zu werden. Doch richtig munter war er nicht, als er wenig später in seinen Wagen stieg. Ohnehin wäre er lieber ins Krankenhaus zu Miriam gefahren als zum Verhör von Lars Mohr. Wie es ihr wohl ging?

Ziemlich genervt nahm er daher gegenüber dem Verdächtigen Platz und schaltete ohne Begrüßung die Tonbandaufzeichnung ein.

»Wo waren Sie, Herr Mohr?«

»Das muss ich Ihnen nicht sagen.« Auch das noch, stöhnte Peer innerlich.

»Es wäre aber besser. Es gibt nämlich den begründeten Verdacht, dass Sie Ihren Stiefvater ermordet haben.«

»Ha, und können Sie das beweisen?«

Der junge Mann wirkte reichlich verändert. Oder lag es an Peers übernächtigtem Zustand? Hatte er eine verzehrte Wahrnehmung, aber nein, Lars Mohr war sonst ein netter, anständiger Kerl, wenngleich noch nie besonders gesprächig. Aber derart pampig war er noch nicht aufgetreten.

»Hören Sie, Manni Böhm ist ermordet worden. Auch wenn Sie ihn nicht besonders mochten«, versuchte es nun Michael auf eine freundlichere Art, »aber Ihre Mutter leidet sehr unter dem Verlust, und es würde ihr besser gehen, wenn sie wüsste, wer ihren Mann umgebracht hat und dass Sie nichts damit zu tun haben.«

Die Masche funktionierte tatsächlich. Der Gesichtsausdruck ihres Gegenübers veränderte sich, wurde weicher.

»Ich wünschte auch, es ginge ihr besser. Das habe ich mir immer für sie gewünscht, aber als mein Vater starb, war ich mit mir selbst zu sehr beschäftigt.« Peer setzte sich kerzengerade auf. War das der Beginn eines Geständnisses? Er hielt die Luft an.

»Es ist nicht einfach, ohne Vater klarzukommen. Und als meine Mutter dann mit Manni«, Lars' Stimme änderte sich, »ankam, habe ich ihn von Anfang an gehasst. Ich wollte, dass alles so wie früher war, der Mann konnte nicht mein Vater sein. Nicht dieser Mann.«

»Wieso, wie war er?«, fragte Peer, der sich sehr gut in die Lage des Verdächtigen versetzen konnte.

Doch Lars Mohr versteifte plötzlich seine Haltung und wirkte sehr kurz angebunden, als er entgegnete: »Fragen Sie meine Mutter.«

Mehrere Male hatten Boateng und Nielsen im Verhör neu angesetzt, aber Lars hatte nicht gestanden, Manni umgebracht zu haben, sondern beteuert, nichts damit zu tun zu haben.

»Aber wo sind Sie gewesen, warum sind Sie abgehauen?« Nielsen glaubte ihm, wenngleich er sich für die Ermittlungen etwas anderes wünschte.

»Manchmal brauche ich das. Bin als kleiner Junge schon ausgerissen.« Lars Mohr hatte schief gegrinst. Einfach weg und durch die Gegend stromern, als er älter wurde, oft auf der Reeperbahn. Diesmal waren ihm Pillen verkauft worden, und er hatte zwei Tage und Nächte durchgetanzt, war schließlich auf einer Parkbank, wo man ihn aufgegriffen hatte, eingeschlafen.

»Sie fahren nach Hause, duschen, ziehen sich um und melden sich bei Ihrer Mutter, die macht sich nämlich Sorgen.«

Lars Mohr nickte.

»Allerdings wären wir dankbar, wenn Sie uns sagen könnten, ob Sie einen Verdacht haben, wer Ihren Stiefvater umgebracht haben könnte.«

Der junge Mann blickte betreten zu Boden. »Also wenn es keiner seiner dubiosen Geschäftspartner war, hat sich vielleicht jemand gerächt, den er jahrelang schikaniert hat.«

Nun saßen sie im Besprechungsraum und starrten alle auf die Wand, an der sie alle bekannten Namen in diesem Fall zusammengetragen und die jeweilige Verbindung zu Manni Böhm erfasst hatten.

»Der Hollmann hat ein starkes Motiv. Immerhin hatte seine Frau ein Verhältnis mit Manni Böhm«, bemerkte Boateng nach einer Weile.

»Aber er sagt, das sei längst vorbei. Außerdem führen die eine offene Beziehung.«

»Sagt er, aber das heißt nicht, dass das auch so ist«, ließ Michael sich nicht so schnell blenden. »Es kann nicht schaden, ihm noch einmal auf den Zahn zu fühlen.«

»Aber diskret. Ihr wisst, der hat sich wegen der Sache mit der Durchsuchung seines Bootes beschwert«, gab Fritsche zu bedenken.

»Ja, ja«, entgegnete Nielsen. Solche Leute waren ihm ohnehin am liebsten, die sich im Dschungel irgendwelcher vermeintlicher Freundschaftsgeklüngel gleich bei jeder Kleinigkeit beschwerten und ihnen somit die Arbeit erschwerten. Aber daran hatte er sich gewöhnt und schon vor Langem beschlossen, sich nicht beeindrucken zu lassen. Wo kamen sie denn dann hin? Er hatte schließlich einen Mord aufzuklären, und wenn Hollmann verdächtig war, war er verdächtig. Basta.

»Sie schon wieder«, begrüßte Justus Hollmann Boateng und Peer etwa eine Stunde später.

»Ja, wir schon wieder«, lächelte Nielsen den Mann an. »Wir müssen noch einmal mit Ihnen sprechen.«

»Wieso?« Justus Hollmann machte keinerlei Anstalten zu kooperieren. Er bat sie nicht einmal herein.

»Sie haben sich bereits genug geleistet. Das ist nicht gerade förderlich für mein Geschäft, wenn Sie hier ständig aufkreuzen. Diesbezüglich ist auch Hamburg nur ein Dorf, und so etwas spricht sich schneller rum, als man denkt.«

Das konnte Peer sich gut vorstellen, aber dafür waren sie nicht zuständig, sondern ihr Job war es, den Mörder Manni Böhms, der den Mann brutal erstochen und dann zersägt hatte, zu finden.

»Wie lange waren Sie mit Manni Böhm befreundet?«

»Schon ewig, aber was spielt das für eine Rolle?«

»Und da hat es nie Streit oder Neid zwischen Ihnen gegeben?«

»Nein.«

»Auch nicht, als Böhm mit Ihrer Frau geschlafen hat?«

»Was soll das?«, fuhr Hollmann geradezu aus der Haut. »Das geht Sie nichts an.«

»Oh, doch, denn wenn die Affäre noch lief, haben Sie Ihren Freund vielleicht auf dem Gewissen.«

»Ach Quatsch, ich habe Ihnen doch gesagt, dass meine Frau und ich nur noch auf dem Papier ein Paar sind.«

»Ja, das haben Sie gesagt, aber stimmt das auch? Wie sieht Ihre Frau das denn? Wo ist sie überhaupt?« Peer schaute sich suchend um, während Hollmanns Kopf zu platzen drohte.

»Was erlauben Sie sich, verlassen Sie sofort mein Grundstück«, brüllte er »sonst, sonst …«

»Sonst was? Rufen Sie die Polizei?« Nielsen konnte sich ein Grinsen nicht verkneifen.

»Nein, aber meinen Anwalt!«

»Mann, der war ganz schön aufgebracht, vielleicht hat der etwas zu verbergen?«, bewertete Boateng wenig später den Auftritt Hollmanns. Sie saßen eine Seitenstraße weiter und beobachteten die Auffahrt, doch es tat sich nichts. Weder fuhr Justus Hollmann weg, noch kam jemand.

Irgendwann wurde es ihnen zu langweilig. »Ich befrage die Nachbarn«, beschloss Peer und stieg aus.

Beim ersten Haus öffnete niemand, und beim zweiten Versuch war eine französische Frau an der Tür, die permanent den Kopf schüttelte.

»Mann, das gibt es nicht«, schimpfte Peer, als sie bei einem zurückgelegenen kleinen Bungalow klingelten. Eine ältere Dame, die ihn an seine Oma erinnerte, öffnete die Tür und blinzelte ihn an. »Ja bitte?«

»Polizei Hamburg, wir befragen die Nachbarschaft wegen auffälliger Vorkommnisse in der letzten Zeit. Ist Ihnen etwas aufgefallen?«

»Vorkommnisse?« Die Alte verstand nicht.

»Streit oder so?«

»Nun ja«, druckste die Nachbarin herum. »Da war neulich bei den Hollmanns was. Aber so etwas kommt in den besten Familien vor.« Sie grinste schief.

»Was genau haben Sie mitbekommen?« Nielsen schöpfte Hoffnung.

»Da war ein Mann, und als Justus nach Hause gekommen ist, gab es Ärger. Ziemlich laut.«

Peer blickte Michael an. War die Affäre zwischen Frau Hollmann und Manni Böhm doch nicht beendet gewesen? »Und dann?«

»Der andere Mann ist davongefahren, und dann habe ich nichts mehr mitbekommen.«

Vielleicht hatte Justus Hollmann drinnen mit seiner Frau weitergestritten und es war nicht nur bei einem Streit geblieben. Unweigerlich musste Peer an Miriam denken und nickte.

»Vielen Dank, Sie haben uns sehr geholfen.« Er drehte sich um, Boateng folgte ihm.

»Vielleicht hätte die uns mehr erzählen können«, zischte Michael ihm zu.

»Hätte sie nicht. Wahrscheinlich aus Angst wegen unterlassener Hilfeleistung – oder würdest du freiwillig gestehen, wenn du tatenlos zugesehen hättest, wie deine Nachbarin geschlagen wird?« Michael krauste die Stirn.

»Wenn es um Zivilcourage geht, schauen zu viele Leute weg.«

Er setzte Boateng am Präsidium ab. »Ich habe noch etwas zu erledigen«, entschuldigte er sich und fuhr nach Altona ins Krankenhaus.

Er machte ungern Krankenbesuche. Er hasste die Atmosphäre in Kliniken, vor allem diesen Geruch. Grausam. Nielsen rümpfte die Nase, als er durch die Eingangshalle schritt. Am Kiosk kaufte er einen kleinen Strauß Blumen und fuhr mit dem Aufzug auf die entsprechende Station.

»Frau Rickert ist auf eigenen Wunsch entlassen«, gab ihm die Schwester auf seine Frage, in welchem Zimmer Miriam lag, Auskunft.

»Was?«, entfuhr es ihm. Sie war doch hoffentlich nicht zu diesem Typen zurück. Nicht nachdem, was geschehen war.

Er verließ das Krankenhaus und fuhr nach Hause. Kurz zögerte er, als er bei Miriam klingelte. Sicherlich war ihr der Vorfall mehr als unangenehm, was sich bestätigte, als sie ihm die Tür öffnete. »Wieso bist du zu Hause?«

»Im Krankenhaus fühle ich mich nicht wohl.« Das konnte er zwar gut verstehen, doch ging es ihr hier gut, wo sie an die Vorfälle erinnert wurde und der Typ womöglich jederzeit auftauchen konnte?

»Wenn du willst, kannst du auch bei mir …« Er deutete mit seinem Kopf auf seine Wohnung.

»Nein, ist schon gut.« Sie versuchte zu lächeln. »Ich habe das Schloss austauschen lassen. Musste ich ja so oder so.«

Er trat von einem Fuß auf den anderen. »Ich muss zum Dienst, aber wenn es okay ist, schaue ich nachher nach dir?«

Sehr geehrte Frau Dr. Schröder,

ich bin mir sicher, nach meiner letzten Mail sind Sie schockiert und antworten deshalb nicht. Ich kann das verstehen, ich bin selbst immer noch erschrocken über das, was ich getan habe. Glauben Sie mir.

Eigentlich habe ich gedacht, es ginge mir besser nach der Tat. Aber ich warte vergebens, dass sich eine Erleichterung einstellt. Ich kann nicht schlafen, ich kann nicht essen und mit niemanden darüber sprechen.

Das ist schwer – beinahe so schwer wie die Zeit, als ich noch nicht gemordet hatte. Der Mord als solches war ganz leicht. Ich habe gar nicht darüber nachgedacht, einfach zugestochen und dann wie gelernt einfach gehandelt.

Doch die Bilder sind es, die sich in mein Gehirn eingebrannt haben und die ich nicht aus dem Kopf bekomme. So sehr ich mich auch anstrenge. Hinzu kommt das Gefühl, das mich jahrelang begleitete und das sich auch mit einem Mord nicht beseitigen lässt. Es ist schrecklich, und ich denke sogar darüber nach, auch meinem Leben ein Ende zu setzen. Obwohl dann alles umsonst gewesen wäre. Alles Leiden, der Mord, aber wozu soll ich noch leben? Ich quäle mich.

Und jetzt, da selbst Sie sich scheinbar abgewandt haben, bleibt mir niemand – rein niemand.

Gabriele Schröder saß da und starrte auf den Monitor. Nach der letzten Mail hatte sie versucht, diese zu verdrängen. Sie wusste nicht, was sie tun sollte. Zur Polizei und ihre Schweigepflicht brechen? Dann wäre auch ihr Leben verpfuscht, denn niemand würde ihr Vertrauen schenken, wenn das ans Licht kam. Und das würde es, bei dem Rummel, den dieser

Fall in den Medien verursachte. Klar, ein Mord stand rechtlich höher als die Verschwiegenheitspflicht, aber nur wenn er angekündigt wurde.

In diesem Fall war die Tat bereits ausgeführt, und es ging letztendlich um die Strafverfolgung, die in der Regel gegenüber der Schweigepflicht nicht als höherwertig zu erachten ist – es sei denn, es können weitere Straftaten verhindert werden. Aber war es nicht ihre Pflicht, einen Selbstmord zu verhindern? Würde sie mit der Gewissheit leben können, Sie hätte jemanden vor dem Tod bewahren können? Sie seufzte. Was sollte sie nur tun?

26. KAPITEL

Die Stimmung im Präsidium war schlechter als je zuvor. Zwar hatte Fritsche nicht erneut Druck gemacht, aber so oder so waren die Mitarbeiter gefrustet. Sie hatten in ihren Augen alle Verdächtigen und Möglichkeiten dreimal durchgekaut, doch nirgends fand sich ein vernünftiger Ansatz. Inzwischen war so viel Zeit ins Land gegangen, da wurde es erfahrungsgemäß immer schwerer, den Fall aufzulösen.

Peer saß am Schreibtisch und starrte auf den Computer. Doch er konnte sich nicht auf die Zeilen auf dem Bildschirm konzentrieren.

Was hatte zu dem Mord an Manni Böhm geführt? Privat war er kein unbeschriebenes Blatt. Aufbrausend, cholerisch, streitsüchtig. Und dennoch hatten sie keinen konkreten Anlass gefunden, der Auslöser für die Tat gewesen sein könnte. Jedenfalls keinen akuten Vorfall, denn der Streit mit Lars und auch die Affäre zwischen Frau Hollmann und Manni Böhm hatten bereits länger bestanden. Oder war der Mord eine späte Rache? Fakt war, sie mussten etwas übersehen haben.

Hatte der Mord etwas mit irgendwelchen Machenschaften in der Firma zu tun? Lag hier der Schlüssel für des Rätsels Lösung? Er seufzte und konnte für einen Moment seinen Chef verstehen, der momentan die Lust an seiner Berufung verloren zu haben schien.

»Ich fahre in Böhms Firma.« Peer sprang auf.

»Ich komme mit!«, rief Boateng. Er war froh, irgendetwas zu tun.

Während der Fahrt schwiegen beide; jeder hing seinen frustigen Gedanken nach.

Zu ihrer Überraschung herrschte in der Firma geradezu Hochbetrieb. Mehrere Container waren geleert worden, außerdem hatte ein großes Modelabel um Entsorgung einer größeren Menge Altkleider gebeten. Ein wahrer Festtag für das Unternehmen. Emsig wuselten mehr Arbeiterinnen als sonst zwischen den Drahtkörben und sortierten die Ware.

Weiter hinten sah er den Vorarbeiter mit Marion Christiansen reden.

»Ach, Frau Christiansen, Sie sind hier?« Die Frau blickte überrascht, dann verärgert. »Ja, ich habe einiges für meine Schwester zu regeln.«

»Ach so? Kann sie das nicht selbst? Geht es ihr noch nicht besser?«

»Nein. Aber es muss weitergehen. Und da das Testament eröffnet ist, gibt es einiges zu klären.«

»Ach so, was denn?« Peer wusste gar nichts von der Testamentsverlesung.

»Meine Schwester ist Alleinerbin und will die Firma verkaufen.«

»An Herrn Postel?« Peer schaute den Vorarbeiter skeptisch an. Der hatte doch gar kein Geld, um die Witwe abzufinden, oder?

»Ich habe mit meiner Bank gesprochen«, erriet der Mann Nielsens Gedanken. »Und Herr Krause würde mit einsteigen.«

»Wie interessant. Aber der hat doch auch kein Geld?«

»Das lassen Sie mal unsere Sorge sein«, entgegnete Marion Christiansen schnippisch.

»Wenn Sie gemeinsame Sache machen, wirft das nicht unbedingt ein gutes Licht auf Sie. Vielleicht haben Sie Manni Böhm umgebracht?«, gab Boateng zu bedenken. Er nahm die Schwägerin des Opfers ins Visier. »Dass Sie ihn nicht besonders gut leiden konnten, daraus haben Sie keinen Hehl gemacht.«

Marion Christiansen schluckte. »Was erlauben Sie sich?«

»Wir erlauben uns, einen Mord aufzuklären«, mischte sich Nielsen ein. »Aber wenn Sie nichts damit zu tun haben, vielleicht Ihre Schwester. Denkbar, sie hatte genug von ihrem beschränkten Leben. Oder liegt der Fall anders? Wollen Sie sich an ihrer nun hilflosen Schwester bereichern?«

»Das ist ungeheuerlich! Ich werde mich bei Ihrem Vorgesetzten über Sie beschweren.«

»Machen Sie das.« Peer und Michael drehten sich um und gingen zum Wagen. »Hier stimmt etwas nicht.« Nielsen starrte durch die Windschutzscheibe auf das Firmengelände.

»Meinst du, sie hat etwas mit dem Mord zu tun?« Boateng blätterte in seinem Merkbuch. »Jedenfalls gibt es zu ihr immer eine Verbindung.«

»Gut«, beschloss Peer, »dann behalten wir die im Auge.«

»Hallo, Mama, ich bin's Lars.«

Wie von der Polizei vorgeschlagen, hatte Lars sich bei seiner Mutter gemeldet. Allerdings war sie nicht ans Telefon gegangen, daher war er zu ihr gefahren. Hinter der geschlossenen Tür hatte sie gefragt, wer da sei.

Nun drehte sie den Schlüssel im Schloss herum.

»Schatz, komm rein.« Sie lächelte, wirkte aber gequält. Unter den Augen hatte sie dunkle Ringe, dabei hatte seine Tante ihm gesagt, sie schliefe viel.

Sie schlurfte vor ihm in die Küche. »Möchtest du einen Kaffee?«

»Ich mach schon«, sagte er und schob sie auf den Stuhl, während er sich an der Kaffeemaschine zu schaffen machte. »Wie geht es dir?«

»Es geht.«

»Tante Marion hat mir erzählt, dass das Testament zu deinen Gunsten ausgefallen ist?«

Sie nickte.

»Und was hast du nun vor?«

»Keine Ahnung. Marion meint, ich soll die Firma verkaufen.«

»Ja, nicht nur die Firma, oder? Du willst doch nicht hier wohnen bleiben?«

»Wieso nicht?« Sie schaute ihn mit großen Augen an.

»Hier, wo dich alles an ihn erinnert?«

Lars schwieg, während er auf den Knopf an dem Vollautomaten drückte und das Mahlwerk in Gang setzte.

Seine Mutter musste hier raus, so viel stand fest. Trotz der Entrümpelung und des Todes hing der Geist Manni Böhms in jeder Fuge des Hauses. Vielleicht sollte sie Hamburg verlassen, die Zeit hinter sich lassen? So alt war sie noch nicht, konnte einen Neubeginn wagen. Doch sie würde niemals aus dieser Stadt weggehen, das wusste er. Hier sei ihre Heimat, betonte sie stets. Nirgends woanders konnte sie atmen und leben.

Aber gegen eine neue Wohnung sprach nichts. Sie war frei und ungebunden und hatte ausreichend Geld.

Michael und Peer hatten Carsten gebeten, im Register Marion Christiansen zu überprüfen, aber außer ihrer Personalien war nichts herausgekommen.

»Aber das ist interessant«, sagte Carsten, »sie stammt aus einer alten Metzgerfamilie mit Tradition. Doch ähnlich wie ihr Mann hat auch ihr Vater sein Unternehmen einst heruntergewirtschaftet.«

»Aha, das ist doch mal ein Ansatzpunkt. Und hast du herausgefunden, was sie beruflich gemacht hat?« Peer verspürte plötzlich ein eigenartiges Kribbeln.

»Nichts in die Richtung. Zuerst einige Studiums – alle aber abgebrochen, dann geheiratet, und anschließend geschieden. Jobbt wohl momentan hier und da als Aushilfe.«

»Hm«, überlegte Peer. »Und wie sieht es finanziell bei ihr aus? Wohl eher mau, oder?«

»Muss ich checken«, verabschiedete Carsten sich. »Melde mich wieder!«

»Meinst du wirklich, sie könnte Manni Böhm umgebracht haben?« Boateng runzelte die Stirn.

»Keine Ahnung«, zuckte Peer, »aber wenn sie sich ein reiches Leben mit der Schwester erhofft? Oder aber sie hat nicht mehr ertragen, wie Manni seine Frau behandelt hat. Besonders nett war er sicherlich nicht zu ihr. Und dann diese ganzen Affären. Da hat Frau Böhm sicherlich drunter gelitten. Die ist bestimmt nicht von ungefähr so seltsam.«

»Möglich«, überlegte Boateng. Doch traute er Marion Christiansen einen Mord zu? Das Handwerkszeug zur Zerlegung hatte sie vermutlich in die Wiege gelegt bekommen. Selbst wenn sie das Fleischerhandwerk nicht als Beruf erlernt hatte, wusste sie vermutlich jede Menge über das Schlachten und Zerlegen. Warum also nicht? »Aber für eine Observation wird das nicht reichen«, gab Michael zu bedenken.

»Nein, leider nicht.«

Als Peer später nach Hause kam, lauschte er im Flur, doch in der Nachbarwohnung war alles still. Sicherlich erholte Miriam sich, und so gerne er sie gesehen hätte, ihr wäre es sicherlich unangenehm.

Er schloss seine Tür auf, streifte die Schuhe ab und ging an den Kühlschrank. Dort herrschte gähnende Leere. Mist, er hatte total vergessen einzukaufen. Was nun? Kurz überlegte er, dann griff er zum Telefon und bestellte eine Pizza.

Keine halbe Stunde später saß er über dem duftenden Karton gebeugt und schob sich die köstliche Pizza in den Mund, als im Flur ein lautes Gerumpel zu hören war.

Peer hielt inne. »Miri mach doch auf! Los mach auf!«

Peer legte das Stück Pizza zurück und erhob sich. Leise schlich er zur Tür. Miriam würde dem Typen hoffentlich nicht öffnen.

Das Klopfen nebenan wurde eindringlicher, die Rufe lauter. »Los mach die Tür auf!« Peer überlegte, ob er sich einmischen sollte. Da Miriam nicht öffnete, sah er keine Veranlassung. Der ungebetene Gast wurde jedoch rabiater. Er versuchte, die Tür einzutreten.

»Du Schlampe, los mach endlich auf!«

Das reichte. Nielsen konnte nicht an sich halten. Eine Frau derart zu beleidigen – das ließ sich für ihn nicht ertragen. Er riss die Tür auf. »Entschuldigung mal, anscheinend will sie nicht mit dir sprechen, also verzieh dich!«

Der Typ wirkte alkoholisiert und visierte Peer an. »Wird's bald?«, hakte Nielsen nach.

Doch statt sich zu verziehen, stürzte sich der Kerl ohne Vorwarnung auf ihn. »Bist du ihr Neuer? Hä?«

Die Alkoholfahne, die ihm dabei entgegenwehte, bestätigte den Verdacht. Der Kerl war total betrunken.

Doch Nielsen traute sich nicht, ihn grob zu stoßen, da der Typ wahrscheinlich rückwärts die Treppe hinabgestürzt wäre. Daher nahm er ihn in den Schwitzkasten, drehte seine Hand auf den Rücken und stieß ihn vorwärts vor sich die Treppe hinab, bis sie schließlich vor der Haustür standen.

»So, und nun zum Mitschreiben. Entweder, du lässt Miriam in Ruhe oder du kassierst eine Anzeige. Ist das klar?« Der Kerl blitzte ihn wütend an, wagte aber nicht, etwas zu erwidern.

Ohne ein weiteres Wort drehte Peer sich um und stiefelte zurück in den fünften Stock. Unterwegs hatte er das Gefühl, dass er durch sämtliche Spione beobachtet wurde. Oben erwartete ihn Miriam an der Tür.

»Danke«, flüsterte sie und stürzte sich schluchzend in seine Arme.

»War doch selbstverständlich. Schließlich nervt der Typ«, erklärte er leicht lächelnd, als sie sich beruhigt hatte. »Hoffe nur, das hat gewirkt und der lässt sich nicht mehr blicken.«

»Wahrscheinlich nicht«, erklärte Miriam. Der stalkt mich schon eine ganze Weile. Wir haben uns schon einmal getrennt, bis ich es nicht mehr ausgehalten habe und ihn zurückgenommen habe.«

»Was?«, entfuhr es Peer. Wie konnte man so etwas tun? Da musste man schon sehr verzweifelt sein.

27. KAPITEL

Die weitere Überprüfung Marion Christiansens hatte keine neuen Erkenntnisse ans Licht befördert, informierte Carsten Hinrichs Peer, als der am nächsten Morgen ziemlich verschlafen auf der Dienststelle erschien. Er hatte bis weit in die Nacht mit Miriam über ihre Situation gesprochen und ihr aufgezeigt, dass sie Möglichkeiten hatte sich zu wehren. Doch sie war verzweifelt, hatte kaum Mut und sah die Situation momentan als aussichtslos. Es machte den Anschein, als dachte sie darüber nach, sich eine neue Wohnung zu suchen – vielleicht sogar in einer anderen Stadt, hatte sie gesagt.

Sie fühlte sich momentan nicht sicher, was Peer verstehen konnte – sogar so gut, dass er die Nacht blieb und auf ihrem Sofa schlief. Am Morgen hatte er sich aus der Wohnung in seine eigene hinübergeschlichen, geduscht und war zur Arbeit gefahren, nicht ohne Miriam einen Zettel mit seiner Handynummer zu hinterlassen.

Er berief eine Sitzung ein, vielleicht würde ihnen gemeinsam etwas einfallen, wenn sie den Fall noch einmal durchgingen.

Sie fingen in der Besprechung daher ganz vorne an, wiederholten zum hundertsten Male die Kofferspuren – da hatte es inzwischen ein paar Käufe im Internet gegeben, aber die Koffer existierten alle noch –, dann kauten sie die geschäftlichen Verdächtigen durch und blieben letztendlich wie schon so oft bei dem näheren Umfeld hängen. Lars, Justus und neu hinzugekommen als Tatverdächtige Marion Christiansen. Nur Beweise fanden sich nicht. Alle hatten irgendwie ein Motiv oder waren ein Puzzlestück in dem Fall, aber es reichte nicht.

Zum Glück waren die Medien in der Zwischenzeit gnädiger. Heute war der Fall in der Zeitung ein paar Seiten nach hinten gerutscht. Daher ließ der Druck von oben nach, was jedoch nicht bedeutete, dass man die Ermittlungen schleifen lassen konnte. Fritsche schaute zum Ende der Besprechung vorbei und fragte, wie die nächsten Schritte aussähen.

»Wir haben ein paar Koffer nachzuprüfen, dann bekommen wir heute endlich die Handydaten.«

»Waaas?«, entfuhr es Fritsche.

»Da gab es einen Systemabsturz, und es hat bis jetzt gedauert, dass die Telefongesellschaft wieder Zugriff auf das Material hat.«

»Wurde das Handy bei der Leiche gefunden?«, fragte Fritsche.

»Nein, aber laut der Witwe hatte er es immer dabei, das bestätigt auch der Freund.«

»Und was ist mit den anderen Verdächtigen?«

»Alles überprüft, alles nichts gebracht.«

»Trotzdem dranbleiben«, empfahl der Vorgesetze und verschwand.

Dranbleiben, das war leichter gesagt als getan. So langsam verließ Peers Team der Mut. Selbst Boateng war mehr als gefrustet, dabei hatte der Fall zunächst sehr anspruchsvoll gewirkt – vielleicht zu anspruchsvoll. Peers Gedanken schweiften ab. Ständig schaute er aufs Handy und wartete auf einen Anruf oder eine SMS von Miriam. Doch ebenso wie in dem Fall blieb es an dieser Front ruhig. Dabei wusste er gar nicht, ob er mehr von Miriam wollte. Sie war sehr nett, äußerst attraktiv, aber die Situation mehr als verkorkst. Und sein Leben war verrückt genug, da konnte er zusätzliches Chaos kaum gebrauchen. Es lenkte ihn zwar zunächst ab, aber er hatte so schon keine Zeit für seine Freunde. Unweigerlich musste er an Sören denken, um den er sich seit Tagen nicht gekümmert hatte. Und das gerade jetzt, wo er Vater wurde. Peer schämte sich beinahe und befand, dass er zu einer Beziehung nicht fähig war, wenn er noch nicht einmal eine Männerfreundschaft pflegen konnte. Er schielte auf sein Handy und wusste nicht, ob er besorgt oder erleichtert darüber sein sollte, dass sich Miriam nicht bei ihm meldete.

Das Telefon klingelte, und er nahm automatisch ab, mit den Gedanken bei Miriam.

»Hier Christian aus der KTU, wir haben endlich die Telefondaten. Das letzte Mal, dass das Handy eingeloggt war, war an dem Freitag.«

»Das ist ja interessant.« Das ließ vermuten, dass Manni Böhm an dem Freitag ermordet worden war, wenn danach das Handy nicht mehr eingeschaltet gewesen war.

»Und wo war es eingeloggt?«

»Das ist in der Tat erstaunlich.«

»Wieso?«

»In der Handyzelle befindet sich das Haus von Böhm.«

Liebe Frau Dr. Schröder,

ich schreibe Ihnen nun zum letzten Mal, da ich aus Ihrem Nichtantworten entnehme, dass Sie meine Tat weder verstehen noch gutheißen können. Ja, ich sehe ein, nichts entschul-

digt meine brutale Art – ich bin eine Mörderin, habe Schuld auf mich geladen – aus welchen Gründen auch immer, das ändert nichts daran, dass ich einen Menschen umgebracht habe. Und egal, wie sehr er mich gequält, gedemütigt hat und eine Strafe verdient hat – ich fühle mich nicht besser. Ich bin kein besserer Mensch als er, daher verdiene auch ich meine gerechte Strafe.

Da Sie anscheinend Ihre Schweigepflicht nicht brechen, worauf ich am Anfang sehr hoffte und es nun immer noch wünschte, werde ich mich selbst bestrafen. Das ist gar nicht leicht, ich habe über viele Arten nachgedacht, doch letztendlich bleibt nur eine Art der Strafe – der Tod.

Ich werde ein wenig brauchen, denn ganz so grausam wie er aus dem Leben zu scheiden – das schaffe ich nicht, aber seien Sie gewiss, ich habe erkannt, dass ich so nicht ungestraft weitermachen kann. Daher verabschiede ich mich auf diesem Weg von Ihnen und danke Ihnen für Ihre Zeit.

M.

Nach dem Anruf war Bewegung in die Dienststelle gekommen. Peers Vermutung, die er seit Tagen hatte, war nun konkret. Die Schwägerin hatte Manni Böhm auf dem Gewissen.

Sie hatte nie gut über ihn gesprochen, hatte ihre Schwester befreien wollen, kümmerte sich um alles und erhoffte sich, ein kleines Stück vom Kuchen abzubekommen. Vielleicht plante sie sogar mit der Witwe zusammenzuziehen und ein bequemes Leben zu führen – was auch immer sie geritten hatte, als sie Manni Böhm erstochen und anschließend mit ihren familiären traditionellen Kenntnissen zerlegt und entsorgt hatte.

Sie war es gewesen, die die Leichenteile in den Containern verteilt und daher den Verdacht auf den Vorarbeiter und den Konkurrenten gelenkt hatte. Sie hatte Manni Böhm umgebracht – Peer war sich so gut wie sicher und seine Mitarbeiter ebenso. Eilig waren sie zu ihren Wagen gerannt und zur Villa von Böhm gefahren.

»Meine Schwester ist nicht hier«, hatte die Witwe mehr als überrascht geantwortet, als sie die Horde Polizisten vor ihrer Haustür hatte stehen sehen. Sie hatte mehr als erschöpft und elend gewirkt, und auf die Frage, was man von Marion wollte, hatte Peer lediglich gesagt, man müsse ihr ein paar Fragen stellen. Zu sehr hatte ihn die Frau an Miriam erinnert, die ebenso in ihm Beschützerinstinkte weckte.

Sie ließen sich den Weg zur Adresse von Marion Christiansen erklären und waren sogleich auf dem Weg, schneller als Greta Böhm gucken konnte. Sie durften keine Zeit verlieren. Die Verdächtige öffnete ihnen verwundert. Ahnte sie, dass man ihr auf die Schliche gekommen war?

»Wo waren Sie an dem besagten Freitag, als …?«

»Wieso, bin ich etwa verdächtig?«

»Immerhin haben Sie bisher kein gutes Haar an Ihrem Schwager gelassen.«

»Aber doch nur weil, …« Sämtliche Farbe wich aus ihrem Gesicht.

»Weil was?« Die Frau hatte feuchte Augen. »Weil ich selbst ein schlechtes Gewissen hatte. Weil ich jahrelang weggeschaut habe, vor dem was offensichtlich war.«

»Offensichtlich?«

Sie schluckte. »Manni hat meine Schwester gequält. Sehen

Sie sie doch nur an. Sie wirkt wie gebrochen. Ist nicht mehr sie selbst.«

»Aber wir dachten, es sei wegen des Mordes?«

Sie schüttelte den Kopf. »Nein, jahrelang hat er sie wie eine Bedienstete behandelt und vermutlich sogar geschlagen. Selbst wenn das nicht so war, die psychischen Qualen, die meine Schwester all die Jahre ertragen musste, haben gereicht. Er hat es verdient, selbst jetzt ist sie nicht in der Lage, ein normales glückliches Leben zu führen. Die Zeit der Demütigungen und Gewalt hat zu tiefe Spuren hinterlassen, die lassen sich nicht so einfach ausradieren.«

»Sie wollen damit sagen, Manni Böhm hat seine Frau misshandelt?« Auf diesen Tatbestand waren sie in diesem Fall seltsamerweise noch gar nicht gekommen. Wieso eigentlich nicht? Geld, Rache, Eifersucht, ja, aber Misshandlung? War das das Motiv, das im Verborgenen lag?

»Und Sie haben es nicht mehr ertragen, dass er Ihre Schwester derart quälte, und haben daher dem Ganzen ein Ende bereitet?« Peer beäugte die Frau aufs Genaueste, doch die Verwunderung über seine Äußerung schien echt.

»Sie glauben doch nicht wirklich etwa, ich …?« Sie hielt sich am Türrahmen fest.

»Nicht?«

»Nein, ich habe für den Freitag ein Alibi, war das Wochenende bei Freunden in Berlin. Sie können das nachprüfen.« Marion Christiansen wurde hektisch.

»Aber Manni Böhm war zu seinem Todeszeitpunkt vermutlich zu Hause. Dann vielleicht Lars?«

Sofort schüttelte sie den Kopf. »Nein, der betritt doch seit Monaten das Haus nicht. Kann ich mir nicht vorstellen.

Gut, auch er muss über die Zustände zu Hause Bescheid gewusst haben, wahrscheinlich war das der Grund, warum er mit Manni gestritten und seiner Mutter vorgeworfen hat, sich nicht zu wehren. Er dachte wahrscheinlich, durch den Kontaktabbruch helfe er ihr am ehesten, würde sie irgendwann zur Vernunft kommen, aber dass er …« Sie schüttelte energisch den Kopf. »Nein.«

»Aber wer dann?«

Ihre Blicke trafen sich, und es löste sich in beider Augen ein Blitz. Ohne ein weiteres Wort stürmten alle zu den Wagen und waren in null Komma nix in der Elbchaussee. Eilig stürmten sie auf die Haustür zu, und Peer klingelte energisch, doch es tat sich nichts.

Sie hatte das Lied von Michael Holm ›Tränen lügen nicht‹ angestellt, das sie in ihrer Anfangszeit mit Manni immer so gern gehört hatte und bei dem er damals zärtlich ihren Namen geflüstert hatte: »Margareta«. Er hatte den Klang des Wortes geliebt und war neben ihr selbst beinahe der Einzige, der sie überhaupt bei ihrem vollen Vornamen nannte.

Die Musik hatte sie ein Leben lang begleitet – auch jetzt bei ihrem schweren Schritt, ihm zu folgen. Es war ihr nicht vergönnt, ohne ihn zu sein.

Auch wenn sie glaubte, sie befreie sich endlich, als sie zustieß mit dem Messer, wieder und wieder, bis er schließlich zusammensackte. Es war nur ein winziger Moment gewesen, aber der war es wert gewesen. Gleich darauf war ihr bewusst gewesen, dass er ihr sofort wieder Ärger bereitete, denn er lag blutend in der Diele, neben sich die Tasche mit den Segelsachen.

Einen Moment nur hatte sie überlegt, dann aber vom Dachboden die alten Schlachterwerkzeuge ihres Großvaters geholt. Sie hatte sie aufbewahrt, er hatte sie ihr zu ihrer bestandenen Prüfung geschenkt, wenngleich sie kurz darauf schwanger geworden war und in ihrem Beruf nicht mehr gearbeitet hatte. Zunächst wegen Lars, dann wegen Manni, der gesagt hatte, das sei kein Beruf für eine Frau.

Doch die Werkzeuge hatte sie immer aufgehoben, wohl in der Gewissheit, sie eines Tages zu brauchen. Und dann war es soweit. Sie hatte nichts verlernt. Sehr fachmännisch hatte sie sich daran gemacht, ihren Gatten zu zerlegen. Dabei eigentlich gar nichts gespürt. Es war Arbeit, den Menschen hatte sie dabei nicht gesehen, nur das Stück Fleisch, das zerteilt werden sollte. Die Säge allerdings war recht stumpf gewesen, und es hatte sie mehr Kraft gekostet, als sie gedacht hatte. Daher hatte sie die Säcke eine Nacht im Keller gelagert, bis sie in der nächsten Nacht herumgefahren war, um die Beutel zu verteilen – und zwar dahin, wohin Manni gehörte. Zu seinen Lumpen. Nur mit dem Oberkörper war es schwierig gewesen, den hatte sie nicht zerteilen können, nicht zerteilen wollen. Schließlich hatte sie aus dem Schlafzimmer den Koffer geholt – selbstverständlich aus der Altkleiderfabrik – und den Torso zur Elbe gebracht. Wieder hatte es einen kurzen Augenblick gegeben, als der Koffer die Böschung hinuntergepoltert war, in dem sie sich frei gefühlt hatte, aber schon sehr bald hatte sie der Albtraum in Form zweier Polizisten vor ihrer Haustür eingeholt.

Sie hörte unten die Türglocke und stellte die Musik lauter, dann griff sie nach dem spitzen Messer. Einen Moment zögerte sie. Ob es wehtun würde? Ob sie Schmerzen haben würde? Sie hatte viele Tiere geschlachtet, aber nie gewusst, wie es ihnen beim Sterben erging. Darüber machte man sich als Schlachter keine Gedanken – besser nicht.

Doch, was, wenn es sehr wehtat zu sterben? Etwas unbeholfen hievte sie sich aus der leeren Badewanne und ging an den Arzneischrank. Eine Menge Döschen standen darin, so viele Medikamente hatte sie benötigt – auch damit war jetzt Schluss, nur ein letztes Mal würde sie zu den leichten Schlaftabletten greifen. Nicht zu viele, sie musste noch handlungsfähig sein. Schließlich wollte sie nicht feige aus dem Leben scheiden, sondern denselben Tod wie Manni erleiden.

Sie zählte vier Tabletten ab und füllte den Zahnputzbecher mit Wasser. Während unten Sturm geklingelt wurde, schluckte sie in aller Seelenruhe die Tabletten. Sie würden nicht ohne Weiteres ins Haus kommen. Wenn Manni etwas gemacht hatte, dann hatte er es richtig gemacht. Die Sicherung des Hauses war kaum zu überwinden. Sie blickte ein letztes Mal in den Spiegel. Diese Entschlossenheit hatte sie lange nicht mehr gespürt, und sie dauerte nicht lange an, denn ihre Glieder wurden schlaff. Nur mit Mühe kletterte sie zurück in die Wanne.

Peer hatte mehrere Male Sturm geklingelt, doch im Haus tat sich rein gar nichts.

»Sie ist da«, beharrte Marion Christiansen.

»Dann schließen Sie doch endlich auf!«, fuhr er die Frau an, da ihm sein Bauchgefühl sagte, dass etwas Schlimmes innerhalb der Mauern vorgefallen war, und damit meinte er nicht nur den Mord an Manni Böhm.

Mit zitternden Händen fummelte die Schwester in ihrer Tasche nach dem Haustürschlüssel und drehte ihn herum. Endlich war das Schloss offen, und Nielsen stieß die Tür auf, um gleich darauf von einer weiteren Barriere aufgehalten zu werden.

Eine Türkette sicherte die Wohnung von innen. »Mist«, fluchte er, während er auf die metallenen Ringe starrte. Er versuchte sich gegen das Holz zu stemmen, doch es tat sich nichts und seine Schulter schmerzte immer noch von der Aktion bei Miriam.

»Lass mich mal.« Boateng drängte die beiden zur Seite und fingerte geschickt mit seinen schmalen Händen um die Ecke. Es dauerte eine Weile, bis sie ein Schaben hörten und Michael die Kette endlich zur Seite schob. »So«, er grinste trotz der Anspannung, als er Peers verdutztes Gesicht sah. »Das hätten wir.«

Sie stürmten ins Haus, und Marion rief nach ihrer Schwester. »Greta?«

»Frau Böhm?«

Es war eigenartig still im Haus. Sie durchforsteten das Erdgeschoss, während Marion Christiansen nach oben eilte. »Im Schlafzimmer ist sie nicht«, rief sie erstaunt. Wahrscheinlich hatte sie bis jetzt fest daran geglaubt, ihre Schwester schlafe wie immer in den vergangenen Tagen, und so die fürchterlichen Gedanken mit der Hoffnung verdrängt. Doch nun ließ sich die Realität nicht so leicht zur Seite schieben.

Als Peer und Boateng den Treppenansatz beinahe erreicht hatten, hörten sie ein »Huch!« und dann »Greta!«

Sie eilten durch den Flur zu der offen stehenden Tür und sahen Marion über ihre reglose Schwester in der Badewanne gebeugt. Die weißen Fliesen waren mit roten Spritzern übersät, die Wanne, die Kleidung der Witwe, alles war voller Blut. Boateng zückte sein Handy, während Peer zu der Frau stürmte. Er fühlte den Puls – schwach, aber sie lebte. »Wir müssen sie rausheben, fassen Sie mit an.«

Zu zweit hievten sie den Körper aus der Wanne. Marion rief die ganze Zeit: »Ach oh je, das hätte ich doch ahnen müssen.«

Peer wickelte zwei Handtücher vom Haken um die Wunde, dann brachte er die Frau in die stabile Seitenlage.

»Notarzt kommt«, sagte Michael.

»Wie haben Sie das gemeint?«, fiel Peer plötzlich ein.

»Was?« Marion Christiansen schaute ihn verdutzt an.

»Dass Sie es hätten wissen müssen?«

»Meine Schwester war so anders in den Tagen nach Mannis Tod. So kannte ich sie nicht. Ich ahnte, dass etwas Schlimmes geschehen sein musste, habe es aber nicht wahrhaben wollen. Manni hat sie über all die Jahre schikaniert, und ich habe immer nur die Spitze vom Eisberg gesehen, aber nie weiter geforscht. Vielleicht hätte ich all das hier verhindern können«, jammerte sie. Peer schüttelte seinen Kopf.

Schon hörten sie das Martinshorn.

»Was hat sie genommen?«, fragte der Notarzt nach einem Blick in die Augen der Bewusstlosen.

»Hier«, Boateng reichte ihm die Schachtel vom Waschbecken.

»Okay, danke. Wir bringen sie ins AKA.« Marion Christiansen wollte mitfahren. Boateng und Peer fuhren zusammen mit ihr zum Krankenhaus.

Die Wartezeit auf dem Korridor war lang, immer wieder betonte Marion Christiansen, dass sie alles hätte verhindern können, doch auch Lars, der kam, nachdem Peer ihn informiert hatte, glaubte nicht daran.

»Nicht einmal ich habe das geschafft. Ihr eigen Fleisch und Blut. Immer wieder habe ich sie angefleht, ihn zu verlassen, ihn anzuzeigen, doch sie wollte nicht. Da bin letztendlich ich gegangen.«

Der behandelnde Arzt kam endlich, um ihnen mitzuteilen, dass die Patientin nicht ansprechbar, aber außer Lebensgefahr sei.

»Okay«, nickte Nielsen, »dann kommen wir morgen wieder, denn wir müssen Frau Böhm verhören. Wie es aussieht, wird sie vom Krankenhaus nicht nach Hause, sondern in Haft gehen. Ich schicke Ihnen einen Beamten – vorsichtshalber.«

28. KAPITEL

Peer parkte den Wagen vor dem Hauptzugang zum Volkspark und stieg aus. Der Kies knirschte unter seinen Füßen, und er freute sich auf die Bewegung. In den letzten Tagen waren seine Laufaktivitäten begrenzt gewesen, denn der Fall und die Vorkommnisse bei seiner Nachbarin hatten ihn davon abgehalten. Nun aber schien alles im Lot, weshalb er es hatte kaum erwarten können, aus dem stickigen Büro an die frische Luft und hierher zu kommen. Aus dem Kofferraum holte er seine Laufklamotten, die er immer dabei hatte, und schlüpfte aus den Leder- in die Laufschuhe. Ah, was für ein Gefühl. Schnell verstaute er seine Sachen und schloss den Wagen ab.

Dann trabte er los. Sofort verselbstständigten sich seine Gedanken – er dachte an seine Nachbarin und fragte sich, wann sie sich melden würde. Es war ruhig in den letzten Tagen geblieben, und er hatte nichts gehört. Im Prinzip ein gutes Zeichen. Vielleicht sollte er doch, wenn er heimkam, klingeln, denn der zurückliegende Fall hatte ihm eins gezeigt: Vielleicht wäre der Mord doch zu verhindern gewesen, auch wenn er Marion Christiansen etwas anderes gesagt hatte. Wer wusste das schon? Schaute man – ihn eingeschlossen – nicht zu oft weg? Aus Bequemlichkeit? Aus Angst? Warum auch immer. Dabei hatte dieser Fall einmal mehr gezeigt, dass jeder fähig war, einen Mord zu begehen. Es kam nur darauf an, wann die jeweilige Schmerzgrenze überschritten wurde. Wenn der Verstand aussetzte, die Hemmschwelle schrumpfte und man einfach zustach oder abdrückte.

Ein Schauer lief ihm bei diesem Bewusstsein über den Rücken, obwohl er sich gut warmgelaufen hatte und der steile Anstieg ihn zusätzlich ins Schwitzen brachte. Gerade jetzt, wo er Schritte hinter sich hörte. Er hasste es, beim Laufen von anderen Joggern überholt zu werden. Durch einen Konkurrenten wurde der Ehrgeiz geweckt. Er zog das Tempo an, doch der Verfolger ließ sich nicht abschütteln. Über die Schulter sah er einen dunklen Schatten. Bestimmt einer dieser Marathonläufer, diese Hemden aus Kenia, die Laufmaschinen, dachte er, als der Mann aufgeschlossen hatte und ihn ansprach.

»Na, Chef?« Boateng grinste neben ihm. »Auch eine Runde laufen?« Peer war so außer Atem, dass er nur nicken konnte. Das war so gar nicht sein Tempo, aber klein beigeben wollte er auch nicht. Mühsam sog er Luft ein und presste heraus. »Muss mich schließlich fit halten für den nächsten Fall.« Sein Kopf drohte zu platzen. Michaels Grinsen verstärkte sich.

»Das trifft sich gut. Ich auch, ich auch.«

DANKESCHÖN

Dieser zweite Fall für Peer Nielsen und sein Team basiert auf einer interessanten Begebenheit, die mir Dr. Hojabri erzählte. Danke für die Idee – aber lesen Sie selbst, was aus ›Ihrer Kofferleiche‹ geworden ist.

Die Arbeit an einem weiteren Hamburg-Krimi hat mir erneut sehr viel Spaß gemacht – die Recherchen und Tatortbegehungen – mein Dank gilt daher allen meinen Unterstützern, die mir mit Rat und Tat zur Seite gestanden haben, ob bei polizeilichen, medizinischen oder infrastrukturellen Fragen. Herzlichen Dank!

Meinem Verlag möchte ich danken, dass er sich mit mir zusammen auf Verbrecherjagd in Hamburg begeben und diesen weiteren Krimi ermöglicht hat. Hier möchte ich im Besonderen meiner Lektorin Claudia Senghaas meinen Dank aussprechen – so viel Geduld, wie Sie mit mir haben, hätte ich nicht.

Meine Familie – insbesondere mein Mann Kay – erträgt mich mit all meinen ›Mordslaunen‹ und lässt mich ebenso wie meine Freunde nie im Stich. Auf euch kann ich bauen, ihr seid mein Zuhause. Danke!

Und natürlich ist es mir auch diesmal ganz besonders wichtig, mich bei all meinen Lesern zu bedanken. Ohne Sie könnte ich nicht das tun, was ich am liebsten mache – auf dem Papier morden.

Herzlichen Dank an alle!

Weitere Krimis finden Sie auf den folgenden Seiten und im Internet:

WWW.GMEINER-SPANNUNG.DE

Das Neueste aus der Gmeiner-Bibliothek

Unser Lesermagazin

Bestellen Sie das kostenlose Krimi-Journal in Ihrer Buchhandlung oder unter www.gmeiner-verlag.de

Informieren Sie sich ...

www ... auf unserer Homepage:
www.gmeiner-verlag.de

@ ... über unseren Newsletter:
Melden Sie sich für unseren Newsletter an unter www.gmeiner-verlag.de/newsletter

f ... werden Sie Fan auf Facebook:
www.facebook.com/gmeiner.verlag

Mitmachen und gewinnen!

Schicken Sie uns Ihre Meinung zu unseren Büchern per Mail an gewinnspiel@gmeiner-verlag.de und nehmen Sie automatisch an unserem Jahresgewinnspiel mit »mörderisch guten« Preisen teil!